L'AMOUR NÈGRE

JEAN-MICHEL OLIVIER

L'AMOUR NÈGRE

ROMAN

Éditions de Fallois

L'Âge d'Homme

site internet : www.jmolivier.ch

22, rue La Boétie, 75008 Paris

ISBN 978-2-87706-740-9

AFRICA

1

Appelez-moi Adam.

Je suis né en Afrique. Il y a longtemps. Dans un petit village coincé entre la mer et un volcan éteint. Mon père était petit et redouté. Il avait dix épouses et une kyrielle d'enfants. C'était le seul et le meilleur moyen qu'il avait trouvé pour ne pas travailler. Il passait ses journées sous l'aloès. Avec une calebasse remplie de vin de palme. À rêver d'évasion ou de massacre. Le soir il titubait d'une case à l'autre et distribuait des volées de bambou.

À cette époque, notre village comptait une centaine d'âmes. Je ne parle pas des morts, bien plus nombreux que les vivants. Il était adossé, au nord, au flanc d'un volcan souffreteux. Il dominait une longue crête boisée qu'il fallait traverser pour arriver au fleuve. Les cases étaient des huttes de terre rouge au toit de chaume. Elles dessinaient une sorte de colimaçon. Au centre se trouvaient les cases des femmes. Les hommes occupaient toute la périphérie. Elle-même protégée par une double haie d'épieux tranchants.

Une piste rudimentaire relie le village à la ville. Distante de cinquante kilomètres. De temps à autre une jeep l'emprunte. Elle s'arrête au milieu du village. Dans un nuage de poussière. Des militaires descendent. Le fusil sur l'épaule. Le visage luisant de transpiration. Ils vont dans la case de mon père. Les Reines leur donnent à boire et à manger. Les plus jeunes, parfumées au *soumaré*, les cheveux ornés de perles multicolores, restent dans la case jusqu'au soir. Moi et les autres on colle notre oreille aux fenêtres. On entend des cris bizarres. Des couinements de chauves-souris. Le soir tombe. Comme on éloigne les mouches à merde, les Reines nous chassent avec des touffes d'ortie. Enfin, les militaires sortent. Le fusil à la main. L'uniforme débraillé. Ils remontent dans leur vieille Land Rover. Les yeux brillants. Emmenant avec eux d'autres femmes du village. Et la voiture repart comme elle est arrivée. Dans un bruit effroyable de pistons. On revoit rarement les femmes aux épaules garnies de chapelets de *soumaré*.

D'autres jours, c'est un car de touristes aux yeux rougis par la chaleur. Aux reins cassés par la mauvaise route. Il se gare devant les palissades. Les visiteurs ne restent jamais longtemps. Les femmes s'éventent nerveusement. Les hommes prennent des photos. Parfois ils nous donnent du bubble-gum. Plus rarement des pièces de monnaie.

Mon père en profite pour vendre ses vieux trophées. Ses défenses d'éléphant. Ses gris-gris. Ses peaux de crocodile.

Les gens viennent nous voir par petits groupes ou en troupeaux comme une curiosité. Ils aiment nous voir rire et souffrir. Dans leur regard, il y a de la fascination. Un peu de peur. Beaucoup de nostalgie. C'est la nostalgie des temps anciens. La vie sauvage et libre. La communion avec Mère nature. Bien sûr, ce n'est pas nous qu'ils regardent. La larme à l'œil. Mais eux-mêmes en état d'enfance. Ils contemplent avec mélancolie ce qu'ils ont été il y a très longtemps. Des *singes nus*. Avant que le train de l'histoire qu'ils appellent civilisation ne les emmène définitivement du bon côté du monde. Sous des climats paisibles. À l'abri du soleil et du besoin.

Et sous la nostalgie subsiste la peur que cet enfant sauvage grandisse. Qu'il vienne réclamer un jour ce qu'on lui a volé. La peur diffuse qu'on quitte notre bourgade en hordes bruyantes et bigarrées. Qu'on prenne la route du nord. Et qu'on débarque un jour chez eux. Dans leur village. Comme ils ont débarqué chez nous.

2

J'ai peu de souvenirs de mon enfance. On vit dans les boubous des femmes qui font à manger avec le peu que les hommes rapportent de la chasse. Et on a toujours faim. On invente des jeux idiots. On joue avec le feu. On brûle des scolopendres et des fourmis. On allume des petits incendies dans la brousse et on détale comme des springboks terrorisés. Au printemps on va se baigner dans la mer. On se laisse emporter par le courant tranquille. On nage avec les raies et les serpents d'eau. Les filles nous taquinent et nous les poursuivons avec des cris de tamarins.

L'enfance est un coupe-gorge.

Sitôt qu'un enfant vient au monde, c'est la coutume dans mon village de le plonger dans un baquet fumant de sang de buffle. On appelle ça le baptême du sang. Tout le village est rassemblé autour du prêtre au crâne tondu. Aux veines lézardées par la foudre. À la barbiche grise en pointe. Au grand collier de cuir autour du cou. On danse et on chante à tue-tête. Les calebasses de *dolo* circulent de bouche en bouche. Si le bébé survit, il sera grand et vigoureux. Mais il conservera toujours au fond de la bouche le goût de la bête égorgée.

3

J'apprends à attraper les criquets en plein vol. Je leur arrache la tête et les pattes. Je les écrase entre les dents comme du bois de réglisse. Ils ont un goût acide et doucereux. J'ai quatre ans et je poursuis ma sœur qui poursuit une sauterelle grise entre les touffes de chardons desséchés. Il fait très chaud. C'est l'éternel été. Ici il n'y a pas d'autre saison. Le sol est couvert de gros insectes noirs. À chaque pas, leur carapace éclate en faisant de petites explosions. Ma sœur détale à travers la savane. Elle se retourne vers moi. Elle me nargue une dernière fois en me tirant la langue. Puis son pied glisse sur une pierre. Tyana perd l'équilibre. Elle disparaît dans le ravin profond. J'arrive. Je crie. Je vois ma sœur rouler entre les pierres et les racines. Elle ne bouge plus. Elle a la bouche ouverte. La tête fracassée par sa chute. Je me retourne. J'appelle de toutes mes forces. Je suis trop loin du village. Personne n'entend mes cris. Dans l'air lourd les oiseaux noirs tournent en piaillant. Le soir descend. Des buissons s'échappe le cri strident des sauterelles. Comme la voix même de la chaleur. Avec la nuit arrivent les chacals et les hyènes. Je leur lance des pierres. J'appelle encore une fois à l'aide. Les charognards se battent pour un bras. Une jambe. Un mince lambeau de chair. Au matin il ne reste plus rien. Ma sœur a rejoint la grotte des ancêtres. J'ai la tête qui résonne comme un *djembé*.

4

Enfant, je dors dans la maison des Reines au centre du village. Mais la journée je suis en compagnie des hommes. C'est une horde sans police. Où les tâches sont réparties librement entre les sexes. Dans la maison des hommes, on pratique chaque année les rites d'initiation des garçons. Vers cinq ans, l'ancêtre des Parrains, d'un geste brusque et précis, doit casser le nez de l'enfant. Scellant ainsi son appartenance au clan. À douze ans, le jeune homme est emmené dans la case des femmes où, l'une après l'autre, elles lui apprennent l'art du bonheur sur la natte.

5

La nuit, dans la forêt profonde, on entend le tam-tam des négresses qui astiquent le bambou des nègres.

« Tapez ! Tapez plus fort ! Plus vous taperez, plus mon ventre se chargera d'ondes électriques... Tapez, tapez ! »

Encore aujourd'hui, mon sommeil est rythmé par les cris. Les coups sur les tam-tams. La magie de l'amour nègre.

J'ai toujours aimé le mot *nègre.* Il a une longue histoire de crimes. De joies et de douleurs. D'abjection. C'est une musique ancienne à mes oreilles. La couleur de la nuit et de l'encre. Les passions clandestines. La couleur de l'amour. L'amour nègre, évidemment. Certains l'aboient comme une insulte. Ce n'est pas de leur faute. Ils ont été dressés pour ça. Mais il y a de la fierté sur cette terre à être un *nègre.* On est toujours le nègre de quelqu'un. Non ? L'inconnu. L'esclave ou le valet. Le travailleur au noir.

Si j'ai une place sur cette terre, c'est celle-là : la place du nègre.

C'est ainsi que l'homme blanc a toujours essayé de nommer l'autre. Son cousin éloigné. Pour mieux le dominer. Le frère qui ne lui ressemble pas. Qui n'est pas blond. Ni blanc de peau. Le frère n'est pas gai comme lui. Ni optimiste. Qui n'a pas toujours le cœur pur.

Le Blanc invente la mélancolie et nous on chante le blues. Mais au fond c'est toujours la même douleur.

6

La piste défoncée marque la limite de notre jardin.

On a six, sept, huit ou neuf ans. Ça n'a pas d'importance. On vit torse nu et pieds nus. Les plus riches ont une casquette sur la tête. Quand on a faim, on grimpe dans les arbres. On va cueillir une mangue ou une banane. Un ananas. Une papaye. On se gave de sauterelles. Quand on est sages, les Reines nous préparent des criquets au chocolat. Des chenilles en gelée sur mousse aux œufs de drosophile. Ça craque sous la dent. C'est délicieux. On construit des cabanes avec le bois que mon père va couper pour allumer le four. On regarde les femmes écraser le *yam* pour préparer le foufou. On va choisir une poule dans le poulailler. On regarde les Reines l'égorger à coups de machette. La poule détale à travers la basse-cour sans sa tête. On grimpe aux plus hautes branches des arbres pour contempler la vie. Dans le jardin, il y a aussi des serpents. Parfois, ils se cachent dans la tronche d'un arbre. On les enfume. On pousse des cris d'hyènes. On les force à sortir de leur cachette. On les assomme à coups de bâton. Après, on va s'asseoir au pied de l'aloès en fleurs. On se raconte des histoires. On mange des figues de Barbarie.

7

Tous les soirs, avant de s'endormir, les Reines nous racontent les légendes des M'mo.

Pendant quatre jours et quatre nuits, ils ne prennent aucun repos. Ils ne mangent pas. Ils ne boivent pas. Mais ils dansent inlassablement comme dans une transe. Sans jamais montrer le moindre signe de fatigue. Le quatrième jour apparaît un sorcier qui donne le signal de la cérémonie. Alors des broches sont insérées dans le corps des jeunes gens. Sur le dos. Les épaules. La poitrine. Les bras et les jambes. Pour rendre l'opération plus douloureuse, la chair est entaillée à l'aide d'un couteau ébréché. Des crânes de bisons sont fixés à certaines de leurs plaies. Dans les autres on passe des cordes. Celles-ci, arrimées au toit d'une maison, serviront à hisser les jeunes gens dans le vide. On fait tournoyer leurs corps. Alourdis par le poids des crânes. De plus en plus vite. Jusqu'à l'évanouissement. Le sorcier vérifie que les jeunes hommes sont bien inanimés. Avant de les faire redescendre. L'amour est la danse du soleil des M'mo. C'est une mise à mort. Puis une nouvelle naissance.

8

Les anciens M'mo portent sur eux des petits bouts de bois pour allumer le feu. Ils vont toujours par deux. L'un maintient à terre le bâton femelle et l'autre frotte le bâton mâle. En le faisant pivoter sur lui-même très vivement. Bientôt, sous l'effet du frottement, des étincelles jaillissent. Elles communiquent le feu aux brindilles. À l'amadou. Les bâtonnets proviennent des saules de rivières ou des manguiers. Dans le bâtonnet femelle placé à plat sur le sol on emménage un petit trou. Où vient s'emboîter le bâtonnet mâle tenu verticalement. Une petite échancrure est faite au bord du trou pour permettre aux étincelles de jaillir et d'enflammer les brindilles d'herbe et la plante amadou disposée tout autour.

« Pour produire l'étincelle, dit mon père d'une voix sentencieuse, il faut toujours être deux. Et frotter longtemps… »

9

Mon bonheur, c'est le foot. Le football est un sport universel. Même les sauvages peuvent y jouer. On organise des matches dans l'allée de palmiers. Parfois avec un vrai ballon de cuir. Qui va vite et qui est difficile à maîtriser. Un cadeau des soldats qui viennent faire la fête au village. Enlever les filles les plus belles. Mais ce ballon n'a pas la vie très longue. Dès le premier match, il crève en heurtant l'épine d'un arbuste. Ou un chacal l'emporte dans sa gueule. Alors on fabrique une balle grossière avec une pelote de résine séchée. Ou des feuilles de bananier. Cette balle est parfaite. Ni trop rapide. Ni trop petite. On joue pieds nus. Dans la poussière de la corniche. Même à midi sous le soleil on ne connaît pas la fatigue. Je joue à tous les postes. Gardien de but. Arrière central. Attaquant. La joie est la même partout. Quand on arrête un penalty. Quand on fait une passe décisive. Quand on marque un but. On ne fait pas souvent trembler les filets parce qu'on n'a pas de filets. Mais des pierres qui marquent les poteaux. On s'écorche les pieds sur les cailloux. On râle comme des hyènes. On se bat jusqu'au bout pour gagner. Le soir, on est couvert de poussière et de sang. On va se baigner dans la mer. Les filles viennent nous taquiner. On oublie de revenir au village.

10

Chaque tribu a ses rites bizarres et personne, jusqu'ici, n'est parvenu à expliquer ceux de mon peuple.

Chez nous, les M'mo, on choisit chaque année un jeune homme pour son courage. La beauté de son corps. Son adresse à donner du plaisir aux Reines. Son âge ne dépasse pas vingt ans. Pour prouver sa vaillance, le jeune héros doit affronter à mains nues un buffle de la savane. Il l'isole du troupeau. Il combat l'animal dans la prairie. Il le terrasse dans une lutte loyale. Sous le regard des anciens. Sans verser une goutte de sang. S'il y parvient, il a le droit de passer la seconde épreuve : descendre dans la gueule du volcan. Un sombre puits puant infesté de serpents. Là-bas il doit passer une nuit entière. S'il sort vivant de la bouche du monstre, il devra affronter le conseil des sages du village. Ils testeront sa perspicacité en lui posant une série d'énigmes :

Y a-t-il une vie avant la mort ?
Pourquoi le dieu de la montagne garde-t-il le silence ?
Que murmure un galet que le ruisseau charrie jusqu'à la mer ?

Si par extraordinaire le jeune homme fournit les bonnes réponses, il est livré aux mains des Reines. Elles détaillent sa grâce et sa beauté. Elles testent la douceur et la lenteur. La variété de ses caresses. Détient-il vraiment l'art sans égal du bonheur sur la natte ?

Alors seulement le jeune homme aura droit au statut de héros. Il sera vénéré de tous. Pendant trois lunes, il aura la jouissance exclusive des Reines du village. Passant d'une case à l'autre. D'une natte à l'autre. Pour leur donner tout le plaisir dont il est capable. Il fécondera les Reines en âge de procréer. Il aura une nombreuse descendance (qu'il ne connaîtra pas).

Une nuit de pleine lune, sur un tapis de braises, il entre en transe et doit danser jusqu'à l'aube, soutenu par le chant des Reines.

Voici l'heure essentielle. Autour de l'homme halluciné, les Parrains affûtent leurs flèches. Ils bandent leurs arcs. Les femmes se trémoussent. Jambes libres et seins aigus. Excitant les guerriers de leurs cris. Au son des tambours lancinants. Le jeune homme lève au ciel ses bras chargés de bracelets multicolores. Comme s'il implorait une dernière fois le dieu de la montagne.

Dès que le jour se lève, notre héros est mis à mort. Sa tête tranchée net. Son corps soigneusement dépecé. Puis les Reines, toujours au son des flûtes et des tam-tams, apprêtent les morceaux de son corps avec de l'huile de palme. Des piments rouges et des épices.

Un grand festin réunit le village au cours duquel on partage les restes du héros bienheureux.

Chez les M'mo, aucune Reine ne connaît d'accomplissement plus absolu de l'amour que l'ingestion du bien-aimé.

Après avoir dévoré leur amant, les Reines se retirent

dans leur case. Pendant une lune entière. Elles prient. Elles pleurent beaucoup. Elles évoquent le souvenir du jeune homme qui les a comblées. Puis, une nuit, elles se rendent dans la grotte sacrée. Au cœur du volcan. Elles confectionnent une statue de terre glaise à l'effigie de l'amour magnifique. Elles recréent les merveilles de son corps. Ses mains douces et ses longues jambes. Son *vigoureux* inépuisable.

Pour que son double, à jamais, reste inscrit dans la mémoire des M'mo.

11

C'est la fin de la journée. Le soleil se cache derrière les corossoliers. Une brise légère fait ployer les matitis sauvages et balancer les branches des palmiers. Une camionnette arrive au village. Un homme en descend. Lunettes d'écaille. Yeux bridés. Teint rougeâtre. Petite barbe en forme de pinceau. Il appelle mon père. Tous deux restent longtemps sous le vieux kolatier à palabres. Puis Papa nous appelle. Ou du moins ceux qui se trouvent à portée de sa voix. Il nous fait mettre en rang.

« Voici mes fils et mes filles... »

L'homme à barbiche examine chacun de nous longuement. Méticuleusement. Les yeux. Les dents. La langue. Les oreilles. La plante des pieds. Il nous fait marcher jusqu'à sa camionnette, puis revenir vers lui au pas de course. Il nous pince le bras. Il nous tire les cheveux pour entendre le son de notre voix. Il s'attarde plus encore sur mes sœurs. Il les fait se déshabiller. Il palpe leur corps en grommelant.

« Ils sont tous là ?

— Oui, dit mon père. Tous mes fils et mes filles. »

L'homme me fait sortir du rang avec Toumba. Il demande si nous sommes des jumeaux. Ça nous fait rigoler. Je dis que Toumba est plus vieux que moi. Qu'il a douze ans. Que nous sommes de mères différentes. Je veux ajouter que chez nous la mère de mon frère est aussi ma mère et n'est pas la rivale de celle-là. Mais je vois le regard de mon père. Alors je la boucle.

« Bon, dit l'homme en torturant sa barbe, je te prends celui-là.

— Et pourquoi pas les deux ? demande mon père.

— Non, le petit parle trop…

— Je te fais un bon prix ! »

L'homme se gratte le crâne. Mon père l'entraîne à nouveau sous le grand arbre à palabres. Ils se mettent à chuchoter. Ensuite mon père élève la voix et l'homme élève la voix à son tour. Ils se mettent à crier. À gesticuler. La sarabande dure plusieurs minutes. Même en tendant l'oreille je ne comprends rien à ce que les deux hommes disent. Enfin mon père me désigne du doigt. Il montre mes sœurs avec un geste de dépit. Mais l'homme secoue la tête. Il ne dit rien. Ce n'est pas bon signe. L'homme glisse un billet dans la main de mon père. Ils se regardent une dernière fois. Mon père fait signe à Toumba d'avancer. Il embrasse mon grand frère. Il lui dit quelque chose à l'oreille :

« Prends garde à toi, mon fils ! Et méfie-toi des gens de l'autre monde… »

L'homme entraîne Toumba par les épaules. Je ferme les yeux pour respirer à fond. C'est la saison sèche. Comme chaque soir, la brise apporte au village l'odeur des roseaux. On entend les bêtes crier dans la savane.

12

À cette époque, je ne suis rien et je n'ai rien. Je viens d'un monde de pas feutrés. De toux. De rires. De feulements. Un monde qui n'existe plus que dans les livres. Un monde voué à l'ordre naturel des choses. Le pouvoir au bonimenteur. La bouillie à l'édenté. Les volées de bambou au voleur. Le pomélo sur le pamplemoussier. La mangue sur le manguier. La fortune à l'usurier. La foudre pour le fou. Le ciel pour les présages et les vieux os pour les vautours.

Chaque jour il faut se lever tôt pour manger le *gombo* gluant. Jouer aux osselets. Partir à la chasse aux mouches noires et aux sauterelles. Regarder les femmes aux seins lourds suer sur le mortier. Jouer au foot sur la corniche. Manger du *gombo* pilé. Guetter les voitures sur la piste. Les singes dans les arbres. Les nuages dans le ciel. Jouer au lance-pierres. Se gratter le crâne pour écraser les poux. Grimper sur les toits des cases. Manger du *gombo* doucereux. Chanter en attendant la nuit. S'écrouler de fatigue sur la natte.

13

Les jours de fête, les Reines s'affairent dans leur case. Dressant pendant des heures leur coiffure en cimier. Elles écrasent entre leurs paumes une poudre rouge. Elles tracent sur l'arrière de leur crâne trois lignes de couleur. Une ligne horizontale et deux lignes verticales. Enfin elles se parfument comme des guerrières au *soumaré*. À l'encens. Au mimosa.

Une jeep arrive, puis un car de touristes. Notre village, pour un soir, est devenu le centre du monde.

Accroupies, les Reines présentent, dispersés sur des feuilles vertes de bananier, des galettes de manioc. Des mangues fraîches. Des gâteaux de riz gluant. Plus loin, les hommes ont disposé sur de larges nattes des masques peints. Du bois bandé. Des peaux de zèbre. Des gris-gris à deux sous.

Fascinés comme des mouches à feu, les touristes se promènent entre les stands de nourriture. Les femmes cramponnées à leur sac. Les hommes à leur appareil numérique. Les marchandages vont bon train. Cette nuit, tout doit disparaître ! Mais pas à n'importe quel prix. Mon père surveille de loin les transactions. Les macaques à bonnet ricanent dans les arbres.

Une femme s'approche de moi. Elle porte un corsage imprimé et une jupe large. Un grand chapeau de paille. Des baskets roses. Ses cheveux sont tirés en arrière. Elle sort de son sac un petit appareil de photo. Sans attendre, mon père lui saute dessus. Ils disparaissent tous les deux dans sa case.

Au bout d'une demi-heure, mon père revient vers moi.

« Va avec elle, mon fils. »

Devant mon air surpris, mon père ajoute :

« Montre-lui la rivière. »

Je prends la femme par la main et je la guide à travers le village. Le marché bat son plein. Tout le monde fait des affaires. Une odeur de résine et de poisson fumé flotte dans l'air.

« Comment t'appelles-tu ? demande la femme.

— Moussa.

— Et quel âge as-tu, Moussa ?

— Dix ans. »

Derrière les cases, il y a un vieux torrent à sec plein de cailloux et de charognes. La femme s'arrête. Elle me regarde. Elle a l'air incrédule.

« C'est ça, ta rivière ? »

Nous traversons les bambous aux feuilles en couteaux verts et jaunes. Tapis sous les branches des manguiers, les crapauds buffles ronflent à tue-tête. Un peu plus loin, le volcan descend en pente douce jusqu'à la rivière. Le soleil commence à disparaître. En cette saison la rivière est envahie de lotus et de jacinthes d'eau.

La femme pousse un cri d'admiration. Elle enlève son chapeau. Elle s'éponge le front. Elle mitraille les alentours avec son appareil. Enfin elle se tourne vers moi.

« Déshabille-toi, Moussa ! »

Je regarde la femme. Elle est debout, au bord de la rivière, son appareil vissé à l'œil. Je repense à mon père. À tous mes frères et sœurs. J'enlève mon T-shirt. Si j'obéis, peut-être que la femme blanche me donnera de l'argent ? Peut-être même qu'elle m'emmènera dans son pays. L'air est plein d'étincelles. De libellules. Au village, les tam-tams ont repris. On entend leur musique à travers les roseaux.

« Parfait ! dit-elle. Maintenant, ne bouge pas ! »

Elle tourne autour de moi en parlant toute seule. Elle est très excitée. Elle se tord dans tous les sens pour me prendre en photo. J'ai des fourmis dans les jambes. Dans l'air brûlant du soir, j'essaie de rester tranquille. Elle me mitraille sous tous les angles. Comme si elle voulait me dérober mon âme. La sueur brille sur son front.

« Ce qu'il fait chaud... »

Elle s'éponge à nouveau le visage. Elle me regarde avec tendresse. Elle remet son appareil dans son sac.

« Et si on se baignait ? »

Sans attendre ma réponse, la femme commence à se déshabiller. Elle enlève sa jupe. Son corsage. Ses baskets roses. Elle est maigre comme une cigogne. Elle laisse son sac dans un arbre mort. Elle me prend par la main. Je n'aime pas me baigner à cet endroit. Il y a des serpents d'eau. Elle m'entraîne au milieu de la rivière. Ses yeux sont brûlants et inquiets. Elle lâche ma main. Elle se met à nager vers l'autre rive. L'eau l'emporte irrésistiblement. La femme essaie de revenir à ma hauteur. Mais comme on dit dans mon village : *celle qui nage dans le sens du courant fait rire les crocodiles.*

« Moussa, aide-moi ! »

Je suis au bord de l'eau. Je regarde la femme dériver vers les chutes. Elle crie mon nom encore une fois. Puis elle disparaît derrière un gros rocher. Je ne peux rien faire pour elle. Le soir est descendu sur la rivière. On ne voit plus rien à cinq mètres. Je sors de l'eau. Je ramasse la jupe. Le corsage et les baskets. Dans l'arbre creux, je récupère son sac. Il est déjà colonisé par les fourmis rouges. Je le donne à mon père.

Dans le sac de la femme, il y a de l'argent. Un portefeuille plein de cartes en plastique. Un tube de rouge à lèvres. Des clés. Un petit agenda couvert d'une écriture très fine et illisible. Des boucles d'oreilles en argent.

« Ah ! Belle prise, mon fils ! »

On n'a rien retrouvé de la femme blanche et maigre. Ce qu'il y avait à dévorer, les crocodiles l'ont dévoré. Son âme a rejoint la grotte des ancêtres. J'ai trouvé son appareil de photo un peu plus loin. Au pied des chutes. Je l'ai gardé pour moi.

14

Je n'ai jamais connu ma mère. Ou plutôt j'en ai connu une ribambelle.

Dans mon village, les mères s'appellent les Reines. Elles sont libres et farouches. Elles ont souvent un mauvais caractère. Les hommes les vénèrent et les craignent. Ils doivent les honorer régulièrement. Les couvrir de cadeaux. Combler tous leurs caprices.

À chaque naissance, les Reines s'occupent de tout. Elles mettent au monde le nouveau-né. Elles tranchent le cordon avec leurs dents. Elles prennent soin de l'accouchée. L'enfant est nourri par les Reines. Sa mère lui donne aussi le sein. Car elle est devenue une Reine. Mais son enfant ne lui appartient pas. Il est élevé par les Reines. Il dort avec elles. Il mange avec elles. Il écoute leurs histoires avant de s'endormir. Elles seules connaissent l'art du bonheur sur la natte.

Voici ce que les Reines me racontent le soir dans leur case :

« Pour sauver ton âme, il faut atteindre la forêt sacrée. Seul. Il faut y écouter le chant des animaux. Si, par chance, un chasseur te perce d'une flèche trempée dans le sang d'un oiseau, tu reprendras la couleur que Dieu t'a donnée à la naissance. Alors, seulement, la folie t'abandonnera. Tu retrouveras la langue maternelle. Comme les ondes invisibles qui rythment les va-et-vient des bêtes, une étoile, la nuit, te ramènera au village des Reines. »

15

Dans mes rêves, je retrouve le rythme de l'eau qui dort et les trois pluies de mon enfance.

La pluie jaune des grandes moussons d'hiver.

La pluie noire des mouches faméliques qui foncent en essaim sur les visages humides et stupéfaits.

La pluie verte des grillons qui s'abattent brusquement dans votre assiette ou se prennent dans vos cheveux.

Le ciel est bleu et vide. Dégagé par le vent. Puis les nuages viennent de la mer. Ils annoncent la tempête. Tout le monde se rue dans les cases. On entend un grand fracas de branches et de cris d'animaux. C'est à chaque fois la fin du monde. Comme si les dieux se rappelaient à notre souvenir. J'aime les tempêtes et la saison des pluies.

16

On a dix ans et des poussières. On rêve de faire le tour du monde. On saute dans une pirogue calfatée et on s'en va à l'aventure. Pour tout bagage on a deux perches et trois pagaies. Une chambre à air de camion attachée à une corde. Un vieux ballon de foot. Une calebasse d'eau. On part pour ne plus jamais revenir. On se protège du soleil fou avec nos turbans. On rame pendant des heures. Comme des nègres. La chaleur brouille notre vision. On croise des pirogues de pêcheurs. Ils nous font signe de s'arrêter. On continue jusqu'à la nuit. On accoste dans un petit village. Des enfants viennent nous saluer. Des vieillards. Des femmes en boubou. On mange des poissons fumés embrochés sur des tiges avec une bouillie de mil et de lait caillé. Des arachides grillées. Des mangues et des agrumes. Le festin se termine en croquant de la noix de cola. On s'endort sous l'arbre à palabres. Repus et bienheureux. À l'aube des policiers viennent nous cueillir pour nous ramener au village. On est reçus comme des voleurs. On ne peut plus s'asseoir pendant des lunes. À cause des coups de fouet et de bambou.

17

Une autre fois, on traverse la forêt. On se donne rendez-vous au poste de brousse. On attend qu'un train passe. On court comme des cougars. On s'accroche aux wagons. On grimpe sur le toit d'acier brûlant. On va où le convoi nous mène. Parfois c'est au milieu de nulle part. Un bled perdu avec des policiers et des filles qui portent des fagots de sarments sur la tête. Parfois c'est une gare de campagne. On nous déloge à coups de trique ou de machette. On rentre au village en marchant toute la nuit. Quel voyage ! Quel naufrage ! Quels parfums exaltants ! On n'arrive jamais jusqu'au bout de son rêve. Mais ce qui reste au retour, quelques brindilles dans les cheveux, une profonde écorchure à la jambe, la peau brûlée par le soleil ou rincée par la pluie, a le goût de la liberté.

18

Avec mes frères et sœurs on se retrouve la nuit au bord de l'eau. On fredonne des chansons que les touristes nous ont apprises. Ma préférée, c'est *Sitting on the Dock of the Bay.* Otis Redding. 1968. Un nègre comme moi. Elle tourne en boucle dans ma tête.

Mes sœurs rêvent de mariage et mes frères d'évasion.

De l'autre côté de la mer, il y a la liberté.

L'Amérique. *Rich and Famous.* L'argent qui coule à flots. La vie facile...

On rêve tous de s'enfuir. Mais on ne sait pas si c'est vrai. Car ceux qui sont partis là-bas, comme les fous et les morts, ne sont jamais revenus.

19

C'est jour de marché. Sur la place du village, les Reines installent de petites tables basses sur lesquelles elles disposent des pains de manioc emballés dans des feuilles de bananier. Des bouteilles d'huile de palme. Des arachides. Des ignames. Des galettes de foufou. Elles restent là, sous le soleil, à guetter les touristes et les curieux. Les hommes sont partis à la chasse ou à la pêche. Ou ils dorment dans les cases.

Sauf mon père, l'œil noir, qui surveille le micmac.

Depuis des lunes, les affaires ne sont pas bonnes. Ce n'est pas la faute des Reines. Elles font tout ce qu'elles peuvent pour glaner le sou. Mais les clients sont moins nombreux. Et ceux qui viennent nous visiter en car ou en jeep n'ont pas d'argent. Ils se contentent de prendre des photos. Ça ne leur coûte rien. On raconte que là-bas, dans l'autre monde, il y a une crise qui touche les Blancs. Les pauvres sont encore plus pauvres et les riches sont moins riches. Ça n'est pas bon pour nous.

Quand la nuit tombe, les Reines allument des lampes à

huile et les touristes se font rares. On entend les branches craquer. Les oiseaux poussent des cris qui glacent le sang. Il n'y a plus personne autour des tables basses. Mon père somnole dans son coin.

C'est à ce moment-là qu'une jeep arrive.

Mon père se réveille en sursaut.

Un couple d'étrangers sort de la voiture. L'homme porte un pantalon de toile et un T-shirt moulant. La femme est grande et svelte. Elle a les reins cambrés. Elle porte une robe de soie légère. Ils ont tous les deux des lunettes de soleil. Comme s'ils ne voulaient pas qu'on les reconnaisse. Un grand nègre les accompagne. Casquette de marin sur la tête et revolver à la ceinture. Il se dirige vers mon père.

Ils restent longtemps sous l'arbre à palabres. Enfin mon père me prend à part.

« Cette fois, mon fils, ne fais pas le mariolle ! »

Mon père me traîne vers l'homme aux lunettes de soleil. Il mâche du chewing-gum. Il fume une cigarette. Il n'a pas l'air intéressé. Il se racle la gorge. Il regarde autour de lui sans cesse. Comme s'il guettait quelqu'un dans la savane. À ses côtés la femme me sourit. Elle a enlevé ses lunettes. Elle a les plus beaux yeux que j'aie jamais vus. Ils sont vert et bleu. Irisés par le reflet tremblant des lampes à huile. Elle m'attire à elle. Elle me sourit. Elle s'agenouille devant moi.

« Comment t'appelles-tu ? »

Mon père intervient.

« Il s'appelle Moussa. Mais vous pouvez l'appeler autrement si vous voulez. Il vient d'avoir dix ans. C'est le plus beau, le plus obéissant de mes enfants. »

Ce n'est pas la première fois que mon père essaie de me vendre. Il a déjà vendu cinq de mes frères. Et trois de mes sœurs. Souvent plusieurs fois. À des touristes de passage ou à des gens de la ville qu'on n'a jamais revus. Mais avec moi ça n'a jamais marché.

La jeune femme sourit toujours. Elle passe sa main sur mon visage. Elle palpe mes bras et mes épaules. Elle me dit d'ouvrir grand la bouche. De faire quelques pas. Elle tourne autour de moi comme une luciole. Puis elle me dit de me déshabiller. Elle écarquille les yeux en me voyant tout nu dans la mauvaise lumière du soir. Comme la femme maigre et blanche qui m'a pris en photo, ses yeux sont pleins de fièvre. De douleur.

« Qu'en penses-tu, Matt ? »

Absorbé par sa cigarette, l'homme marmonne quelque chose.

« Je veux cet enfant ! dit la femme en se tournant vers mon père.

— Et les formalités ? objecte l'homme aux lunettes de soleil.

— Quelles formalités ? répète mon père, goguenard. Si le gosse vous plaît… »

La jeune femme veut dire quelque chose. Mais avant qu'elle ait eu le temps de commencer sa phrase, mon père l'a prise par le bras et entraînée dans sa case. J'ai l'habitude de ces conciliabules. Ils durent d'habitude toute la nuit. Et au matin mon père vient vers moi. L'œil noir. Il me donne des volées de bambou.

Cette fois, il ressort de sa case aussitôt en se frottant les mains. La femme aussi a l'air contente. À côté d'elle, l'homme a ôté ses lunettes de soleil. Il inspecte les alentours. Sourcils froncés. Comme s'il redoutait quelque chose. Il n'a pas l'air vraiment heureux. Mais résigné. Ils se tiennent par la main. Ils viennent me rejoindre sous le baobab.

« Viens ! dit la femme d'une voix douce. Allons faire connaissance... »

20

Pendant trois jours, c'est la nouba au village.

Mon père a installé les étrangers dans la case qu'il réserve aux invités de marque. Faute de lits, l'homme et la femme dorment sur des nattes. Au milieu des bagages qu'ils ont fait venir de la ville. Ça n'a pas l'air de les gêner. La femme a accroché un miroir sur le mur. L'homme a troqué son pantalon de toile contre l'uniforme des broussards. Culotte de toile kaki. Chemise en percale aux pans flottants. Il passe son temps le portable à l'oreille. Sur le visage il a de petites cicatrices que ne cache pas sa barbe de trois jours. Ses yeux ont la couleur de l'aigue-marine. Il astique longuement sa carabine. Une Winchester à viseur électronique. Avant de partir à la chasse avec les hommes du village. Mon père appelle ça un safari. Les hommes blancs viennent de très loin pour participer à ces longues traques dans la savane qui se terminent par des cris effroyables et un grand bain de sang. Il est heureux de quitter le village et de partir à l'aventure. Les Reines ne sont pas commodes tous les jours.

Pendant ce temps, la jeune femme aux yeux verts ne me quitte pas d'une semelle. Comme si elle avait peur de me perdre. Elle déjeune avec moi de mangues et de galettes de riz. Elle m'accompagne dans la forêt quand je vais ramasser du bois. Des fruits. Des insectes pour le dîner. Elle me regarde pendant que je joue au football sur la corniche. Elle vient se baigner avec moi dans la rivière. Elle est d'une beauté bouleversante.

Le soir tombe, les crapauds buffles ronflent dans les fourrés.

« Il fait froid tout à coup… »

La femme grelotte au bord de l'eau. Je la réchauffe avec la serviette rouge qu'elle a amenée avec elle. Elle me sourit. Sa bouche est large et charnue. Elle a les yeux les plus félins, indolents et gracieux que j'ai jamais connus. Elle se laisse masser de bonne grâce.

« Comme c'est bon… »

Les yeux fermés, je la touche. Je la flaire. Je la savoure. Je respire sa peau mate. Un mélange de parfum et de poudre. De mangue et de marée.

« Oui, Moussa, continue… »

Sous mes caresses, la femme blanche m'ouvre son cœur. Elle s'appelle Dolorès. Dolorès Scott. Elle est née en Amérique. Dans cet enfer moderne qu'on appelle la Cité des Anges. C'est là qu'elle rêve de m'emmener. Ses parents sont tous les deux comédiens. D'ailleurs, dans sa famille, tout le monde joue la comédie. C'est une fatalité. On joue comme on trahit. Le monde. Les autres. Soi-même. Un jour, son père est parti avec une starlette décolorée qui adorait la cocaïne. Dolorès avait juste deux ans. Sa mère est d'origine iroquoise (c'est une tribu qui vit comme nous dans des réserves). Elle a pris le relais et élevé sa fille toute seule. Avec son frère Pat. Dans une petite ville appelée Palisades. Enfant, elle aimait les lézards et les rats. Ses seuls amis. Elle en avait une horde entière dans sa chambre. Elle adorait les bracelets ethno. Les robes *baba cool*. Les fleurs dans ses cheveux teints en violet. Elle voulait devenir directrice de pompes funèbres. Charmeuse de serpents ou junkie…

La nuit est là, maintenant, pleine de cris et d'étincelles.

Sur le chemin du village, nous marchons d'un pas vif.

La jeune femme se tient le ventre avec les mains. Son visage est tordu par une grimace. Elle s'arrête. Elle se tourne vers moi. Elle me fait signe d'attendre. En deux secondes, elle disparaît dans les micocouliers.

Soudain, un cri terrible.

Je me jette sous les arbres. Je découvre Dolorès, accroupie dans le noir, finissant de se soulager. Les yeux pleins d'épouvante. Elle regarde le sol par-dessus son épaule.

« Qu'est-ce qu'il y a ? je demande.

— Là !

— Je ne vois rien...

— Là ! Il y a quelque chose qui bouge... »

Les excréments jonchant le sable noir de la forêt se mettent à bouger et une bête très mince, aussi longue qu'un crotale, au corps tacheté et verdâtre, se dresse brusquement pour venir se frotter à sa peau.

Dolorès tremble comme une femme en transe. Elle se jette dans mes bras et moi je colle ma tête entre ses seins. Je mange ses tétons pimentés. Sous ma langue, ils durcissent tendrement. Comme des gros fruits noirs enrobés de salive.

21

Le lendemain au soir, l'homme revient de la chasse. Sa Winchester en bandoulière. Il a vieilli de cent ans. Sa barbe a poussé. Ses habits respirent la sueur. Sur son visage il y a des traces de terre et de sang.

Dolorès l'embrasse sur la bouche.

« Qu'est-ce qui s'est passé, Matt ?

— Un cauchemar ! dit l'homme en s'épongeant le front.

— Pourquoi ?

— On a pisté un éléphant. Il était vieux et solitaire. Un trophée idéal. On s'est approchés sans faire de bruit. Il semblait sur ses gardes, mais il ne bougeait pas. On aurait dû se méfier. Soudain il s'est mis à courir. Le sol tremblait. On l'a suivi dans la savane sur presque un kilomètre. Il était moins vieux qu'on pensait et surtout il courait vite. Il poussait des barrissements terribles. La voiture zigzaguait entre les arbres. Même en jeep on peinait à le suivre. Enfin, quand il s'est arrêté, on s'est dit que cette fois il n'irait pas plus loin. C'était une proie facile. On a pointé nos flingues… »

Matt s'arrête pour reprendre son souffle.

« Et alors ? demande Dolorès, intriguée.

— Au moment de faire feu, on a vu une dizaine d'éléphants rappliquer ! Le gros mariolle avait appelé tous ses copains à la rescousse !

— Non !

— On s'est trouvés cernés par des bêtes en colère qui ont foncé sur nous. Quelle débandade ! Un homme est tombé de la jeep. Les bêtes l'ont aussitôt piétiné… On a fait demi-tour. On a foncé jusqu'au village aussi vite qu'on a pu… »

L'homme disparaît dans sa case. Il a l'air dépité et furieux. Dolorès le rejoint. On entend des menaces et des cris. Ensuite un grand silence se fait. Entrecoupé de feulements. Comme ceux qu'on entend la nuit dans la forêt. Quand les Reines astiquent le bambou des nègres. Mon père vient me chercher. Il me regarde avec ses gros yeux jaunes. Je lui dis que je n'y suis pour rien. Ce n'est pas de ma faute si les Blancs se disputent. Il lève les yeux au ciel.

« Qu'est-ce que je vais faire de toi, Moussa ? »

Pendant qu'il se gratte le crâne, la femme sort de la case

et nous rejoint près de l'arbre à palabres. Elle fait son plus beau sourire. Mon père rigole à son tour comme s'il était gêné. Elle porte un top en soie sauvage. Un pantalon de toile écrue. Elle a détaché ses cheveux bruns. Ses yeux sont couleur de malachite.

Dolorès m'attire dans ses bras.

« Nous devons partir demain, dit-elle, comme à regret. Matt commence un nouveau film au Mexique et moi je dois participer à cette série pour la télévision...

— La télévision ?

— Oui, fait Dolorès. Aujourd'hui, personne ne va plus au cinéma. C'est trop cher. Trop dangereux. Les gens restent tranquillement chez eux à regarder les films et les séries sur leur grand écran plat.

— Un écran plat ? fait mon père, subitement intéressé.

— C'est plus petit qu'un écran de cinéma. Mais plus grand qu'une télévision. En Amérique, tout le monde en a un ! Il se trouve généralement au salon et il reste tout le temps allumé.

— Même la nuit ?

— Nuit et jour.

— Est-ce que les chefs de tribu en possèdent ?

— Oui, dit Dolorès en souriant. C'est le signe qu'on est riche et puissant...

— Alors, si tous les chefs possèdent un écran plat, j'en veux un aussi ! » dit mon père avec force.

22

C'est la nuit du bambou. Avec l'arrivée des touristes, la fièvre a gagné le village. Il y a du plaisir et des sous à glaner. Des ombres filent d'une case à l'autre. Comme des panthères. On entend des soupirs. Des feulements. Des cris de chauves-souris.

Vers minuit, quelqu'un frappe à la case voisine.

« Qui est là ? dit une voix d'homme.

— C'est l'amour qui passe. »

On entend l'homme glousser. La porte de bois s'ouvre en grinçant.

« Je fais boutique du cul, dit une voix de jeune fille. Trou pipi. Trou caca. Trou miam-miam. »

23

Au matin, mon père rassemble tout le monde sur la place du village. Je ne l'ai jamais vu aussi heureux. Ses yeux brillent de joie. Il m'appelle vers lui. Il fait mine d'invoquer le ciel à grand renfort d'imprécations. Il a l'air grave et obséquieux.

« C'est un grand jour pour toi, mon fils, et pour nous tous ! Tu vas partir en Amérique avec tes nouveaux parents. Un autre monde. Une nouvelle famille. Une nouvelle vie ! Tu as beaucoup de chance... »

Il fait semblant de réprimer ses larmes (mais que *signifient* les larmes d'un père ?).

« N'oublie pas d'être heureux ! »

Mon cœur se serre brusquement.

« Vous viendrez me voir en Amérique ? je demande.

— Bien sûr, dit mon père, vaguement. Nous te rendrons visite chaque année. Et maintenant va rejoindre Dolorès et Matt. Ce sont tes nouveaux parents ! »

Dolorès me prend dans ses bras. Elle est émue. Je sens son cœur battre sous la blouse de batiste. À côté d'elle, Matt fume une cigarette et il sourit aussi. Pour l'occasion, il a rasé sa barbe rousse. Son visage est couvert de cicatrices d'acné. Mais quand il sourit on ne voit que ses fossettes. Ses dents blanches. Ils m'emmènent dans la jeep.

Les Reines ont jeté quelques affaires dans un sac. Mon *djembé* et mon ballon de foot. Une patte de poule. Un morceau de lave du volcan. L'appareil numérique de la femme blanche. Trois fois rien, car Dolorès a promis qu'on m'achèterait tout ce que je voudrais dans l'autre monde. Là où personne ne manque de rien. Et ses bagages sont déjà si lourds qu'elle ne veut pas s'encombrer de choses inutiles.

Mon père s'avance vers mes nouveaux parents.

« Et mon écran plat ? demande-t-il.

— Il arrivera demain, dit Matt. Tout est réglé.

— C'est le meilleur ?

— Mais oui ! Écran plasma 60 pouces. Haute Définition. Avec Bluetooth et WiFi intégrés. Le top du top. »

Je n'ai jamais vu mon père aussi heureux.

24

Personne n'entend l'explosion.

Pourtant, sitôt que la montagne se met à cracher l'eau ardente et le feu, la panique s'empare de tout le monde.

Les femmes courent se réfugier dans les cases où certaines sont ensevelies. Fuyant à toutes jambes, des hommes sont rattrapés par la lave bouillonnante. Certains périssent dans les flammes. D'autres sautent dans la rivière et, emportés par le courant, vont se fracasser dans les cataractes.

Étendu à l'arrière de la jeep, les mains croisées derrière la tête, je ferme les paupières.

« Ça y est ! me dis-je. Je suis sur l'autre rive… »

Entrouvrant les yeux, je vois sortir de terre, sous l'effet des pressions qui tenaillent les flancs de la montagne, une aiguille de lave solide érigée farouchement vers le ciel. Elle est d'un brun rougeâtre. Avec des parties grises et blanches. Innervée de lignes incandescentes. On dirait un bambou.

C'est la dernière image que je garde de mon bled.

Le plus beau des présages.

AMERICA

1

Ma vie commence à la seconde où le Falcon de Dolorès et Matt, déchirant les nuages, entame sa chute vers la Cité des Anges.

« Mets ton manteau, Moussa ! On est arrivés… »

Je suis si excité et si perdu que j'enfile mon manteau à l'envers. Dolorès sourit, puis m'embrasse sur le front.

« Qu'il est mignon ! Tu ne trouves pas, Matt ? »

Lunettes noires sur le nez, téléphone collé à l'oreille, Matt est en pleine conversation avec un inconnu qui hurle dans l'appareil. De temps à autre, il grimace un sourire ou secoue la tête et l'autre au bout du fil s'égosille de plus belle.

« Tu pourrais au moins faire semblant d'être impliqué ! dit Dolorès avec agacement.

— Hein ? dit Matt. Tu me parles ? »

C'est elle, maintenant, qui n'écoute plus.

Elle rajuste les pans de mon manteau. Elle enroule une écharpe de laine marine autour de mon cou. Elle m'enfonce un bonnet ridicule sur les oreilles.

« Je ne veux pas que tu prennes froid ! »

À peine descendu de l'avion, je m'arrête et je regarde le ciel. C'est le même firmament que chez moi. La nuit est claire et pleine d'étoiles. On n'entend pas de cris d'animaux. Aucun tam-tam rageur. Rien que le bruit des hélices qui tournent au ralenti. Dolorès m'entraîne par le bras. Elle marche vite, perchée sur des talons d'au moins vingt centimètres. Comme les prêtresses hindoues, elle a la tête et les cheveux cachés par un pashmina blanc. Sous l'appareil, Matt fume une cigarette avec le pilote en faisant de grands gestes. Des hommes s'affairent autour des bagages. Ils portent des uniformes bleus. Ils ont la même couleur que moi.

Un vent glacé balaie la foule agglutinée derrière des barrières de métal. Des filles en transe scandent le nom de Matt à tue-tête.

En pénétrant dans le hall de l'aéroport, Dolorès regarde autour d'elle plusieurs fois. Comme si elle redoutait quelque chose.

Il y a des caméras partout. Des agents de sécurité qui surveillent les couloirs. Les haut-parleurs crachent à plein tube une chanson de Eurythmics. *Sweet Dreams Are Made of This.* Ma nouvelle mère me prend par la main et m'entraîne vers la porte vitrée. C'est à ce moment-là que les premiers éclairs déchirent la nuit. Il y en a un. Puis deux. Puis des dizaines qui crépitent en même temps. Un vrai feu d'artifice. Dolorès cache son visage dans son châle. Elle se met à courir. On traverse un labyrinthe de corps. Matt nous rejoint en catastrophe. Il essaie d'éloigner les photographes comme on chasse un essaim de mouches noires.

« S'il vous plaît ! Laissez-nous passer… »

Ses paroles n'ont aucun effet. Au contraire. Plus on les chasse, plus les paparazzi pullulent. Chacun jouant des coudes pour être au premier rang. Une journaliste de MTV bien foutue, un micro à la main, crie « Moteur ! »

à deux types en jean qui la suivent, caméra à l'épaule. Des flashes explosent autour de nous. Matt cligne des yeux et se fraie un chemin à travers la meute vociférante.

« Dolorès ! dit la femme au micro. Allez-vous adopter cet enfant ? »

Sa voix est couverte par la foule.

« Est-ce vrai que vous allez épouser Matt Hanes ? »

S'extrayant de la meute à coups de poing, Matt nous entraîne vers la sortie.

« Croyez-vous sauver votre couple en adoptant des gosses ? »

Les photographes se lancent à notre poursuite. Nouvel orage de flashes. Mais bloqués par les gardes du corps ils se cassent le nez sur la porte à tambour. Certains hurlent de rage. Les autres se précipitent vers une sortie voisine.

Devant la baie vitrée, une voiture blanche nous attend. Les portières sont ouvertes. Un chauffeur noir est au volant. On plonge sur les banquettes de cuir et la voiture démarre en vrombissant.

2

Ce n'est pas une maison que possèdent Matt et Dolorès à Carbon Beach. Mais un palace aussi grand que le village où je suis né.

Un décor de cinéma high-tech avec des touches d'Art déco et de pop art. Mille cinq cents mètres carrés avec des alarmes et des caméras de surveillance dans toutes les pièces. À l'intérieur, un escalier de marbre relie les trois étages avec, sur les murs, une fausse fresque de Mucha dans les tons pâles, olive, amande et vert d'eau. Une luxueuse cuisine ouverte avec des placards en bois précieux d'Indonésie. Un four *design.* Deux lave-vaisselle et un frigo à porte vitrée. Une table ovale en bois de rose incrustée de plaquettes en ivoire et de nacre pour les domestiques. Des râteliers à vin dessinés sur mesure et remplis de grands crus français. Au-dessus des égouttoirs en teck, une peinture de Niki de Saint-Phalle représentant une femme à la bouche pulpeuse et au regard vide avec, en arrière-fond, une ville émergeant du brouillard qui ressemble à New York.

Dans toutes les pièces, il y a de la musique. Des lustres halogènes en cristal transparent et noir. Des tapis dessinés par Marc Jurt, Jean-Pierre Pincemin ou Daniel Buren. Au mur, un grand tableau de Roy Lichtenstein sur lequel une femme fumant une cigarette prononce d'un air désabusé *I forgot to have children.* Plus loin la série des portraits de Mao et de Marilyn par Andy Warhol. Plus loin encore des peintures de Rauschenberg, Franz Kline, Sol Lewitt, Jean Tinguely. Et partout, incrustées dans les murs, des petites niches débordant de CD et de DVD, de bougies à la citronnelle, de magazines *people.* Dans le salon, d'immenses fauteuils de cuir et un grand divan d'angle encastré dans une boiserie, façon cosy-corner, devant plusieurs écrans plasma connectés à un système de satellites qui capte plus de mille chaînes de télévision.

Mon premier père aurait adoré ça !

« Viens, dit Dolorès en me prenant la main, je vais te montrer ta chambre… »

Je la suis dans le grand escalier. On grimpe deux étages et on entre dans une chambre grande comme un hall d'aéroport. Autour du lit à baldaquin protégé par une moustiquaire, il y a des armoires remplies de vêtements de marque et des bibliothèques pleines de livres. Un guéridon en chenille de Larson et des fauteuils de cuir.

Les murs sont tendus de tissu imprimé de motifs africains. Manguiers. Lézards géants. Éléphants en train de se désaltérer dans une rivière. Les draps et les serviettes viennent de chez Calvin Klein. Les rideaux en soie grège sont signés Saint-Laurent. Au plafond une caméra infrarouge à senseurs capte chaque mouvement et enregistre chaque parole des personnes qui se trouvent dans la pièce. Ensuite, les images sont mémorisées, analysées par des ordinateurs, puis conservées dans une chambre secrète dont le code d'entrée est modifié chaque semaine d'une manière aléatoire.

Une dizaine de cartons enveloppés dans du papier brillant et entourés d'un ruban de couleur jonchent le sol.

« Qu'est-ce que c'est ? je demande, intrigué.

— Des cadeaux. Tu les ouvriras tout à l'heure. Range d'abord tes affaires… »

C'est vite fait : mon sac ne contient qu'un *djembé* et mon ballon de foot. Une patte de poule que les Reines m'ont donnée pour éloigner le mauvais sort. Un morceau de lave du volcan et l'appareil numérique de la femme blanche.

Après, j'accompagne Dolorès jusqu'à la salle à manger, vaste comme un parking d'autoroute. Il y a des chandeliers en argent sur la table. Une nappe en satin de coton couleur cerise aux motifs ajourés. Des services et de la vaisselle Alessi. Des ronds de serviette Jean-Paul Gaultier.

Matt est assis à un bout de la table et Dolorès à l'autre bout.

« Où est ma place ? je demande timidement.

— Entre nous deux, dit Dolorès, tu es ici chez toi. »

Une femme en tablier avec une collerette en dentelle et une drôle de couronne dans les cheveux vient apporter les plats. Elle ne dit rien. Elle ne sourit jamais. Elle baisse les yeux quand quelqu'un la regarde. Elle a la même couleur que moi. Mais elle n'est pas de mon village.

« Goûte-moi ça ! dit Dolorès en désignant l'assiette qui fume devant moi. Un velouté de tomates aux crevettes… »

C'est rose et sucré. Je me brûle la langue. Le goût n'est pas désagréable. Ça me rappelle mon village. On mangeait des crevettes toute l'année. Mais séchées et mélangées à la poudre de feu, au cumin et aux piments rouges.

« Ne mange pas si vite ! dit Matt en souriant. Tu vas te brûler…

— Ne sois pas trop sévère avec lui, intervient Dolorès, il n'a pas dû manger souvent à sa faim… »

Matt hausse les épaules et moi je lape les dernières gouttes de soupe dans mon assiette. Dolorès me regarde en souriant. Quand j'ai fini, j'essuie ma bouche avec la belle serviette blanche et je me lève de table en vitesse pour aller jouer.

« Où vas-tu, Moussa ? intervient Matt. Le repas n'est pas terminé… »

En effet, la femme en tablier revient avec un grand plateau d'argent. Sans un mot elle enlève les services et les verres. Elle dépose devant chacun de nous une assiette avec des choses bizarres. Dans la mienne, il y a des cuisses de grenouille en gelée avec une sauce rouge et des herbes. Pour Dolorès, c'est un mille-feuille de caviar d'aubergine et pour Matt des canapés d'artichauts au foie gras.

« Je ne sais pas comment tu peux manger ça ! dit Dolorès en faisant la grimace.

— Mais c'est très bon ! dit Matt. Aussi bon que tes trucs végétariens…

— Quand je pense aux souffrances de ces pauvres canards ! renchérit Dolorès. Sais-tu qu'ils sont placés dans des cages minuscules qui n'ont qu'un trou où ils passent le cou et la tête pour qu'on puisse les nourrir ? Et que leur calvaire dure quinze jours ? »

Comme Matt ne répond pas, elle poursuit d'une voix dure :

« Sais-tu, mon chéri, que pour gaver les canards, on utilise une machine qui ressemble à un entonnoir géant ? On passe le bout de l'entonnoir dans la bouche du canard, puis on le fait descendre dans le cou. On appuie sur un bouton et le maïs coule dans la gorge du canard, directement dans son estomac. Comme ça, le canard est obligé de manger. Tu ne trouves pas ça *répugnant* ?

— Quand on goûte le résultat, dit Matt en haussant les épaules, on se dit que ces bêtes ne souffrent pas pour rien !

— Tu es cynique !

— Et puis chacun doit bien mourir un jour, n'est-ce pas ? Même les canards. »

3

Le lendemain, après le déjeuner sur la terrasse, Dolorès vient m'embrasser. Elle porte un peignoir mauve Lacroix et moi je me blottis contre ses seins comme autrefois au bord de la rivière, dans ma première vie. Elle a retrouvé le sourire (mais que *signifie* le sourire d'une actrice ?). Ses yeux brillent d'impatience et de joie. À l'autre bout de la table, Matt bâille devant son cocktail de vitamines, puis il se lève et vient se poster derrière elle en la prenant doucement par la taille.

« C'est pour toi ! dit Dolorès en me tendant un petit livre bleu.

— Encore une surprise ? »

Elle hoche la tête et sourit. Le petit livre ressemble au

livre que j'ai trouvé dans le sac de la femme blanche. Il est mince et léger. Sur la couverture bleu roi, il y a des lettres et un grand aigle écartelé qui tient un rameau d'olivier dans une patte et un totem dans l'autre. Au-dessus de sa tête, une étoile à six branches brille comme un soleil.

« Ouvre-le donc ! dit Matt avec impatience.

— Ne le brusque pas ! dit Dolorès. C'est si nouveau pour lui... »

Sur la première page du livre, il y a un long ruban de fourmis noires qui ne veulent rien dire.

« Tourne la page ! Regarde bien... »

En feuilletant le petit livre bleu, j'ai le choc de ma vie : il y a la photo d'un visage qui me regarde.

« C'est *moi* ? je demande, l'air incrédule.

— Oui, Moussa.

— Qu'est-ce que c'est ?

— Ça s'appelle un *passeport*.

— À quoi ça sert ?

— Ça te permet d'aller où tu veux, dit Matt. De sillonner la terre dans tous les sens. Et partout on te reçoit comme si tu étais le roi du monde !

— Vraiment ?

— Matt exagère, dit Dolorès. Mais c'est vrai qu'avec ce passeport tu peux aller partout et s'il t'arrive quelque chose il y aura toujours quelqu'un pour t'apporter de l'aide...

— C'est comme les gris-gris de mon père ?

— Si tu veux, Moussa. »

Dolorès me regarde, les yeux brillants de larmes.

« Mais il y a encore une surprise...

— Ah bon ?

— Tu ne t'appelles plus Moussa...

— Pourquoi ?

— Comme désormais tu es américain, il te faut un autre prénom...

— Vous n'aimez pas mon nom ?

— Ce n'est pas ça. Mais pour mieux t'intégrer il faut que tu t'appelles comme les autres enfants.

— Et comment s'appellent les enfants en Amérique ?

— Ils s'appellent tous Kevin, Ted, Brad, Ross, Ridge, Thorn...

— C'est affreux !

— Tu as raison.

— J'aime encore mieux Moussa ! »

Dolorès passe sa main sur ma joue.

« Matt et moi, nous en avons parlé longtemps et nous sommes tombés d'accord sur ce prénom qui nous plaît à tous les deux. »

Elle regarde Matt avec tendresse.

« N'est-ce pas, chéri ?

— Oui, dit Matt en haussant les sourcils.

— C'est un prénom magnifique...

— Je peux savoir lequel ?

— Adam.

— Qui est ce type ?

— C'est le nom du premier homme, Moussa. Dieu l'a créé le sixième jour du monde à partir d'une poignée de terre...

— C'était un sorcier ?

— En quelque sorte.

— Et il était marié, Adam ?

— Oui, mais plus tard. Il a d'abord vécu tout seul, puis il a pris pour épouse Ève, une femme qui est sortie d'une de ses côtes...

— Incroyable ! je dis. C'est un tour de magie !

— Si tu veux.

— Et ils ont eu des enfants ?

— C'est une histoire compliquée. Ils ont vécu d'abord dans un grand jardin avec des arbres magnifiques, des rivières, des animaux sauvages...

— Comme dans mon pays ?

— Oui, Adam.

— Je n'arrive pas à m'y faire.

— Ça viendra, petit.

— Leur royaume s'appelait le Jardin d'Éden. Mais ils n'ont pas pu y rester longtemps...

— Pourquoi ?

— Parce que la femme était trop curieuse...

— Lubrique ! corrige Matt.

— Arrête de m'interrompre ! Il faut que notre enfant connaisse l'origine de son nom...

— OK, dit Matt, résigné.

— Un jour, donc, ils ont commis une faute...

— Quelle faute ?

— Dieu, qui était leur père à tous deux et qui les aimait bien...

— Le grand sorcier ?

— Oui. Dieu leur avait interdit de goûter aux fruits d'un arbre du jardin...

— Pourquoi ?

— C'était l'arbre de la connaissance du Bien et du Mal...

— Chez nous, c'est l'aconit ou le laurier-rose : tu manges une de ces fleurs et tu es mort !

— Merci, Adam. Je peux continuer ? Bref, un jour, un serpent tendit à Ève le fruit défendu...

— Avec quoi ? Si le serpent a des bras, ce n'est pas un serpent !

— Tais-toi, Adam !

— Je n'y avais jamais pensé, ajoute Matt. Mais il a raison, le môme…

— Tu ne vas pas t'y mettre aussi !

— OK, chérie. Continue.

— Donc Ève tendit la pomme à son mari…

— C'est quoi une pomme ?

— C'est le fruit défendu.

— Il n'y en a pas dans mon pays.

— Mais ça peut être aussi une figue…

— Ou une mangue ?

— Oui.

— Ou un ananas ?

— Oui, Adam.

— Ou une papaye ?

— Tu me laisses finir ?

— Oui, M'dame.

— Ne m'appelle pas comme ça. Appelle-moi Dolorès ou maman. Mais jamais *M'dame*.

— OK, Dolorès.

— Ça fait servile.

— Et qu'est-ce qui est arrivé après la pomme ?

— Ils ont été chassés du paradis.

— Mince alors ! Pourquoi ?

— À cause du péché originel.

— C'est quoi ça ?

— C'est une image, Adam. Manger la pomme, c'est commettre le péché de chair…

— Qu'est-ce que c'est que le péché ?

— C'est faire quelque chose de mal.

— Et qu'est-ce qu'ils ont fait de mal, ces deux-là ?

— Ils ont désobéi à Dieu et ils ont…

— Ils ont quoi ?

— Ils ont…

— Baisé ! dit Matt, hilare.

— Ne sois pas vulgaire ! Tu vas choquer ce pauvre gosse...

— Ça veut dire quoi *baiser* ?

— Tu vois ! dit Dolorès, l'air furieux. Tu m'obliges à lui dire des choses qui ne sont pas de son âge...

— Ça veut dire quoi *baiser* ? je répète.

— Ça veut dire faire l'amour.

— Et c'est quoi, *faire l'amour* ?

— C'est quand un homme et une femme s'aiment et qu'ils veulent se le montrer.

— Ah ! C'est la danse du bambou !

— Si tu veux, Adam.

— C'est quoi, la danse du bambou ? demande Matt, intrigué.

— C'est la nuit, dans la forêt, quand les femmes astiquent le bambou des nègres...

— Mon Dieu ! dit Dolorès. Ça se passe comme ça dans ton village ?

— Oui. Mais ça peut aussi se passer dans les cases, au bord de la rivière ou dans la grotte des ancêtres...

— Qu'est-ce qui se passe exactement ?

— C'est la danse du bambou ! L'homme et la femme chantent, ils se frottent l'un contre l'autre et à la fin ils poussent des cris de chauves-souris...

— Ah je vois ! dit Matt.

— Et après ? je demande.

— Après quoi ?

— Quand on les a chassés du grand jardin, qu'est-ce qu'ils sont devenus ?

— Ils ont eu trois fils, Caïn, Abel et Seth et beaucoup d'autres enfants...

— Cool.

— Pas tant que ça. Caïn a tué son frère Abel, et Seth a disparu dans la nature…

— Mince ! Une famille d'assassins… Et après ?

— Dix générations plus tard, toute la famille a été engloutie par le déluge…

— Quelle histoire !

— Sauf Noé, sa femme et ses fils qui ont repeuplé toute la terre. »

Elle se tourne à nouveau vers moi.

« Cette histoire est la tienne. Tu feras de grandes choses, comme Adam, le père de l'humanité…

— Mais je ne suis le père de personne ! je proteste.

— Ça viendra un jour, Adam.

— Pas tout de suite, rectifie Matt. Tu es encore un gosse. »

Dolorès me regarde. Ses yeux brillent comme les feuilles des manguiers sous la pluie de printemps. Elle prend la main de Matt. Elle l'embrasse sur la bouche. Les pans de son peignoir sont dénoués. Elle a les cheveux libres et les pieds nus. Matt porte un survêtement de sport, une serviette autour du cou et il n'est pas rasé. Il a fini son verre de vitamines. Il prend Dolorès par les épaules.

« Tu es heureux d'être avec nous, Adam ? dit-il. Et d'avoir une nouvelle famille ?

— Pourquoi ? »

Ils éclatent tous les deux de rire.

4

Matt passe souvent la matinée dans son appartement à jouer au billard avec des potes ou à écouter de la musique à plein tube. À recevoir des visiteurs. Ou à somnoler sur le canapé du salon. Il lit des scripts. Il joue avec la télécommande des postes de TV. Il fait le pitre devant les caméras de surveillance. Il feuillette en râlant des magazines *people* où il découvre chaque jour des photos de Dol ou de lui, le plus souvent truquées, en compagnie de starlettes sulfureuses. Il fume des cigarettes qui lui donnent l'air joyeux. Il tue le temps comme d'autres vont à la mine.

Dès le matin, Dol s'enferme dans la salle de musculation avec son coach d'aérobic. Rudy le Naze. Un ancien athlète autrichien taillé comme une armoire et entièrement épilé. On ignore ce qu'ils font. Mais on entend grincer tous les appareils de torture. Des *ah,* des *oh*, des *hi* à fendre l'âme. Après, elle se retire dans son boudoir avec son coach verbal qui lui fait répéter le texte de son prochain rôle au cinéma (elle est venue sur terre pour se venger des hommes et ne parle que le martien). Puis son coach diététique qui lui donne des conseils pour manger léger et soutient son moral quand elle fait un régime. Ensuite arrive la manucure (une demi-heure). La maquilleuse et la coiffeuse (une heure). La conseillère en *relookage* (encore une heure).

À midi, elle mange une carotte ou une branche de céleri. Matt la rejoint au bord de la piscine. Il avale en vitesse quatre ou cinq club sandwiches avec une pinte de Budweiser. Un rot ponctue la fin de son repas. Puis la vie infernale recommence. Dol file au studio avec son coach verbal, sa maquilleuse et sa conseillère en image. Une petite Mexicaine qui n'aime pas les hommes. Elle ne parle jamais de son travail. Je sais seulement qu'elle passe des heures à attendre. À répéter son texte. À éviter les courants d'air. Quand elle a faim, elle avale un ou deux comprimés de Laxis et elle boit beaucoup d'eau.

5

Matt est né à la fin de l'automne. C'était dans l'autre siècle. À Duluth. Un trou perdu du Minnesota. Famille presbytérienne, aimante, morbide, qu'il quitte dès qu'il peut pour aller se brûler les ailes à L.A. Petits jobs de serveur ou de dealer. Déménageur par accident. Homme-sandwich par vocation. Gigolo par plaisir. Il touche un peu à tout pour payer ses cours de théâtre à l'atelier de Roy London. Il promène dans les studios son blues et sa gueule d'ange. Il décroche un premier contrat avec Levi's. Ses fesses moulées dans un jean bleu de Gênes font rougir même les pierres. Il fait une brève incursion dans *21 Jump Street*, une série pour les *teenagers* qui a lancé Johnny Depp. La machine est lancée. On le formate jeune premier romantique. Avec un truc en plus, entre les jambes, qui fait la différence. Il commence à collectionner les starlettes *borderline*. Juliette Lewis, Rebecca de Mornay, Gwyneth Paltrow. Un film de Ridley Scott fait connaître sa dégaine inquiétante au monde entier. Il intéresse Robert Redford, Tarantino, Sam Mendes. Il tourne peu de films. Mais il sait choisir ses rôles. Il maîtrise son image. Tout dérape quand il accepte de jouer un vampire. Puis un flic manipulé par un diabolique assassin. Deux rôles qui font de lui non seulement un acteur à la mode. Mais une star planétaire.

Comment résister au succès ? Pour se faire oublier Matt tourne ensuite des films à petit budget. Il casse son image en jouant un tueur hirsute et crasseux dans *Georgia*. Un drogué dans *True Love*. Un écolo agité du bocal dans *L'Armée des sept singes*. Son charisme crève l'écran. On le réclame partout. Avant il était le beau gars aux yeux bleus un peu perdu que toutes les femmes rêvent de consoler. Maintenant c'est le voisin taciturne qui dissimule sous sa gueule d'ange un caractère de psychopathe. La presse fait de lui une icône. Les paparazzi ne le lâchent plus. Il change encore une fois de route. Il rencontre le Dalaï-Lama. Il s'initie au bouddhisme. Il s'installe au Tibet. Il décide de finir ses jours dans un monastère. Son vieux pote Jack Malone le ramène aux studios. Avec lui il se lance dans la série des *Ocean's. 11, 12, 13, 14, 15...* Il tourne en Suisse, en Australie, en Amérique du Sud, en France. Sur le tournage du numéro 13 Matt rencontre une beauté magnétique. Névrosée à souhait. Une vraie fleur carnivore. Dolorès Scott. Les scènes chaudes se succèdent. Le réalisateur en écrit de nouvelles toutes les nuits. Matt tente de garder le contrôle. Mais face à Dol, ses lèvres douces, ses yeux verveine, c'est mission impossible. Pour échapper aux photographes, ils achètent l'hacienda. Ils décident de fonder une famille. Ils lancent l'image du couple de stars rêvant d'une famille recomposée. Ils partent aux quatre coins du monde pour tenter d'adopter un enfant. On leur fait des misères. On multiplie les tracasseries administratives. Enfin ils se rendent en Afrique. Ils rencontrent mon père qui a une ribambelle de rejetons à vendre ou à donner. Matt trouve le truc de l'écran plat. C'est là que commence notre histoire.

6

Matt aime les vieilles voitures. Il en a toute une collection dans son garage. Des Bugatti, des Chevrolet, des Pontiac. Des Cadillac bien sûr. Mais la voiture qu'il préfère, c'est sa Buick. Un cabriolet Roadmaster 1955. Moteur V8. Couleur menthe à l'eau. Moins de cent exemplaires dans le monde.

Parfois il m'emmène avec lui faire un tour sur la côte pacifique. Je suis assis devant, sur le siège en cuir vert. Je me cramponne aux accoudoirs. Matt fume un joint. Il rigole tout le temps. Un CD de Nirvana tourne sur le lecteur. *About a Girl.* Matt fredonne la musique avec la voix acide de Kurt Cobain. Il s'amuse à fermer les yeux. Puis il les rouvre au dernier moment. Juste avant le virage. Il donne un coup de freins rapide. Il laisse la voiture déraper doucement sur la route semée de gravillons et frôler le ravin qui descend vers la mer.

« J'adore cette voiture, dit Matt en riant. C'est la même que Jay Leno… »

Je ne sais pas qui est Jay Leno. Mais moi j'ai envie de vomir. Les frères Gallagher hurlent dans les haut-parleurs. *Don't Look Back in Anger.* Matt me regarde avec pitié. Il arrête sa voiture au bord du précipice. J'ai à peine le temps de sortir et je me vide de tout mon déjeuner. Après, ça va mieux. Matt me montre au loin une ville à moitié engloutie dans le brouillard. Il y a des avions dans le ciel et des cris d'oiseaux dans les arbres. La ville s'appelle Santa Monica.

« Un sacré trou à rats », ajoute Matt.

Nous reprenons la route. Matt a rallumé sa cigarette. Il y a une odeur agréable dans la voiture. Ça me rappelle les feuilles d'eucalyptus que les Reines fument dans mon village après qu'elles ont séché plusieurs jours au soleil. Maintenant c'est Blur qui fait trembler les haut-parleurs. *Country House.* Il se met à pleuvoir. C'est cool d'être au chaud et au sec quand le ciel se déchaîne.

À travers la vitre, je vois défiler les réservoirs à eau. Les bosquets calcinés et les petits rectangles bleus des piscines éclairées sous la pluie. Je vois des rangées d'entrepôts qui n'en finissent pas. Des bandes de mecs debout contre les palmiers ou formant des groupes autour des voitures arrêtées. Cigarette au bec et cannette de bière à la main. Je vois des églises et des bars. Des cinémas en plein air. Des femmes qui sont debout sous les hauts lampadaires des hôtels. Quand elles voient passer la vieille Roadmaster, certaines font de grands gestes et poussent des cris.

« J'ai un coup de fil à passer, dit Matt en plantant brusquement les freins. Attends-moi dans la voiture. »

Il a mis ses lunettes de soleil. Il regarde autour de lui avec méfiance. Comme s'il cherchait quelqu'un ou quelque chose. Puis il s'engouffre dans la porte tournante d'un hôtel. Le portier noir lui fait une révérence. Matt lui glisse un billet dans la main. J'allume l'autoradio. C'est un très vieux modèle. Je tombe sur une station qui ne passe que du rock'n'roll. J'aime bien cette musique de sauvages. Ça me rappelle les fêtes dans mon pays quand les Reines invitaient les hommes dans leur case. C'était la bamboula. Toute la nuit on entendait les hyènes hurler dans la forêt.

Quand Matt sort de l'hôtel, le soir est déjà bien entamé. Je somnole sur la banquette arrière. La radio passe un tube de Bill Haley, *Shake, Rattle and Roll.* Les palmiers se détachent sur le ciel mauve et noir. Une femme se penche sur la voiture et toque à la vitre embuée. Elle a les yeux très noirs et la bouche très rouge. Elle porte une perruque jaune. Son sac à main est ouvert. Dans l'embrasure, on voit briller un objet en métal.

Matt démarre aussitôt comme dans les films en faisant crisser les pneus de la vieille Buick. Il glisse un disque de Sheryl Crow dans le lecteur. *All I Wanna Do.* Il conduit sans un mot. Il fait chaud même en ce mois de décembre. Je me laisse emporter par la nuit qui descend. Je ne sais plus où ni qui je suis.

7

Je suis assis au bord de la piscine et je regarde le ciel vide et profond comme la mer. De temps à autre il se charge de gros nuages noirs. Mais les nuages ne restent jamais longtemps. Le vent les chasse vers la montagne où les éclairs jaillissent bientôt comme un feu de Bengale. J'y découvre chaque jour des présages. Les nuages sont des livres qui refluent vers la nuit.

À Dolorès j'apprends à lire dans les bruits du dehors. Le chant des oiseaux ou le vent dans les branches des séquoias. Comme le sorcier de mon village. Et il me suffit de creuser la terre ou d'arracher l'écorce des arbres pour lui montrer qu'un autre monde est là. Merveilleux. Innocent. Un monde peuplé de fourmis rouges et de vers translucides. Un autre monde à portée de la main.

Matt est vautré dans une chaise longue. Il discute avec un acteur dont le prochain film sort dans quelques jours. Le type s'appelle Jack Malone. C'est un pote de mon père. Mais je crois qu'il m'aime bien aussi. Tous les deux fument un joint en regardant le ciel. Jack est surtout connu pour une réclame qui vante les mérites d'une capsule de café. Il a touché beaucoup d'argent pour ça. Il a les cheveux gris et noirs. Il porte des lunettes de soleil comme tout le monde dans cette ville. Il sirote une margarita.

De temps à autre, Matt dit quelque chose. Ou Jack. Ou les deux à la fois. Ça n'a pas d'importance. Aucun des deux n'écoute vraiment. Une musique douce s'échappe de la maison. La voix d'Astrud Gilberto s'invite au bord de la piscine avec le saxophone de Stan Getz. *Corcovado.* Les éclats de mica renvoyés par l'eau turquoise. Les volutes de vapeur qui montent du bassin. Les jolies filles et les jolis garçons qui se dorent doucement au soleil. Les palmiers qui se découpent sur le ciel mauve-orange. Le vent qui brûle et donne des frissons. Le monde agit comme un anesthésique. Les mots ne pèsent pas. Les gestes n'ont pas d'importance. Les domestiques attendent sous le porche qu'on les appelle. Matt s'endort dans sa chaise longue. Jack lorgne une fille en bikini violet qui plonge dans la piscine. Dol lit le dernier roman de Dan Brown sous un grand parasol. Ses paupières se ferment toutes seules.

8

Il y a toujours du monde à l'hacienda. Des jolies filles et des jolis garçons blonds et bronzés qui changent chaque semaine. Les potes de Matt. Des journalistes. Des attachées de presse. Des producteurs de cinéma. Mais il y a aussi toute la ménagerie de Dol. Ma mère a la passion des animaux abandonnés. Chez elle c'est une seconde nature. Allez savoir pourquoi. Quand elle tourne un navet quelque part, dans une région perdue de Sibérie ou du Nouveau-Mexique, elle rapporte toujours une pauvre chose moribonde à qui il manque une oreille ou une patte. Le museau ou la moitié des poils. C'est un fennec terrorisé par son voyage. Un bonobo pouilleux qui saute sur tout ce qui bouge et pousse des cris à fendre l'âme. Un épagneul aveugle ou un canard unijambiste.

Le dernier protégé de Mère Dolorès s'appelle Finn. C'est un diable de Tasmanie. Il a une fourrure noire. Il dégage une odeur de pourriture quand il est en colère. La nuit il pousse des cris qui réveillent toute la maison. Sa morsure est fatale. Elle peut provoquer des tumeurs cancéreuses (ses congénères qui jouent à se mordre le museau sont d'ailleurs morts de ça).

Finn est mon nouveau copain. Il est espiègle et rancunier. Il aime jouer. Mais il déteste perdre. Comme il est moins habile que moi au foot il essaie de tricher. Il plante ses crocs dans le ballon. Il tente de m'attraper la jambe avec sa gueule pleine de bave. Je suis plus vif que lui. Je gagne à tous les coups. Il me regarde avec ses yeux chassieux. Il écume de colère. Pour se venger il va se soulager sur le tapis en soie brodée du Cachemire. Je le chasse à coups de barre de fer et Finn avec des cris aigus va se cacher dans les jupes de Dol.

« Cesse de persécuter cette pauvre bête, Adam !

— Mais...

— Il n'y a pas de *mais* ! dit Dolorès. C'est un animal abandonné. Une victime de la cruauté des hommes... Comme tous les êtres vivants, il a droit au respect. »

Elle essaie de sourire.

« Allons, Ad, prends-le dans tes bras et fais-lui un câlin... »

Je m'exécute. Finn dégage une odeur épouvantable. Comme celle des rats musqués qui crèvent dans la rivière. Il me lèche le nez. Je détourne le visage. Il me lèche les oreilles. Pour me libérer, je balance un grand coup de pied dans le ballon qui file au-dessus des arbres. Finn se jette à sa poursuite dans le jardin. Pendant ce temps, je vais me barricader dans ma chambre. Je mets la musique à plein tube. The Offspring. *Pretty Fly for a White Guy.* Par la fenêtre, je vois le pauvre diable courir autour des arbres et japper lamentablement. Il me cherche du regard. Il a la langue pendante. Il est essoufflé et perdu.

C'est le soir. La tournée des popotes. Mère Dolorès va nourrir ses petits protégés. Elle les cajole. Elle les caresse. Elle les serre contre ses seins. Elle leur donne le biberon quand ils ne peuvent rien manger. Elle soigne leurs blessures quand ils se sont battus. Aux yeux chassieux, le bon collyre. Aux chiens galeux, la pommade qui guérit. Au canard boiteux, la prothèse en plastique. Elle a des mots de réconfort pour tous les animaux. Plus ils sont sales et malheureux et méchants, plus elle les aime. C'est une fontaine d'amour.

9

Cette ménagerie, c'est le meilleur moyen que Dol et Matt ont trouvé pour chasser les intrus. Quand ils ne se battent pas entre eux, les animaux veillent jalousement sur l'hacienda. Toujours sur le qui-vive. Comme une meute d'hyènes en rut. Ce sont les vrais gardiens du temple. Et rien ne leur échappe. Ils reniflent les nouveaux venus. Ils suivent à la trace les visiteurs suspects. Ils ne lâchent pas d'une semelle les livreurs de pizza ou la nouvelle assistante de Dol qui sent la transpiration.

Cette nuit, des coups de feu m'ont réveillé. J'ouvre la fenêtre. C'est la nouba dans le jardin. Des types courent dans tous les sens. Je vois Matt sortir de la maison avec sa carabine. Les animaux font un boucan d'enfer. Surtout le bonobo qui jappe et saute sur place. Les babines retroussées.

Ni une ni deux. Je passe un bermuda. J'enfile mes Nike.

Je dévale l'escalier. Je tombe sur Dol qui me regarde les yeux pleins de sommeil. Elle porte une chemise de nuit avec des petits lapins roses. Ses cheveux sont détachés. Elle a les pieds nus. Elle frissonne à cause du froid.

« Que fais-tu là, Ad ? Retourne te coucher... »

On entend deux autres coups de feu. Ils viennent du terrain de basket. Je regarde Dol qui a la chair de poule. J'ai envie de la prendre dans mes bras. De consoler Mère Dolorès. Mais elle se précipite dans le jardin. Je la suis en courant. Ça me rappelle les nuits de chasse dans la savane. Les yeux qui brillent dans le noir. Les cris des bêtes qui glacent le sang. Je tombe sur le veilleur de nuit. Un type blond et bronzé qui suit des cours de psychologie à UCLA. Il a son casque de walkman autour du cou.

« Qu'est-ce qui se passe ? je demande.

— Je ne sais pas. Je crois qu'un type a escaladé le mur d'enceinte...

— Vous l'avez vu ?

— Non. Mais les bêtes ont tout de suite flairé quelque chose... »

Nouveau coup de feu.

Près du terrain de basket, il y a un séquoia. Finn est au pied de l'arbre. Les crocs brillants de bave. Il grogne comme un avion. Il y a là Johnny le bonobo. Le couple d'hyènes et toute la meute des chiens galeux. Matt est surpris de me voir.

« Qu'est-ce que tu fais là, Ad ? »

Mais il n'attend pas ma réponse. Il se retourne et balaie le grand arbre avec sa torche.

« Regardez ! Là-haut... »

Il y a un homme debout sur une branche. Il porte une casquette de base-ball et des lunettes. Plusieurs appareils de photo avec des objectifs longs comme le bras et une sacoche de cuir en bandoulière. Il se cramponne au tronc du séquoia.

« Descends de là ! » hurle Matt.

L'homme ne bouge pas. Il est terrorisé. Les branches craquent autour de lui.

Matt prend sa carabine et vise le type. Puis juste au moment de tirer il pointe l'arme vers le ciel. Ça fait un éclair dans la nuit. Les chiens hurlent à la mort. Finn tourne autour de l'arbre comme un malade. Le bonobo montre à nouveau les dents.

« Tu ne veux pas descendre, vraiment ? crie Matt. Alors tant pis pour toi... »

Il se tourne vers le singe. Il lui caresse le crâne. Il lui dit doucement :

« Va le chercher, Johnny ! »

En un éclair, le bonobo est sur le type. C'est un sacré carnage. Il le prend à la gorge et il lui arrache les cheveux et il enfonce les griffes dans ses yeux. Matt tire un nouveau coup de feu. Johnny sursaute et lâche prise. Le type s'écrase au pied de l'arbre comme un fruit mort. Il est en sang. Les autres bêtes se jettent sur lui pour terminer le boulot.

« Maudits paparazzi ! dit Matt.

— Qu'est-ce qu'on fait du type ? demande un gardien.

— Jetez-moi ça dehors !

— Où, monsieur ?

— Dans un ravin, dit Matt en s'éloignant. Ou une benne à ordures... »

Tout le monde retourne se coucher.

La nuit est belle, pleine d'odeurs d'algues et de sang. Des phalènes tournoient dans les branches. Les bêtes sereines et rassasiées ronflent au pied de l'arbre.

10

Deux ou trois fois par semaine, Dol va voir son psy de l'autre côté des collines. Elle aime bien me prendre avec elle. On descend Broadway. On longe les gentilhommières où habitent ses amis stars. Parfois on croise Britney ou Madonna en train de courir au bord de la route avec leurs gardes du corps. Le chauffeur ralentit. Dol leur envoie des baisers avec la main. La radio FM crache un vieux tube de Randy Newman. *I Love L.A.* Dol fredonne la chanson en même temps que la radio. On passe devant Fatburger. La boutique Armani. Sam The Recordman. Le Hard Rock Café. Toutes les voitures ont des vitres fumées. On ne sait jamais s'il y a quelqu'un dedans ou si elles sont vides. On roule encore une demi-heure à travers les embouteillages. Dol est de plus en plus nerveuse.

Son psy habite une petite hacienda au milieu des pins parasols. Il reçoit Dol dans la piscine. Il est blond et bronzé. Il porte des lunettes de soleil et un maillot de bain Calvin Klein. Il y a des filles en bikini vautrées dans des chaises longues. Debout sur une bouée géante, un chihuahua nous accueille en jappant.

« Je suis à vous dans une minute, dit le psy en s'enroulant dans une serviette-éponge. Attendez-moi dans mon bureau... »

Dol connaît le chemin. On traverse un grand salon. Les tables sont encombrées de verres vides et de mégots de cigarettes. Sur le dressoir il y a un bol en céramique rempli de pilules multicolores. Un grand piano blanc trône au milieu de la pièce. C'est le piano sur lequel John Lennon a joué *Imagine.*

Dol arrive dans le bureau. Elle s'installe tout de suite sur le divan recouvert d'un pashmina rose et noir à longues franges. Elle prend un magazine sur le bureau. Le dernier numéro de *Real People*. Elle commence à lire.

Pendant ce temps, comme personne ne fait attention à moi, je me cache sous le divan.

« Bonjour, Dolorès ! dit le psy en passant un peigne dans ses cheveux mouillés. Comment ça va aujourd'hui ? »

Il se cale dans son fauteuil.

« Je... Je n'arrête pas de faire des cauchemars, Sig...

— Racontez-moi...

— C'est toujours la même image : dès que je ferme les yeux, ils foncent sur moi...

— *Qui* fonce sur vous ?

— Tout le monde, Sig !

— Soyez plus précise, Dolorès...

— Ils n'ont pas de visage. Et ce n'est pas toujours des êtres humains...

— Des animaux alors ?

— Non plus.

— Des extraterrestres ? dit le psy qui marque un peu d'intérêt.

— Non. Ce sont des... fantômes...

— Des fantômes ?

— Des goules, des vampires... Des morts-vivants, quoi !

— Des morts-vivants ?

— Arrêtez de répéter tout ce que je dis !

— OK. Mais alors qui vous poursuit ?

— J'aimerais bien le savoir. Dès que je ferme les yeux, ils rappliquent... Comme une meute de chacals...

— Continuez...

— Ils arrivent de partout, de la mer, de la vallée, de la ville...

— Quelle ville ?

— Mais toutes les villes, Sig ! L.A., Londres, New York, Toronto... Baton Rouge... C'est comme une marée, un pullulement... Ils rampent vers moi, ils n'ont pas de visage, ils commencent à dévorer mon corps...

— Eh bien ! C'est la première fois que vous me racontez ce cauchemar...

— Pas du tout ! Je fais toujours le même cauchemar... Des fois, je me demande si vous m'écoutez...

— Mais oui, Dolorès, je vous écoute. C'est juste que...

— Que quoi, Sig ?

— J'ai... des soucis personnels.

— Quels soucis ?

— Ma fille Stella. Elle est tombée raide dingue d'un acteur d'Hollywood...

— Et alors ?

— Un petit comédien qui cachetonne dans les films X. Sans envergure et sans talent. À part celui d'être bien monté, je suppose...

— C'est déjà ça ! dit Dol en rigolant.

— Je ne trouve pas ça drôle du tout ! Je n'aime pas l'idée que ma fille unique fréquente tous ces *people* d'Hollywood qui ne font que se shooter et baiser toute la journée !

— Quelquefois, ils tournent aussi des films !

— Des merdes, oui ! Que même les Européens ne veulent pas... Et toute cette faune insane qui tourne autour d'elle ! Ces maquereaux, ces dealers, ces réalisateurs gays ou névrosés... Savez-vous qu'à Hollywood une personne sur deux est *queer*, gay ou lesbienne ?

— Et alors ?

— Comment ça *et alors* ? Vous laisseriez vos enfants évoluer dans ce monde dépravé, vous ?

— Bien sûr que non, Sig ! D'ailleurs, je fais tout mon

possible pour protéger Adam de ce milieu de dingues. Il mène une vie paisible et saine à l'hacienda. Il ne fréquente que des gens normaux. Il vit à l'écart des dealers et des paparazzi. »

Le psy pousse un gros soupir. Il allume un cigare. Il aspire une bouffée de fumée. Puis il se gratte le crâne et regarde Dol sur le divan avec un air éberlué. Comme s'il avait oublié sa présence.

« Où en étions-nous ?

— Les cauchemars, dit Dol.

— Ah oui, ces fameux cauchemars ! Ils reviennent toutes les nuits ?

— Dès que je ferme les yeux, Sig !

— Vous prenez quelque chose pour dormir ?

— Bien sûr. Valium. Xanax. Halcyon. D'ailleurs, j'arrive au bout de mes réserves, docteur. Il faut que vous renouveliez l'ordonnance. Sinon je ne pourrai plus fermer l'œil du tout...

— Nous verrons tout à l'heure.

— C'est une question de vie et de mort, Sig !

— N'exagérez pas, Dol ! C'est fou, avec vous autres gens d'Hollywood, on est tout de suite dans l'hyperbole !

— L'hyperquoi ?

— L'exagération, si vous voulez.

— Parce que vous trouvez que j'exagère ? Vous ne croyez pas à mes cauchemars ?

— Bien sûr que j'y crois. Mais enfin, Dol, tout le monde fait des mauvais rêves...

— Des mauvais rêves ? Mais cela ne m'empêche pas seulement de dormir, Sig. Cela m'empoisonne la vie ! Le cauchemar continue quand je suis réveillée. Je ne supporte pas qu'on me touche, qu'on m'embrasse... J'ai à chaque fois l'impression qu'on veut me dévorer...

— Ah bon, dit Sig entre ses lèvres, ça continue pendant la journée ?

— C'est ce que je me tue à vous dire !

— Ne vous énervez pas, Dol ! Racontez-moi plutôt la suite de votre cauchemar…

— Toutes ces bestioles rampent sur moi lentement…

— Quelles bestioles ?

— Je vous l'ai dit : des fourmis rouges, des araignées, des lémures, des vampires… Et peu à peu ils prennent possession de mon corps, ils le dissèquent, ils le dévorent… À la fin du cauchemar, je ne suis plus qu'une tête…

— Intéressant…

— Le pire, alors, c'est que j'essaie de crier, d'appeler à l'aide… Mais aucun son ne sort de ma bouche !

— Je vois, dit Sig.

— Qu'est-ce que vous voyez ?

— Ce fantasme de dévoration…

— Mais ce n'est pas un fantasme, docteur ! C'est la réalité…

— Jusqu'à preuve du contraire, Dol, vous êtes toujours vivante et votre corps est entier ! »

Calé dans son fauteuil, Sig penche la tête en arrière. Il tire sur son cigare. Il fait des volutes de fumée.

« Et comment va Matt ? demande le psy d'un air détaché.

— Bien, je suppose.

— Vous n'en êtes pas sûre ?

— Il va *très* bien. Il a beaucoup de boulot ces temps-ci. Soderbergh veut faire un film avec lui. Et aussi Wes Anderson… Et Sean Penn… Et il est très attaché à mon petit Adam.

— Vous avez dit *mon* petit Adam…

— C'est un lapsus. Je voulais dire le nôtre… Nous l'avons adopté ensemble…

— Mais vous n'êtes pas mariés !
— Pas encore.
— Pourquoi ?
— Matt et moi, on a peur du mariage tous les deux.
— Vous avez peur de vous… engager ?
— Peut-être. Nous sommes très heureux comme ça, alors nous avons peur, *inconsciemment*, de tout gâcher si nous nous marions.
— Au fond, dit Sig l'air de rien, vous avez peur de vous faire dévorer par le mariage…
— C'est possible », admet Dol à mi-voix.

À nouveau, Sig marque un point. Il savoure sa victoire en faisant des ronds de fumée.

« Et comment ça va avec Matt ?
— Que voulez-vous dire ?
— Je veux dire au lit…
— Bien, je crois.
— De nouveau, vous n'en êtes pas sûre…
— Vous êtes bien placé pour savoir qu'on n'est jamais sûr de rien en ce monde. Surtout sur le plan sexuel…
— Comment ça ?
— Je pensais à votre femme…
— Laissez ma femme de côté, s'il vous plaît.
— Elle est bien partie avec un réalisateur de cinéma, non ?
— Ça n'a rien à voir !
— Ah bon…
— Nous étions très libres et…
— Elle vous a quitté pour un bellâtre qui assurait au lit… »

Sig se redresse sur son fauteuil. Il pousse un cri perçant. Il pointe son doigt vers Dol.

« C'est *moi* qui pose les questions ici ! »

J'entends Dol respirer bruyamment au-dessus de ma tête. Elle renifle. Elle se mouche. Elle réprime ses larmes.

« Et votre père ? demande Sig.

— Quoi, mon père ?

— Vous l'avez revu ?

— Bien sûr que non. Depuis qu'il nous a quittées, ma mère et moi, j'ai rayé ce salaud de ma vie.

— Vous n'avez jamais cherché à le revoir ?

— Non.

— Il vous manque, Dol ?

— Pas du tout.

— Il vous prenait dans ses bras ? Il aimait bien vous embrasser ?

— Je ne m'en souviens plus.

— Il vous prenait sur ses genoux, il aimait bien vous taquiner, vous chatouiller ?

— Je vous dis que je ne me rappelle pas.

— Peut-être a-t-il même essayé d'aller plus loin ?

— Arrêtez vos conneries ! »

Dol fond en larmes (mais que *signifient* les larmes d'une comédienne ?).

Sig soupire, l'air hésitant, regarde le plafond, puis sa montre.

« Je vais vous faire une ordonnance, dit-il enfin.

— Merci, doc. C'est juste une mauvaise passe…

— Je ne crois pas. Mais il me semble tout de même que vous allez mieux…

— Si vous le dites, Sig.

— Je veux vous voir lundi.

— Lundi, c'est impossible. Je fais les repérages du nouveau film de Dante. Je joue une terroriste palestinienne qui n'hésite pas à se faire péter au milieu de la médina avec sa ceinture d'explosifs…

— Alors mardi ?

— Je répète un autre film avec Brad Pitt.

— Mercredi alors ?

— Je vais à New York parapher le contrat pour le prochain film de Woody Allen.

— Donnez-moi une date alors ! »

Dol est assise sur le divan. Elle a ouvert son sac et elle consulte son agenda électronique.

« Il me reste un jeudi, dans un mois…

— C'est trop tard. J'aimerais vous voir avant…

— *Overbookée.*

— Comment voulez-vous aller au fond des choses si nous nous voyions si peu ?

— Disons jeudi 5 février à dix heures. »

Dolorès soulève le pashmina et me tire de sous le divan. Le psy pousse un cri.

« Mais qu'est-ce que ce gosse fait là-dessous ?

— Il ne me quitte jamais, dit Dol.

— Alors il a entendu tout ce que nous disions ?

— Oui.

— Ce n'est pas bien, dit Sig. Il y a des choses que les enfants ne devraient pas entendre. »

Dol se dirige vers la porte. Le psy l'arrête en chemin.

« N'oubliez pas mon petit cadeau !

— Ah oui ! Et vous, ma prescription. »

11

Un autre jour, le cœur dans un étau, Dol téléphone à son psy qui saute dans sa voiture et rapplique vingt minutes plus tard.

Sig a l'air en pleine forme. Cheveux noirs coiffés en

arrière. Chemise en batik fantaisie. Pantalon de lin blanc. Sandales de cuir. Il gare sa Corvette entre la Buick de Matt et la nouvelle Ferrari de ma mère n° 2. Il fait rugir plusieurs fois le moteur avant de couper le contact.

« Qu'est-ce qui se passe, Dol ?

— Allons dans le séjour. »

Dolorès s'installe sur le canapé et Sig se laisse tomber dans un gros fauteuil de cuir rouge juste en face d'elle. Il sort aussitôt son stylo et son petit calepin noir. Il a relevé ses lunettes de soleil sur le haut de son crâne. Il feuillette son calepin en humectant son doigt.

« Où en étions-nous déjà ? »

Sans attendre la réponse, il marmonne quelque chose.

« Ah oui ! Ces cauchemars... »

Il lève le nez de son carnet et regarde Dol avec attendrissement.

« Alors, c'est ça, *ils* reviennent chaque nuit ? »

Dol a les yeux pleins de brume.

« Oui, dit-elle faiblement. *Ils* reviennent chaque nuit. Et chaque nuit plus nombreux...

— Pouvez-vous les décrire ?

— C'est une foule tapageuse, fascinée par mon visage... Toujours et partout la même foule... Ils ne veulent pas me voir telle que je suis... Ils ne guettent pas ma pauvre figure meurtrie avec la trace de mes larmes, la marque des baisers... Ces coups de griffe que la douleur imprime sur le visage d'une femme...

— Que cherchent-ils ?

— Ils veulent me prendre...

— En photo ?

— Pas seulement, Sig. Ils veulent m'enlever, me ravir, pénétrer mes secrets...

— Ils veulent vous *pénétrer* ?

— Pire que ça : ils veulent me voler mon visage... »

D'où je suis, embusqué sous le guéridon, je vois Dol qui réprime ses larmes. Le nez dans son calepin, le psy prend des notes. Après un moment il regarde avec angoisse autour de lui. Comme s'il se croyait épié. Il se racle la gorge.

« Vous n'auriez pas quelque chose à boire ?

— Bien sûr, dit Dol. Whisky, vodka, rhum-coca ? »

Après avoir siroté son whisky, il lève le nez vers Dol.

« Mais ces... *envahisseurs*, ce sont des paparazzi ?

— Non, pas seulement. Ils veulent voir mon vrai visage. Mais ce visage n'existe pas. Je l'ai moi-même oublié...

— Vous avez *oublié* votre visage ?

— Pour être l'icône qu'ils vénèrent tous, j'ai dû gommer mon visage d'enfant... Le visage que ma mère et mon putain de père m'ont donné !

— Encore votre père !

— Il n'a jamais rien fait pour moi et il n'a jamais été aussi présent...

— Mais moi je suis là, dit le psy en prenant la main de Dol.

— Cela n'a rien à voir ! Vous n'êtes pas mon père...

— Certes, mais...

— Je peux continuer ou vous allez encore m'interrompre toutes les deux minutes ?

— Je vous en prie, poursuivez... »

Dol se tourne vers le psy et le fixe avec intensité.

« Regardez-moi, Sig !

— Je ne fais que ça...

— Regardez mon visage détruit...

— Mais il est magnifique, votre visage !

— Peut-être. Mais il n'est plus le mien... Mon nez a été refait... Mes pommettes ont été relevées... Mes lèvres gonflées au collagène... Les rides et les plis des paupières effacés... Sans parler des poudres magiques, des crèmes rajeunissantes, des fards...

— Vous êtes la femme à qui toutes les adolescentes du monde aimeraient ressembler, Dol. L'image même de la beauté...

— Vous comprenez alors pourquoi je me dérobe ?

— Non ! dit Sig, les yeux écarquillés.

— C'est par pitié pour eux. Je ne veux pas qu'ils sachent que je n'existe pas. »

Le psy reste sans voix.

Il tripote son verre de whisky. Il fait tinter les glaçons contre le bord du verre. Il en mâchonne un ou deux. Puis il lève les yeux vers Dol avec stupeur.

« Mais vous êtes une *star,* Dolorès ! Toutes les foules du monde vous vénèrent ! Les hommes tombent à genoux devant l'écran...

— C'est le miroir aux alouettes, Sig ! Derrière l'écran, il n'y a *rien*... »

Le corps de Dol se tasse dans l'ombre. On dirait celui d'un enfant. Elle cache son visage dans ses mains.

« Ces millions de cœurs qui battent pour vous, reprend Sig, tous ces *désirs* qu'un simple clin d'œil fait naître chez vos admirateurs...

— Un simple simulacre...

— Grâce à vous, ils savent que la beauté – et n'ayons pas peur des grands mots : la Grâce, la Vérité – existe ! Qu'elle est charnelle, vivante, incarnée sur la terre...

— Je ne suis pas Jésus-Christ tout de même !

— Mais oui, Dol, vous êtes la beauté incarnée ! La fille de Dieu...

— Arrêtez vos conneries !

— Et cette fille possède, comme vous, un front, des yeux, une voix, un cœur...

— Mais je ne suis qu'une doublure, Sig !

— Saint Jean disait : "Ce que nous avons entendu, ce que nous avons vu de nos yeux, ce que nous avons contemplé et ce que nos mains ont touché..."

— Vous lisez la Bible, maintenant ?

— Cela m'arrive, quand j'ai des insomnies. »

Soudain, le psy consulte sa montre.

« Aie ! Je vais être en retard à Planet Hollywood. Il y a une fête organisée pour la sortie du dernier film des frères Coen. Je vais rater les discours. Mais tant pis. Quelle barbe ! »

12

Un an déjà ! La vie passe vite au paradis. Malgré les promesses qu'il m'a faites, je n'ai jamais revu mon père. Pas plus d'ailleurs que la meute en boubous de mes mères. Ils ne m'ont pas écrit de lettre. Ils n'ont jamais téléphoné. Ça ne me rend pas malheureux. Je vais avoir treize ans. Je ne suis pas seul. Pas tout à fait moi-même. Mais je suis libre.

Mes journées, je les passe avec Finn ou Johnny. On joue au foot. On grimpe dans les arbres. On s'amuse à attraper les amarantes à bec rouge. On poursuit les canards. On brûle des phalènes. On joue à cache-cache dans le haras. On fait des feux de brousse dans le garage qui dégénèrent parfois en incendies. On creuse des galeries souterraines dans le jardin.

« Où as-tu encore été traîner ? demande Dol en voyant mon visage barbouillé de terre. Arrête de jouer au sauvage... »

Elle secoue la tête.

« Va prendre un bain, Adam. Cet après-midi, nous avons de la visite… »

Dol a invité quelques amis pour un goûter sur l'herbe. Rien que des huiles. Des musiciens de rock. Des acteurs de cinéma. Des écrivains à la mode. Des chirurgiens plastiques. Plus le troupeau habituel des assistants et des coaches. Ce qui se fait de mieux dans la Cité des Anges.

Ma mère a deux sortes d'amis : les couples mariés et les autres.

Les premiers ont une ribambelle d'enfants. De tous les âges et de toutes les couleurs. Tous adoptés. C'est la mode à L.A. Ici plus personne ne fait d'enfants. On ne peut pas se le permettre. Loi du showbiz oblige. On n'a plus très envie non plus. Bien entendu toutes les femmes aimeraient en avoir. Les hommes aussi, d'ailleurs. Mais pas ensemble. Pas ici. Pas maintenant. Pas au moment de faire un film avec Di Caprio ou Sharon Stone. Tout le monde couche avec tout le monde. C'est la coutume de la tribu. Mais ça ne marche pas comme ça. Alors les femmes sont malheureuses. Les hommes aussi. Pour oublier leur infortune, ils adoptent à tour de bras des enfants venus des continents lointains. Qu'ils vont chercher dans les *townships* de Pretoria ou les *slums* de Bombay. Ça arrange tout le monde. Le tiers et le quart-monde aussi. Ça fait du bien au porte-monnaie et ça soulage les consciences.

Et les autres ?

Ils sont tous gays. Certains ont des enfants aussi. Ce sont rarement les leurs. Mais ils les aiment quand même. Parfois mieux que les couples mariés. Les autres sont de farouches célibataires. Ils rêvent de mettre les enfants dans des cages ou bien dans une fusée qui irait s'écraser sur Mars. Ils vouent un culte à Dol. Leur *icône.* Ils sont toujours dans son sillage. Ils la flattent. Ils lui donnent des conseils. Ma mère me dit qu'ils sont les seuls à la comprendre vraiment.

Moi, ce que j'aime dans ces *parties*, c'est que je retrouve mes potes. Dol m'interdit de parler à des inconnus. Comme elle m'interdit de sortir de l'hacienda. Mais j'ai le droit de jouer avec qui je veux quand elle organise des *parties*.

Il y a mon pote Dave que Madonna a ramené de l'île du Malawi et sa sœur Mercy James. Elle aussi malawite. On raconte que leur mère les a choisis sur catalogue et qu'elle a dû les payer au prix fort. Avec eux, j'essaie de retrouver les souvenirs de mon village. Mais l'Afrique est un grand pays. Nos souvenirs ne sont jamais les mêmes. Pour eux, l'enfance est un cloaque et jamais plus ils ne voudraient retourner en arrière.

Madox, lui, vient du Cambodge. Sa mère l'a rencontré quand elle tournait un film à gros budget dans les rizières. Le soir, entre deux scènes, elle allait visiter les villages voisins et apporter un peu de réconfort aux familles démunies. Dès qu'elle l'a vu, elle a pris Madox dans ses bras et elle n'a plus voulu le lâcher. Il a fallu lui expliquer que ce n'était pas *son* enfant. Que celui-ci avait un père et une mère. Une famille, quoi. Elle a fini par libérer Madox et elle a sorti son chéquier. Tout s'est réglé très vite. Entre gentlemen. À la fin du tournage, elle est allée chercher le gosse et tous les deux sont montés dans le jet qui attendait sur la piste. Au début il était heureux dans sa nouvelle vie. Le problème, c'est qu'il n'est plus l'enfant unique parce que sa mère ramène chaque mois à la maison un nouveau frère ou une nouvelle sœur. Il y a eu d'abord Pax. Un petit Vietnamien qui n'ouvrait jamais la bouche. Puis Zahara, une Éthiopienne qui mangeait tout le temps. Sont arrivés ensuite Shiloh. Puis Knox Leon. Puis encore Angeline. Un sacré trio infernal. Ils ont mis la maison à sac en moins de temps qu'il ne faut pour le dire. Aujourd'hui, Madox regrette amèrement ses rizières. Il rêve d'y retourner à la première occasion...

13

« Hollywood, c'est ailleurs et nulle part ! Un mirage admirable ! Le trou du cul du monde ! Tous les chemins mènent à Hollywood, fiston... »

Matt est calé dans le siège en cuir vert de sa Buick. Il roule sur l'Interstate, pied au plancher. Il fredonne une chanson de James Taylor. *Shower the People You Love with Love.* Il a l'air détendu et heureux.

« On va où ? je demande.

— Nulle part. »

On traverse le quartier arménien avec ses stands de hot-dogs casher. Vermont Avenue. Puis les petites maisons propres de UCLA. C'est la première fois que Matt m'emmène dans ce coin de la ville. D'habitude on prend la route de la côte vers le nord. Matt s'arrête dans un motel pendant que je l'attends dans la voiture. Puis on revient à la maison. Mais aujourd'hui on quitte l'Interstate pour emprunter les petites routes. Matt conduit toujours aussi vite. Il fume une cigarette à la girofle. Il chante à tue-tête.

Un homme fait de grands signes au bord de la route. Matt ralentit. Il farfouille dans le vide-poches. Il prend le flingue qui est sous les papiers et la boîte de préservatifs. Le type s'avance au milieu de la route. Il nous fait signe d'arrêter. Matt plante les freins. L'homme est jeune. Il porte un blue-jean déchiré et des Nike rouges. Il tapote sur la portière. Il dit quelque chose qu'on n'entend pas.

Matt baisse sa vitre, la main droite sur le flingue, et regarde l'autre avec circonspection.

« Ma voiture est en panne... »

Sans écouter la suite, Matt démarre brusquement. Le type fait un bond de côté et gesticule sous la pluie. Matt allume la radio. Il cherche une nouvelle station sur la bande FM. Il tombe sur un tube des Beach Boys. *Wouldn't It Be Nice.*

« Ne fais jamais confiance à un inconnu, Ad !

— Pourquoi ? je demande.

— Ici c'est la Cité des Anges, dit Matt avec un air mystérieux. Le rendez-vous des tarés nostalgiques. Des millionnaires déguisés en clodos. Des prophètes égosillés ! C'est à L.A. qu'il y a la plus grande concentration de chasseurs d'autographes psychopathes... »

À travers la vitre, je vois le ciel qui se déchire. Les nuages qui refluent vers Burbank. La lune rose sur la mer.

Matt est de plus en plus nerveux. Il conduit vite. Il tire sur sa cigarette éteinte. Il regarde fixement devant lui. On passe devant des entrepôts désaffectés. Des motels éclairés par la pluie. Matt sifflote une chanson des Stones, *Honky Tonk Women.* Des types en débardeur, casquette vissée à l'envers sur la tête, discutent sur le trottoir.

« Ici c'est Babel ! dit Matt. On parle quatre-vingt-seize langues différentes ! Personne ne comprend personne. Sauf pour deux choses : la came et le cul... »

Il rigole tout seul.

« Les carburants du cinéma ! »

Matt arrête la Buick devant un bar en forme de melon. *The Brown Derby.* Des filles attendent devant la porte. Elles ont des bottes en cuir qui montent jusqu'aux cuisses. Des tops moulants. Des perruques blondes.

« Attends-moi dans la voiture, Ad !

— Non, je veux venir avec toi !
— Ce n'est pas un endroit pour les gosses…
— S'il te plaît ! Laisse-moi t'accompagner ! »
Matt lève les yeux au ciel et soupire. Je me glisse dans son ombre. À cette heure le bar est presque vide. Une ou deux tables seulement sont occupées. On s'installe près du juke-box sous l'enseigne Budweiser. Matt commande une bière et moi un milk-shake à la fraise.
« Est-ce que Mario est là ? demande Matt.
— Je ne l'ai pas encore vu…
— Vous savez quand il va venir ?
— Avec lui, on ne sait jamais. »
Matt écluse sa bière. Il se lève et glisse une pièce dans le juke-box. C'est Madeleine Peyroux. *Between the Bars.* Une chanson que Matt fredonne souvent à la maison. Il regarde autour de lui. Puis il revient s'asseoir. Puis il se lève. Puis il retourne parler avec la fille du bar.
« Il arrive quand, Mario ? »
La fille hausse les épaules. Elle va chercher une bouteille de tequila. Elle prend deux verres et les remplit.
« Il a beaucoup à faire ces temps-ci », dit la fille.
On reste assis à notre table. Je commence à trouver le temps long. Matt glisse d'autres pièces dans le juke-box et écluse d'autres bières. Des filles en cuissardes viennent s'installer au bar. Ce ne sont pas les mêmes que tout à l'heure. Des types viennent les rejoindre. Ils leur payent un verre ou deux. Ils les suivent dans les toilettes.

À ce moment, un type en costume sombre fait son entrée. Il regarde autour de lui avec méfiance. Matt ne tient plus en place. Il fait un signe au type. Ses lèvres et ses mains tremblent. Le type vient s'installer au bar. Il commande un whisky. Il discute avec la serveuse blonde. Une minute après, il se lève et il passe devant nous comme s'il ne nous voyait pas. Il descend aux toilettes où Matt le rejoint comme son ombre.

Pendant ce temps, une fille vient s'asseoir à ma table. Elle est très jeune. Elle a la peau bronzée. Elle porte une minijupe Diesel et des talons immenses. Ses cheveux sont tirés en arrière. Elle a un collier d'ambre autour du cou. À son poignet brille un bracelet en forme de serpent.

« Alors c'est toi le fils de Matt ? »

Elle fait un clin d'œil à la serveuse.

« Il est mignon, tu ne trouves pas ? »

Elle rajuste son rouge à lèvres, puis se tourne vers moi :

« Et comment tu t'appelles ?

— Adam, je dis.

— Moi c'est Eva. On est faits l'un pour l'autre… »

En souriant, la fille me prend la main. Elle m'attire sur ses genoux. Je plonge ma tête entre ses seins énormes. Je hume. Je flaire. Je lèche sa peau au goût de caramel. Miam-miam. J'ai le bambou en feu. Je m'apprête à manger ses tétons à travers le vinyle jaune. Mais Matt remonte des toilettes.

« Assez joué, Ad ! On y va… »

Il est hilare et détendu. Avec sa voix, il imite la guitare de Ry Cooder dans *Why Don't You Try Me*. La pluie s'est arrêtée de tomber. On voit les grandes lettres d'HOLLYWOOD briller sur l'autre côté de la colline.

14

Le bonheur, c'est la nuit. Pas la nuit qui descend comme une mort sur les collines de Santa Monica ou sur Mulholland Drive. La nuit orange et bleue qui efface les visages et plonge le monde dans les ténèbres chaudes. Non. Pas la nuit quotidienne. Mais la nuit magnétique.

La nuit pleine de bruits, de rires et de fureur.

La nuit américaine.

Certains soirs, Matt m'emmène dans les sous-sols de l'hacienda. C'est un vrai labyrinthe. Une caverne aux trésors. Il y a des caves remplies de vieilles bouteilles millésimées (mon père se flatte d'avoir un *nez* et de ne boire que des grands crus). Des réserves de jambons et de poisson séché qui suffiraient à une armée entière (Dolorès a toujours peur de *manquer*). Des chambres fortes surveillées par des caméras invisibles. Il y a une piscine flanquée d'un jacuzzi en forme de cœur géant. Une salle de sport avec ses engins de torture. Ses appareils à mesurer la pression et le rythme cardiaque.

Plus loin il y a la salle de projection : dix rangées de fauteuils recouverts de velours rouge et un écran géant équipé de colonnes dolby. C'est là que mes parents n° 2 passent et repassent tous les films qu'ils aiment.

C'est le vrai cœur de l'hacienda.

La première fois que je pénètre dans cette salle, c'est comme si j'entrais dans la grotte aux mystères. Dol me dit de m'asseoir où je veux. La salle est vide. Je m'assieds au premier rang. Dans la pénombre je crois revoir la caverne où les Reines conservent les crânes de chèvres, les canaris, les calebasses dans lesquelles trempent des racines d'arbres ou des pattes de poules.

La lumière s'éteint. Moi je me demande à quel dieu je vais être sacrifié.

Et je comprends pourquoi on appelle cette pièce la *salle de projection* : ce ne sont pas seulement les images qui sont projetées sur l'écran lumineux à quelques mètres de moi. Mais je suis projeté moi-même dans un nouvel espace. Un autre temps. J'entre dans la nuit magnétique. Je vis au temps des croisades. J'explore les bas-fonds de Chicago ou du Bronx. Je retrouve l'Afrique de mon cœur au son des tam-tams de pacotille. Je découvre l'Asie des salles de jeu et des *amoks*. Les mille et un tourments d'un cœur amoureux. Les exploits d'un petit vagabond à moustache et canne de jonc qui font rire Dol et Matt aux larmes.

Très vite j'entre en état d'hypnose. Les fantômes sur l'écran vivent d'une vie propre qui est également la mienne. Je suis avide de tout. Je dévore les drames et les westerns. J'aime les ports allemands dans la brume. Les légionnaires dans le désert. Les matelots devant le vieux cuirassé *Potemkine*. Les chevauchées sauvages à la poursuite des diligences de la Wells Fargo…

Surtout, je reste fasciné par les regards. Les gros plans de visages ébahis ou terrifiés. Tous ces visages sont les miens. Bien sûr je sais que ce sont des fantômes. Mais ces fantômes sont plus réels que la vie. Ils surgissent de l'écran lumineux. Ils crient mon nom. Ils s'invitent dans mes rêves. Les femmes surtout…

« Les femmes, au cinéma, connaissent le prix des mots, dit Dol. Elles ne vibrent que pour les taciturnes. Les Valentino, les Ramon Navarro, les Gabin. Les Delon… Ces grands taiseux qui n'ouvrent la bouche que pour le baiser final… »

Le choc, c'est *Le Chanteur de jazz*. On est en octobre 1927. C'est l'histoire d'un fils de rabbin qui veut devenir crooner. Le visage d'Al Jolson est passé au cirage noir. C'est ridicule et rigolo. Au début on n'entend rien. Pas un bruit. Pas une voix. Soudain le faux nègre se tourne vers le public et dit : « *Attendez ! Attendez ! Vous n'avez encore rien entendu.* »

C'est la première fois qu'un acteur parle au cinéma.

Matt me raconte que lors de la première tout le public s'est levé comme magnétisé et que la fin du film est passée totalement inaperçue. Tant les gens hurlaient et trépignaient dans la salle.

« Le cinéma, dit Dol, c'est le feu de la vie ! L'éclair d'une étincelle. Les flammes qui montent et qui dévorent tout… La *vie extrême*. Saisie à son point de fusion… Et puis la flamme décroît inexorablement… La braise encore ardente fume sous la première neige… Enfin, un petit tas de cendres. Tout ce qui *reste* de la vie d'une femme ou d'un homme… »

Dol allume une cigarette et regarde l'écran.

« Mon bonheur, c'est la nuit des images. On vit d'autres vies que la sienne et en même temps on ne quitte pas son corps. On est dans la sidération, Adam. Porté par les visages et les voix… »

Quelquefois, Matt insiste pour regarder des films qu'elle a tournés. Quand ma mère est de bonne humeur, elle accepte. Au début ça l'amuse de se voir en adolescente ou en femme éplorée. Elle se rappelle les repérages et les beaux costumes et les caprices du petit réalisateur polonais. Sa joie ne dure jamais longtemps. Très vite elle se dégoûte. Elle est hypnotisée par les défauts du maquillage. Elle se trouve laide. Ou trop petite. Ou trop grosse. Ou ridicule. Pourtant elle est la plus belle à l'écran. Dans les scènes d'amour on ne voit qu'elle. Mais rien n'y fait. Dol ne supporte pas sa voix. Ni ce visage fardé sous lequel apparaît son propre visage, qu'elle déteste.

On arrête la projection. La lumière revient brusquement dans la salle et Matt demande avec humeur :

« Pourquoi fais-tu des films, si tu te détestes à ce point ? »

Dol n'écoute pas. Matt répète sa question.

« Pourquoi fais-tu du cinéma, baby ? »
Ma mère hausse les épaules.
« Pour disparaître. »

15

La nuit je rôde dans la maison. J'écoute aux portes. Je me poste dans le noir quand Matt invite Dol dans sa chambre. Ils se font des câlins et je les entends roucouler. C'est la danse du bambou. Miam-miam. Derrière la moustiquaire j'entends des rires. Des cris de chauves-souris comme autrefois dans mon village. Ils s'en donnent à cœur joie. Ils oublient tout. Les films qui les détruisent. Les photographes qui les harcèlent. La came qu'il faut se procurer toutes les semaines. La vie factice. Ils oublient même que je suis aux aguets.

L'amour, c'est le métier que j'aimerais faire plus tard. Quand je serai plus grand.

Après l'empoignade, chacun regagne sa chambre. Matt allume la TV. Il se laisse tomber dans les coussins de soie. Il zappe entre un documentaire sur les coyotes du Nebraska et un match de base-ball à Miami. Il bâille. Il se sert une bière. Il se rassied. Il se relève. Il disparaît dans la salle de bains. Là il avale deux comprimés de Vicodin. Il s'effondre sur le sofa. Il lape sa bière. Il s'endort devant l'écran lumineux.

Dol est assise devant sa glace. Elle a passé une chemise de nuit Ralph Lauren. Elle peigne lentement ses cheveux. Son visage est recouvert d'une couche d'argile verte. Elle ressemble à un clown. Mais ses yeux sont ceux d'un zombie. Elle attrape son portable. Elle compose un numéro qu'elle connaît par cœur.

« Je vous dérange, Sig ? »
Une voix marmotte à l'autre bout du fil.
« Il faut absolument que je vous parle... »
Elle allume une cigarette.
« Je viens de faire l'amour avec Matt et... »
Dol s'interrompt.
« Comment c'était ? Mais très bien, Sig. Il n'y a pas de problème de ce côté-là... Qu'est-ce qu'il m'a fait ? Mais cela ne vous regarde pas ! »
Elle pousse un gros soupir.
« Je peux continuer ? »
Elle aspire une bouffée de fumée.
« J'ai eu un flash, Sig... Un flash terrible... J'ai eu l'impression qu'*ils* étaient là... Partout, dans la chambre... Ils étaient prêts à se jeter sur moi... »
Dol hausse le ton.
« Vous ne me croyez pas, Sig ? Vous pensez que je vous mène en bateau ? Que je n'ai rien d'autre à faire qu'à vous appeler à trois heures du matin pour vous raconter mes exploits amoureux ? »
L'autre crie au bout du fil.
« Vous débloquez, Sig ! Arrêtez de crier ou je raccroche tout de suite ! »
Dolorès crie à son tour.
« Puisque je vous dis qu'ils étaient *là* ! Oui, Sig, j'entendais leur respiration, je voyais leurs yeux briller dans le noir... Qu'est-ce que vous faites, Sig ? Vous avez pris du cristal ou quoi ? Vous pourriez au moins faire semblant de m'écouter ! »
Elle écrase sa cigarette.
« Quoi, moi ? Toujours *moi* ? Vous trouvez que je vous parle trop de moi ? Mais de qui d'autre voulez-vous que je vous parle, Sig ? Allez vous faire foutre ! »

Avec colère, Dol balance son BlackBerry contre le mur. Elle se regarde dans le miroir. Des larmes coulent sur le masque d'argile. Ses yeux sont rouges. Brillants de fièvre. Elle se lève brusquement. Elle disparaît dans le cabinet de toilette. Elle ouvre le robinet de la baignoire. Elle revient dans la chambre. Elle prend un Valium. Deux comprimés de Vicodin. Un ou deux Xanax. Elle retourne en chancelant dans la salle de bains. Elle allume la radio. KTFM. Son poste préféré. *The Future of Rock and Roll.* Elle se glisse dans l'eau brûlante.

Je quitte cette maison où tout est blanc. Tout est faux. Les murs. Les meubles. Les parquets et les stores vénitiens. La vaisselle de Limoges. Je sors dans le jardin. C'est la plus belle heure de la nuit. Des lumières brillent sur la colline. J'entends le bruit des vagues de l'océan. J'escalade la grille du port. Je vais marcher sur la plage déserte. Je m'assieds sur le sable. Je regarde la mer. Je sifflote une chanson d'Otis Redding. *The Dock of the Bay.* Je rêve d'évasion et de massacre. J'attends le jour qui va me libérer.

16

La moitié de l'année, mes parents n° 2 sont en tournage quelque part en Chine ou en Amérique du Sud. Ils se donnent rendez-vous entre deux avions. Ils s'appellent tous les jours. Ils prennent de temps en temps de mes nouvelles. C'est rigolo d'être seul à l'hacienda. J'invite mes potes. On construit des cabanes dans les arbres. On ouvre les clapiers. On laisse les bestioles s'égayer dans la nature. On part à la chasse avec nos battes de base-ball. Pluie de sang et de plumes. Après, on fait rôtir notre butin au BBQ avec plein de bonnes sauces. On boit des drinks au bord de la piscine. On se dit tous que la meilleure chose qui puisse arriver à un enfant sur terre, c'est d'être adopté par des gens riches et célèbres qui ne sont jamais là...

Quand ils reviennent de leurs voyages, Dol et Matt sont toujours épuisés. Mine de chiffon. Humeur maussade. Problème de décalage horaire.

« Un film n'est jamais une partie de plaisir, dit Matt. Jouer la comédie, c'est comme marcher dans le noir : on ne sait jamais où on va...

— Ni dans quoi on met les pieds ! » rajoute Dol.

Matt est arrivé d'abord. Il revient du Brésil. Il a passé deux mois dans la forêt amazonienne à se faire dévorer par les moustiques. À chasser les mygales. À guetter les petits serpents verts dans les arbres. Sans parler de la pluie et de l'humidité. Il est heureux de me revoir. Comme à chaque fois, pour se faire pardonner, il me rapporte un cadeau. C'est une machette en bois sculpté. Tranchante comme un rasoir. Je l'essaie aussitôt sur une chaise du salon. D'un seul coup de lame, le fauteuil Louis XV est sectionné en deux. Matt me fait les gros yeux. Je lui saute au cou pour l'embrasser. Il m'embrasse à son tour, puis il monte dans sa chambre se reposer. Moi je vais faire un carnage dans le jardin.

Dans la soirée, une limousine arrive. Le chauffeur sort. Il ouvre la portière du passager et Dol apparaît comme une reine. Elle porte une vieille veste en daim. Un pantalon de cuir ultra-moulant. Des ballerines Diesel. Elle a ses Ray Ban sur le nez. La mine des mauvais jours. Le chauffeur va chercher les bagages. Pendant ce temps, Matt dévale l'escalier. Il s'avance vers elle en souriant. Il l'embrasse. Il l'attire dans la maison.

« Attends, chéri ! »

Matt me regarde en fronçant les sourcils.

« Je ne suis pas seule... »

Ma mère retourne à la voiture. Elle ouvre la porte arrière. Une jeune fille sort de la limousine. Timide. Les yeux baissés. Elle s'avance vers nous sans un mot.

Après quelques secondes, Matt demande :

« Qui c'est ? »

Dol sourit devant notre air éberlué.

« Elle s'appelle Ming... »

Matt la regarde avec méfiance.

« Et qu'est-ce qu'elle fait là ?

— Je l'ai rencontrée à Hong Kong, elle venait tous les jours sur le tournage avec sa mère... »

Dol tourne la tête vers la jeune fille.

« Ç'a été comme un *flash* ! Avant même de faire sa connaissance, j'ai su que c'était elle...

— Ne me dis pas que...

— J'ai parlé à sa mère...

— Et ?

— Et je l'ai adoptée.

— Ce n'est pas vrai, Dol...

— Oui, Matt. Pourquoi pas ? »

Matt secoue la tête d'un air incrédule.

« Tu as adopté cette fille sans m'en parler ?

— J'ai voulu t'en parler. Mais impossible de te joindre...

— Et tu as décidé toute seule...

— Il fallait bien, Matt. La mère voulait reprendre sa fille...

— Tu es INCROYABLE !

— Je savais bien que tu risquais de le prendre mal. Mais je n'ai pas pu faire autrement...

— Je n'arrive pas à y croire, Dol ! »

Dol prend la fillette par la main.

« Crois-moi, Ming est une fille épatante. Elle a profité du tournage pour apprendre notre langue et elle se débrouille déjà très bien…

— Tu es folle !

— En Chine, j'ai visité des villages, des camps de déportés. Si tu avais vu dans quelles conditions ces pauvres gens vivent ! La famine, les maladies, l'hygiène effroyable… Il fallait faire quelque chose. C'est un devoir humanitaire. Et la seule chose que je puisse faire, c'est de donner à Ming une famille…

— Elle a *déjà* une famille !

— Ce n'est pas la bonne. Tu le sais bien, Matt : on ne choisit pas de naître dans un bidonville de Bombay ou à Beverly Hills. C'est le fruit du hasard. Et le hasard ne fait pas toujours bien les choses. Il faut corriger le destin quand il est injuste…

— D'accord avec toi, Dol. Mais tu n'as pas le droit d'acheter des enfants, ici ou là, selon ton bon caprice ! »

Mon père est en train de craquer. Je vois ses mains qui tremblent. Les plaques rouges sur son visage.

« Et surtout, quand tu prends une décision aussi importante, une décision qui nous engage tous les deux, et pour longtemps, j'aimerais bien que tu m'en parles avant !

— J'ai tenté de te joindre, Matt… »

Il serre les poings. Il pousse un gros soupir. Il disparaît dans la maison.

« Bon, dit Dol en se tournant vers moi, maintenant que le plus dur est fait… »

Elle me regarde avec intensité.

« Adam, je te présente Ming. Ta grande sœur. »

Puis, se tournant vers la jeune fille :

« Ming, je te présente Adam. Ton nouveau frère. »

Ma mère a retrouvé son beau sourire. Celui qu'on voit sur les publicités pour un parfum. *Poison.* De Christian Dior.

« Et maintenant, les enfants, embrassez-vous ! »

Ming est un peu plus grande que moi. Elle a deux tresses noires. La peau très pâle. Les yeux verts et brillants. Elle porte une jupe plissée et un T-shirt Esprit. Elle a des boots montantes que Dol a dû lui acheter chez Pompes Funèbres. Elle a toujours un sourire moqueur.

« Ad, je compte sur toi pour montrer à Ming sa nouvelle maison. En attendant qu'on lui prépare son appartement, elle partagera ta chambre. »

Elle regarde sa montre.

« Le voyage a été très long, Ming. Tu veux manger quelque chose ? »

La jeune fille hoche la tête.

« Je vais te préparer un sandwich au céleri et au thon. Tu en veux un aussi, Ad ? »

Je n'ai pas faim. Mais je fais oui de la tête.

17

Tout a changé à l'hacienda. J'ai une sœur de quinze ans. Une parfaite inconnue tombée du ciel chinois. Mes parents ne se parlent plus. Je ne suis plus le roi du monde. Mais j'ai une machette terrible pour jouer dans les arbres. Et une nouvelle copine pour m'amuser sur ma Nintendo DSi bleu métal ou regarder la TV toute la nuit si je veux.

Ming aussi a changé. Elle est allée faire du shopping avec Dolorès dans les boutiques de Palisades. Elle a ramené un tas de nouvelles fringues. Elle a jeté au feu sa robe de petite fille modèle et son T-shirt ringard. Elle porte des tops moulants. Des minijupes de cuir. Des sandales compensées. Elle a dénoué ses cheveux. Moi j'aimais bien ses nattes. Tant pis. Tous mes copains adorent sa nouvelle coiffure. Elle attire les garçons comme des mouches. Et tous mes potes lui mangent dans la main.

On fait les morts autour de la piscine. Le corps luisant d'huile solaire. Ming est allongée sous un parasol. Elle porte un bikini turquoise. Des créoles d'argent. Elle apprend vite à ne rien faire. De temps en temps elle se lève. Elle fait des mouvements de gymnastique bizarres. Elle pique une tête dans la piscine. On dirait qu'elle a toujours vécu ici.

« Tu veux manger quelque chose, Ming ?

— Oui, Doug, pourquoi pas ?

— Il y a des sandwiches et des boulettes de fromage...

— Je prendrais bien un sandwich...

— Thon ou pastrami ?

— Il n'y a rien d'autre ?

— Attends, je vais demander s'il n'y a pas autre chose en cuisine.

— Merci, Doug. »

Avec Matt aussi, elle sait y faire. Pendant trois jours, il ne sort pas de sa chambre. Il se fait monter ses repas par les domestiques. Il ne veut voir personne. Surtout pas Dol ou moi. Et il envoie valser des trucs contre les murs. Ça fait un raffut d'enfer. Tout le monde pense qu'il est devenu fou. Dol appelle son psy plusieurs fois par jour pour savoir ce qu'elle doit faire. Il lui dit que la réponse est en elle. Mais quelle réponse ? Il raccroche brutalement le téléphone.

On est au bord du *clash* quand Ming propose d'aller porter elle-même le repas dans la chambre de Matt. Il ne veut pas ouvrir. Ming insiste. Il ouvre sa porte en maugréant. Elle lui fait le coup du sourire ingénu. Matt finit par la laisser entrer.

Après, on ne sait pas ce qui se passe.

J'ai l'oreille collée à la porte. Je n'entends rien. Pas un mot, pas un cri. Ça dure longtemps. Bizarre. Puis on entend de la musique. Un vieux tube des Beach Boys. *Good Vibrations*. Deux voix qui chantent à l'unisson. Perchées sur les nuages. Dol est aussi surprise que moi.

Et Ming sort de la chambre avec aux lèvres ce sourire agaçant.

18

Ce soir, mes parents donnent une fête pour présenter leur nouvelle fille aux amis et voisins de l'hacienda.

C'est l'été, comme toujours, dans ce pays qui ne connaît pas de saisons.

Vers six heures, les limousines arrivent. Dol accueille les invités sur le perron. Elle n'a jamais été aussi belle dans sa robe Versace. Son spencer Dolce & Gabbana. Ses escarpins Gucci. On dirait une diva italienne. Pour l'occasion elle porte le collier Van Cleef que Matt lui a offert en guise de réconciliation.

Un chemin balisé de torchères mène les invités jusqu'à la piscine.

Quelle foule ! Dolorès et Matt ont tellement d'amis. Sur la terrasse, autour de la piscine, sur la pelouse, on sert des rafraîchissements et on propose du caviar russe étalé sur des tranches de pain noir. Du saumon écossais avec des câpres et des rondelles d'oignons. Des champignons fourrés de chair de crabe. La musique est si forte qu'on ne peut pas parler. AC/DC. *Highway to Hell*. Il y a des filles sublimes en débardeur moulant. Minijupe de cuir et talons de dix centimètres. Des hommes bronzés en pantalon de lin blanc. Chemise ouverte sur le torse.

« Oh, la jolie petite fille ! roucoulent-ils quand Ming sourit et fait la révérence. Une vraie princesse ! »

Matt est en grande conversation avec un producteur anglais dont le film sort la semaine prochaine. Le type aimerait l'engager pour un film d'anticipation qui se passerait en 2320 et qui raconterait comment notre planète submergée par les flots à cause du réchauffement climatique serait envahie par des extraterrestres. Il n'y aurait plus sur terre qu'un couple d'humains cachés dans une grotte et bien décidés à se battre contre les aliens. Un futur *blockbuster*. Le type pense à Matt et à Dol pour jouer les derniers hommes. Il propose dix millions de dollars pour trois mois de tournage à Bali. Matt rigole et demande le double (puisqu'ils sont deux). L'autre s'étrangle en buvant son bloody mary et Matt le plante là.

Plus loin, il y a une foule d'apprentis comédiens qui suivent des cours à l'Actors Studio sur Sunset Boulevard. Les filles sont cool. Elles portent des Levi's déchirés aux genoux. Des tops en batik. Des boots à semelles compensées. L'une a les cheveux rouges sculptés en crête et les tempes rasées. Une autre un chapeau de cow-boy. Un type ressemble à Marilyn Manson avec les yeux noircis de mascara. Des striures rouges sur les joues. Des fausses dents de vampire. Il a tourné dans un pilote qui raconte comment la Californie est brusquement détruite par un tremblement de terre. Pour survivre une poignée d'hommes et de femmes boivent le sang des cadavres et deviennent des vampires. La fille aux cheveux rouges a joué dans un *clip* de Van Halen. Le tournage a duré une semaine et on la voit deux secondes à l'écran tout à la fin du film. Quand elle saute par la fenêtre ouverte pour se suicider. Une autre fille aimerait bien jouer avec Jennifer Aniston. Elle répète inlassablement que Jen est vraiment super et qu'elle est prête à tout pour décrocher un rôle dans *Friends*. Les autres hochent la tête en disant *ouais, ouais*.

La nuit tombe d'un coup. Les oiseaux piaillent dans les arbres. Comme tous les soirs, mon copain Finn hurle à la mort.

Je cherche Ming du regard. Je l'ai vue tout à l'heure sortir de la maison. Puis elle a disparu dans la foule. Elle est facile à reconnaître dans sa robe blanche de petite fille modèle avec ses tresses noires et ses ballerines rouges.

Plusieurs copines de Dol sont là. Très belles. Très riches. Très malheureuses. Elles parlent de leur psy qui ne les comprend pas. « Avec tout l'argent que je lui donne, dit l'une, il pourrait faire un effort ! » Une autre ajoute : « Le mien, il a toujours la tête ailleurs. On dirait qu'il n'est pas *concerné*. Ça me fout les boules. » Une troisième hoche la tête et dit : « Le mien, au contraire, il se bouche les oreilles. Il aimerait que de temps en temps je lui raconte quelque chose de drôle ou que je lui dise simplement que je suis heureuse. »

Près du bar, le costumier d'un film à gros budget discute avec un type jeune et bronzé. Il lui dit que pour dix millions aujourd'hui on n'a plus rien. La vie est tellement chère à Hollywood. Sur le dernier film de Ridley Scott on a refusé de lui donner un chauffeur et on n'a pas payé ses heures supplémentaires. « Si ça continue, j'arrête le cinéma », menace le type en sirotant son gin-fizz. L'autre le regarde avec indifférence. « Jadis on avait des budgets illimités ! On avait bien compris que les costumes sont importants dans un film. Ce n'est pas un luxe accessoire. C'est la peau même des personnages qu'on voit à l'écran. » Le type bronzé sort de son hébétude et demande : « Vous aimez les mangas ? » Le costumier hausse les épaules et s'en va.

J'aperçois Ming de l'autre côté de la piscine. Elle est entourée de garçons qui la mangent des yeux. Des types que je ne connais pas. Tous en pantalon blanc. Chemise ouverte sur la poitrine irisée de poils fauves. Elle me fait signe de la main. Rien que pour m'agacer. Je lui tire la langue.

Dol boit un verre de scotch et discute avec une actrice française qui a reçu l'Oscar du meilleur second rôle pour sa prestation dans *La Nuit ne revient jamais*. Elle jouait une femme alcoolique et bisexuelle violée par des trolls qui l'emmenaient avec eux sur leur planète pour qu'elle leur révèle les secrets de la cuisine française. Elle a longtemps hésité à accepter cette récompense

« Je ne fais que dé... buter dans le mé... tier, dit-elle en bégayant. Cela risque de me blo... quer... »

Dol cherche Matt du regard. Elle demande sans conviction :

« Et qui a gagné ?

— Quoi ? dit l'autre, hébétée.

— L'Oscar du premier rôle ? »

La fille répond avec colère.

« Cette garce d'An... ge... lina ! C'était cou... ru d'avance : elle a cou... ché avec les pro... ducteurs ! »

Dol n'écoute pas. Elle a repéré Matt près des torchères en pleine conversation avec Diane Lanes.

J'essaie de m'approcher de Ming. Mais je suis pris en sandwich entre deux types qui veulent produire un film sur la fin du monde.

« Pas un remake d'*Independance Day*. Cette merde, dit l'un. Mais un vrai film d'action qui foutrait les chocottes à la terre entière ! Des mygales géantes arriveraient en Californie et piqueraient tout le monde. Leur venin ne serait pas mortel. Mais il provoquerait d'atroces souffrances. Heureusement quelques types courageux lutteraient contre ces monstres pour sauver la planète. J'ai déjà signé Harrison Ford. Mais il faudrait aussi un Black et un Juif. Gay, si possible. »

L'autre se gratte le crâne.

« Et t'as pensé aux femmes ? »

Le premier dit :

« Il n'y aura pas de femmes dans mon film.

— Ah bon ? répond l'autre. Mais alors ils ne pourront pas se reproduire. »

Après un moment, le premier dit : « Ben oui, c'est un film sur la fin du monde. »

Mon père fait un grand sourire à Diane Lanes. Il boit un rhum-coca. Il a l'air de bien s'amuser. Une autre fille se joint à eux. Elle est blonde et bronzée. Elle porte une robe noire ajourée qui laisse voir ses seins. Elle a un diamant incrusté entre ses incisives. Elle saute sur Matt. Diane Lanes s'éloigne aussitôt.

« Où étais-tu hier soir, je t'ai appelé plusieurs fois ?

— J'ai dû amener Finn chez le psy...

— Finn ?

— C'est notre diable de Tasmanie. Chaque fois qu'on prépare une soirée, il nous fait une crise d'*abandonnite*.

— Tu te fous de moi ?

— Comme il a toujours peur qu'on le renvoie dans sa forêt, il se met à beugler, il hurle à la mort toute la nuit...

— Il y a des psys pour ça ?

— À L.A. il y a des psys pour tout, baby. »

La fille n'a pas l'air convaincue. Elle se rapproche de Matt. Elle colle ses seins contre sa poitrine. Elle caresse discrètement sa main.

« Pas ici ! dit Matt. Tout le monde nous regarde.

— Tu m'as manqué...

— Moi aussi.

— J'ai besoin de sentir ton corps contre le mien...

— On nous *observe*, Rachel.

— Quand est-ce qu'on pourra baiser ?

— Demain, si tu veux, on se retrouve au motel. Comme d'habitude.

— Je ne sais pas si je pourrai tenir jusque-là !

— Allons, Rachel !

— Ce soir, il y a du beau monde et ce ne sont pas les tentations qui manquent... »

Elle plonge le nez dans son verre et elle sourit. Matt a l'air embêté. Il baisse les yeux à son tour. Dol surgit brusquement. Elle se plante devant lui. Elle le fixe de ses yeux verts. Genre Lara Croft. Aussitôt, la fille aux seins nus détale.

« Qui c'était ? demande Dol.

— Une fille que j'ai rencontrée sur un film l'année dernière.

— Elle a l'air de bien te connaître...

— Qu'est-ce que tu vas imaginer ? »

Il essaie de se dégager. Dol lui barre le passage.

« J'ai besoin d'un verre, dit Matt. Laisse-moi passer...

— Pas question.

— On nous regarde, Dol.

— Et alors ? »

Elle fait signe à un gars en short et chemise hawaïenne de prendre des photos. Les flashes crépitent dans la nuit. À son tour Dol colle son corps contre Matt. Ils sourient tous les deux à l'objectif de leur plus beau sourire de cinéma.

« J'aime mieux faire la *une* des tabloïds demain avec toi, plutôt que te voir avec cette brouteuse de bites... »

Après les photos, Dol s'écarte de Matt. Elle le regarde avec colère.

« Je ne veux plus voir cette fille tourner autour de toi, OK ? »

Quand j'arrive de l'autre côté de la piscine, Ming a bien sûr disparu. Deux femmes parlent des familles recomposées en sirotant une flûte de champagne. L'une porte des lunettes de soleil et des Nike déchirées. L'autre une robe à paillettes rose et jaune et des talons aiguilles.

« À quarante ans, c'est pas facile...

— De quoi ?

— De refaire sa vie...

— Ouais. Surtout quand on a des enfants.

— Tu en as combien ?

— Cinq.

— Et ils sont tous à toi ?

— Oui, enfin... Non.

— Comment ça ?

— Les deux aînés sont issus de mon premier mariage avec Mike (tu sais, le scénariste de *L'Âge des morts*). Deux sont adoptés. Et le petit dernier est un accident qui s'est produit pendant le tournage d'*In the Mood for Love*.

— Je ne savais pas...

— Les soirées sont longues à Taïwan ! Surtout vers la fin...

— Et tu l'as gardé ?

— C'était trop tard pour le faire sauter. En plus, mon gynéco m'avait assuré que je ne pourrais plus jamais avoir d'enfants après mes douze avortements...

— Tu sais que tu peux le traîner en justice pour ça ? J'ai une copine qui a obtenu trois millions de dédommagements...

— Ah bon ?

— Le gynéco a été obligé de payer. »

La femme aux lunettes de soleil allume une cigarette.

« Enfin, ce n'est pas facile tous les jours...

— Pourquoi ?

— À la maison, c'est la guerre ouverte entre mes enfants et les autres... Je veux dire entre ceux du premier lit, ceux qui sont de mon sang, et ceux que j'ai adoptés... Tu vois le barouf ! Ils ont bien sûr les mêmes droits et je les aime tous de la même manière. Mais ils ne peuvent pas se blairer...

— Pourquoi ?

— Ils sont tous dévorés par l'injustice, la jalousie... Les premiers vivent sous le régime du droit du sang et du droit d'aînesse, puisqu'ils sont les premiers. Et ils ne veulent pas partager leurs privilèges... On les comprend. Quant aux seconds, ils se battent chaque jour pour défendre leur place. Ils ont déjà été abandonnés une première fois et ils ont peur de l'être une seconde fois... Il y a chez eux une blessure si profonde que personne ne peut la guérir. Par exemple, si j'offre une console Nintendo au cadet, il faut offrir la même aux quatre autres ! Sinon, c'est la Troisième Guerre mondiale...

— Que dit ton psy ?

— Il me dit de *creuser*...

— Comment ça ?

— Il dit que je creuse une galerie sous la terre et que tôt ou tard j'arriverai à la lumière...

— Autrement dit : démerdez-vous toute seule !

— En quelque sorte.

— Tu vois une solution ?

— Pas vraiment. Certains jours, j'ai envie de tout balancer. Les gosses, les mecs, le cinéma… Je mets les gosses dans un orphelinat. Je change de métier. Et je deviens lesbienne ! D'autres jours, je me dis qu'il faudrait que j'adopte encore deux ou trois enfants. Ça arrangerait peut-être les choses. Qui sait ? »

Sous le parasol blanc, un type avec des lunettes de soleil et un polo turquoise discute avec un musicien connu qui a le crâne rasé et une barbe de trois jours. Quelqu'un a mis un disque à plein tube. Une voix langoureuse chante *Avalon*. Bryan Ferry. Une ou deux filles se mettent à danser au bord de la piscine. La plus jeune a enlevé son top et danse les seins à l'air.

Pour se parler, les deux types sont obligés de hurler.

« J'ai un projet de film catastrophe qui pourrait vous intéresser, dit l'homme au polo turquoise.

— Ah ? répond le musicien d'un air vague.

— Vous connaissez l'histoire de ce papillon dont les battements d'ailes provoquent un cataclysme à l'autre bout de la terre ?

— Ouais.

— Eh bien, j'ai imaginé la même chose avec un enfant – mettons un petit Chinois ou un petit Africain – qui pisserait dans la mer… De fil en aiguille, de nuage en orage, cela provoquerait un immense tsunami qui engloutirait toute l'Amérique !

— Whouah !

— Tom Hanks est très intéressé ! Et Melanie Griffith…

— Elle tourne encore ?

— Elle a eu des problèmes avec le gars qui lui a refait les nichons. L'opération a complètement foiré. Mais c'est de l'histoire ancienne. Mel s'est fait réopérer par un autre chirurgien. Elle veut reprendre le cinéma…

— Et moi là-dedans ?
— Il me faudrait une musique crépusculaire…
— Je vois…
— Quelque chose qui annonce la fin du monde…
— Un peu ethno ?
— Ouais !
— Un mélange de rythmes africains et de musique des Balkans ? Genre Goran Bregovic, par exemple ?
— Super !
— Avec un fond de gamelan balinais pour faire couleur locale ?
— Ouais. Vous pouvez faire ça ?
— *No problemo.*
— Ça va chercher dans les combien ?
— Un ou deux millions.
— Oh là ! C'est une somme…
— Mais avec ça je peux avoir Céline Dion pour la chanson titre…
— Je préférerais Lady Gaga…
— Autant pour moi. »

Les deux types se serrent la main. J'ai de plus en plus soif. J'aperçois Ming près du perron entourée d'une nuée de garçons blonds et bronzés en chemise blanche. Elle glousse de rire. Il faut que je lui parle. Mais avant je dois faire un détour par le bar. Le serveur africain me reconnaît. Il me sert un cocktail de fruits. Je fais non de la tête. Il me verse un grand verre de rhum et je détale.

Sous le séquoia, un type est à genoux en train de renifler une feuille d'alu dépliée sur le sol. Un autre le regarde en lui disant de se dépêcher. Plus loin, un couple gay s'embrasse et s'astique en silence. La musique est de plus en plus forte. Maintenant le DJ a mis un morceau de Moby et tout le monde se trémousse à moitié nu autour de la piscine.

Je tombe sur Dol en grande dispute avec un type en chemise fantaisie et short de golf qui fume le cigare. On voit les poils noirs et bouclés de sa poitrine. Il porte une Rolex et une boucle d'oreille en argent. Il caresse sans arrêt sa gourmette.

« La nuit dernière, j'ai entendu des bruits dans la maison. Je suis sûre qu'ils *reviennent*...

— Vous aviez pris quelque chose pour dormir ?

— Oui. Du Valium, du Xanax et quelques comprimés de Vicodin...

— Pas de drogue ?

— Non.

— Vous êtes sûre ?

— Vous ne me croyez pas, Sig ? Pourtant, vous êtes le seul type à qui je dis la vérité... »

Le psy aspire une longue bouffée de cigare.

« Vous avez revu votre père, Dol ?

— Non. Je ne veux plus rien avoir à faire avec ce salaud !

— Il continue de vous écrire ?

— Oui. Mais je n'ouvre pas ses lettres.

— Pourquoi ?

— J'avais deux ans quand ce chien nous a abandonnées, ma mère et moi, pour chasser les pouffiasses de seize ans... Ma mère a été obligée de faire des ménages et moi j'ai été trimbalée aux quatre coins du pays...

— Depuis il a essayé de se faire pardonner...

— Tu parles, Charles ! Il a revu ma mère deux fois. La première fois pour la sauter et la deuxième fois pour lui soutirer de l'argent...

— Et vous l'avez revu ?

— Une fois, il y a trois ans, à Las Vegas. Il était avec une pouffe décolorée qui venait sans arrêt lui demander du fric pour aller s'exciter sur les bandits manchots. Il n'a pas arrêté de boire du bourbon en essayant de me tripoter. À la fin, il a même fondu en larmes...

— Vous voyez, Dolorès, votre père vous aime ! »

À son tour, ma mère fond en sanglots. Le psy veut la prendre dans ses bras. Elle le repousse avec colère.

« Ah non, dit-elle. Pas vous !

— J'essayais seulement de... »

Le psy rallume son cigare. Il tire une longue bouffée. Il regarde Dol avec un air énigmatique.

« Ces lettres qu'il vous écrit...

— Eh bien ?

— Il faut les ouvrir et les lire.

— Jamais !

— C'est la clé du mystère.

— Je ne comprends pas.

— Vos cauchemars, Dol. Ils reviennent toutes les nuits...

— En effet.

— Ils *reviennent* comme les lettres que votre père vous écrit. Et que vous refusez d'ouvrir... »

Pour savourer l'effet de ses paroles, le psy tète longuement son Davidoff, puis envoie des volutes de fumée dans la nuit.

J'entre dans la maison. Il y a du monde dans toutes les pièces. Des amis de Dol et Matt. Mais aussi beaucoup d'inconnus. La voix des Red Hot Chili Peppers explose dans les haut-parleurs. *Californication.* Au salon des types sont penchés sur la table et sniffent des lignes de poudre blanche. Un autre type joue de la guitare dans un coin. Il a les cheveux longs et une chemise de cow-boy. Deux filles s'embrassent sur le grand canapé de cuir. Il y a des verres et des bouteilles vides dans tous les coins.

Mais aucune trace de Ming.

Je monte l'escalier et dans la chambre de Matt j'entends des bruits bizarres.

La porte n'est pas fermée. Deux types se poursuivent en hurlant comme des Sioux. Le premier est à quatre pattes la croupe en l'air. Il ne porte qu'un tablier blanc de soubrette. L'autre a une peau d'ours sur les épaules. Il tient son vigoureux à deux mains et se prépare à embrocher son pote. Les deux types s'arrêtent un instant. Ils me regardent sans me voir. Ils reprennent leur danse du scalp.

Plus loin, dans la chambre de Dol, il y a un type attaché sur le lit complètement à poil. Il a les yeux bandés et des traces de rouge à lèvres sur la poitrine. Un bambou ridicule pendouille entre ses jambes.

« Où êtes-vous, mes poulettes ? »

Près de la fenêtre, deux filles farfouillent dans ses habits. Elles sont en bas et en sous-vêtements Calvin Klein. Ce sont les étudiantes de l'école de cinéma. Elles me regardent d'un air surpris. L'une pose un doigt sur sa bouche et me fait signe de me taire. L'autre replonge dans les poches du type qui gigote sur le lit.

« Qu'est-ce que vous foutez, nom de Dieu ? »

Je quitte la pièce et je longe le couloir. La musique est à plein volume. Un tube des années 70. *Hotel California*. En m'approchant de la chambre de Ming j'entends des cris. Quelqu'un appelle à l'aide. Je cours chercher la machette dans ma chambre.

Ma sœur est couchée sur le lit. Complètement nue. La bouche ouverte.

Un type en polo et en string rouge lui maintient la tête en arrière. Tandis qu'un autre type lui immobilise les bras. Le troisième type est à califourchon sur Ming. Je pousse mon cri de guerre. Les types se retournent avec des yeux brillants. Ming se débat comme une lionne. Le plus vieux lâche prise. Le type qui tenait Ming par les cheveux ramasse ses habits et file dans l'escalier. Le mec qui était accroupi sur elle ne bouge pas. Comme j'avance vers lui, la machette à la main, il roule sur lui-même. Il attrape un flingue sous le lit. Il me fait face brusquement. Il a des piercings aux tétons et un bambou d'enfer.

« Laisse-moi passer ou... »

Avant qu'il ait le temps de finir sa phrase, la machette frappe comme l'éclair.

Sa main est tranchée net. Le flingue tombe par terre.

Éberlué, le type regarde sa main sur le tapis et le sang qui gicle de son poignet comme une fontaine.

Alors seulement il se met à hurler.

19

Le lendemain dans les journaux il y a des pages entières sur la sauterie à l'hacienda. Avec plein de photos qui ne font pas plaisir à mes nouveaux parents. On reconnaît les stars de cinéma. Les étudiantes à l'Actors Studio. L'actrice française qui a reçu l'Oscar du meilleur second rôle. L'écrivain à succès qui drague une fille blonde et bronzée. Dolorès qui discute avec Sig torturant sa gourmette. Et Matt collé à la pouffiasse aux seins en cage. Et Ming bien sûr. La star de la soirée. On me voit même en train de fumer un pétard.

Dans les pages intérieures, on passe au peigne fin la vie de mes seconds parents. L'enfance malheureuse de Dol. Les problèmes d'alcool et de drogue de Matt. L'adoption de petits orphelins étrangers comme pour se racheter une bonne conduite. On énumère les *bides* comme les films à succès. Les projets avortés. Les aventures d'un soir.

« Les chiens ! siffle Matt. Ils ne vont pas nous lâcher… »

Plus loin, c'est la scène capitale. Il y a une photo de la machette sanglante. Le visage *flouté* du type qui était à califourchon sur Ming. La main coupée du type sur le tapis (c'est l'image qui sera reprise par tous les magazines). Il y a aussi une photo de Ming et de moi. Curieusement notre visage est net. Tout le monde peut nous reconnaître. On raconte que Ming avant d'être adoptée faisait le ménage dans les chambres d'hôtel de Taïwan. Qu'elle offrait ses services aux touristes de passage. Moi je vivais comme un sauvage dans la brousse africaine. Toujours une machette à la main. Mangeant des sauterelles grillées et jouant du tam-tam. Attaquant les touristes qui venaient dépenser leur argent au village.

« Comment peut-on écrire des saletés pareilles ? »

Il y a un long article sur la victime. Un ponte d'Hollywood qui a lancé beaucoup de jeunes actrices. Un type irréprochable et généreux qui soutient de nombreuses organisations de bienfaisance. Un vrai mécène. On rappelle sa carrière. Les Oscars qu'il a obtenus. Son engagement pour la sauvegarde de la forêt amazonienne et des bébés phoques. On le voit entouré de belles femmes qui le regardent avec chaleur. On le découvre en plein tournage de son dernier film dans le désert saharien ou bien faisant du ski dans une station des Alpes suisses.

« Comment osent-ils ? demande Matt. La victime, ce n'est pas ce salaud ! »

Heureusement, grâce à l'intervention de la police et des médecins, on a aussitôt placé la main tranchée dans un caisson frigorifique. Conservée dans les meilleures conditions, cette main pourra être greffée sur l'homme à qui elle appartenait. Un autre journaliste passe en revue les stars de la chirurgie esthétique qui pourraient pratiquer une telle opération. Un certain Dr Troy, *plastic surgeon* à Miami, dit qu'une telle intervention ne pose aucun problème particulier. On pourrait même profiter de l'opération pour refaire le nez du type et le liposucer. Un autre ponte propose de lui greffer une autre main, plus grande, qui conviendrait mieux à la morphologie du type.

« La main d'un violeur ! dit Dol. Il faudrait la brûler... »

Le téléphone n'arrête pas de sonner. Dolorès prend un appel de temps en temps. Elle répond d'une voix lasse, puis le ton monte et elle s'énerve et elle finit par raccrocher au nez du journaliste. Matt la prend dans ses bras. Je les embrasse tous les deux. Le malheur est le nerf de la vie.

20

Pendant une semaine, il y a des policiers partout avec des chiens et des experts en empreintes génétiques. Des caméras et des micros. On se croirait dans *Les Experts à l'hacienda.* Il faut leur raconter cent fois la même histoire. Ils filment et enregistrent tout ce qu'on dit. Ils fouillent dans tous les coins de la maison. Le salon et les caves. La cuisine. La salle de projection. Ils découvrent plein de traces suspectes. De l'herbe dans les chambres et de la poudre dans les toilettes. Et sur les tables, des pilules de toutes les couleurs. Ils interrogent de nouveau mes parents n° 2. Pendant ce temps, le type qui a voulu violer ma sœur est libéré sous une caution d'un million de dollars.

Les flics ne sont pas venus seuls. Avec eux débarque une armada de psys. Ils posent vingt mille questions. Ce sont les mêmes que celles des flics. Ils fouillent notre passé. Ils veulent tout savoir sur nos amis et les gens qu'on fréquente. Ils nous regardent avec des yeux bizarres.

« Parle-moi de tes parents, Ad !

— Lesquels ? »

La femme assise en face de moi écarquille les yeux.

« Les premiers ou les seconds ?

— Commençons par le début, Ad !

— Mon père était petit et redouté...

— Que faisait-il ?

— Rien. Il faisait travailler les autres.

— Et ta mère ?

— J'ai plusieurs mères...

— Ce n'est pas possible, Adam ! Chaque enfant a un seul père et une seule mère.

— Dans mon village, un enfant a un père et plusieurs mères. On les appelle les Reines...

— Ce n'est pas normal !

— Qu'est-ce qui n'est pas normal ?

— Comme tu as dû souffrir, mon petit !

— Pas du tout, je dis. On jouait au ballon toute la journée. On avait toujours faim. On se battait contre les moustiques et les chacals. On sautait sur le toit des trains. On se baignait avec les filles dans la rivière. On était tous heureux comme des pachas...

— Cela ne t'a jamais manqué d'avoir une maman pour toi tout seul ?

— Oh non ! C'est mieux d'avoir plusieurs mamans. Quand on a un chagrin, on va chez l'une de ses mamans. On se blottit contre ses seins. Chaque femme est un arbre. On n'a jamais fini de découvrir ses fruits... »

Elle se gratte le menton.

« Dans ton village, si je comprends bien, les femmes s'occupent de tout...

— Oui.

— Ce n'est pas égalitaire ! Et que font les hommes pendant ce temps ?

— Ils boivent du *dolo*. Ils jouent aux cartes. Ils vont honorer les Reines quand ça leur chante. De temps en temps, quand il fait beau, ils vont chasser... »

Elle me regarde d'un air perplexe.

« Comment fonctionne le système de santé ?

— Dans mon village, personne n'est jamais malade.

— Tu veux dire qu'il n'y a pas de médecin ?

— Non.

— Pas de psy non plus ?

— Non. Quand on a un problème, on va voir le sorcier. Il danse. Il marmonne des incantations. Il brûle une patte de poulet. Il prend tout notre argent. Après, en général, tout s'arrange.

— Mais quand quelqu'un est vraiment malade, comment faites-vous ?

— Pour combattre la fièvre, les Reines ont l'habitude d'introduire un piment dans l'anus...

— Je vois, dit la femme en faisant la grimace. Et ça marche ?

— Très bien. »

Elle prend des notes dans son calepin.

« Et dis-moi, Adam, tu as toujours été violent ? »

Je la regarde sans comprendre. La jeune femme répète sa question.

« Tu as toujours été aussi violent ?

— Mais je ne suis pas violent.

— Tout de même ! Tu as coupé la main de ce monsieur avec ta machette...

— Il allait violer ma sœur...

— Est-ce que c'est une raison ? »

Elle n'a pas l'air de croire ce que je dis. Elle baisse la tête. Elle griffonne plein de choses dans son carnet à spirale. Elle fronce souvent les sourcils.

« Et tu regrettes ton acte, Adam ?

— Ce que je regrette, c'est de ne pas lui avoir tout coupé, à ce salaud ! Le bambou et le reste… »

21

Depuis la fête au bord de la piscine, on ne compte plus les téléphones. Les lettres de menace. Les équipes de télévision qui font le siège de l'hacienda. C'est le feuilleton *chic* de l'été. On passe la vie de mes nouveaux parents à la moulinette. Les maîtresses présumées de Matt. Ses problèmes de peau et ses mauvaises fréquentations. L'enfance sordide de Dol entre un père brutal et une mère alcoolique qui ramenait des types à la maison. Son goût pour les tatouages. Ses caprices de diva. Son penchant assumé pour les hommes comme pour les femmes.

En lisant les journaux je m'aperçois que je ne sais rien d'eux.

« Il ne faut pas croire ces ragots, me dit Matt. Ils ne savent pas comment remplir leur feuille de chou… »

Le pire, c'est ce qu'ils racontent sur ma sœur. À Taïwan, elle faisait le tapin dans les hôtels. Elle n'était pas la seule. Toute la famille travaillait sous les ordres de la mère maquerelle. Elle montait dans une chambre avec un client. Elle le droguait. Et quand l'homme était assommé elle lui faisait les poches et le laissait pour mort.

Ming ne m'a jamais parlé de ça.

Les paparazzi ont établi leur camp devant les grilles de

l'hacienda. Ils guettent nos allées et venues. Ils grimpent dans les arbres pour essayer de prendre le cliché qu'ils vendront à prix d'or à *People Magazine* ou à *Interview*. Il y a même des hélicos qui tournent nuit et jour dans le ciel.

Un soir, j'entends les bêtes qui grognent dans leur cage.

Matt sort avec sa carabine et sa torche électrique. Moi je prends ma machette. Les gardiens nous rejoignent au pied du vieux séquoia. On se répartit le travail. Les vigiles surveillent la plage et le jardin. Matt et moi on s'occupe de la maison. Mais d'abord on va libérer les bêtes. Elles nous font des mamours. Elles agitent la queue et les oreilles. Elles disparaissent en hurlant dans le parc.

Le brave Finn nous accompagne dans la maison. On passe chaque pièce au scanner. Il renifle quelque chose. On est obligés de courir pour le suivre. On entend des pas au premier étage. Ça vient de la chambre de Dol. On grimpe l'escalier. On se met à courir. On arrive à la chambre. La porte est entrouverte. Mais il n'y a personne. Le lit est défait. Par terre il y a la chemise de nuit de Dolorès. Son sac à main. Des magazines éparpillés sur le tapis. Finn est fou de rage. On entend des cris dans la maison. Matt et moi on accourt. On voit deux types qui dévalent l'escalier en traînant une femme avec un sac en plastique sur la tête.

Les types nous tirent dessus. Ils traînent la femme vers le jardin. C'est une erreur. Les bêtes leur tombent dessus.

Affolés, les deux hommes abandonnent leur proie. Ils essaient de s'enfuir. Mais Finn en prend un par le cou et le traîne jusqu'à la piscine. Les hyènes montrent les crocs. Johnny dévore le bras de l'autre type qui veut protéger son visage.

Matt tire des coups de feu en l'air.

Les bêtes ne sont pas rassasiées. Je les comprends. C'est un carnage.

Tout le monde se précipite vers la femme qui est tombée à terre. Matt ôte le sac en plastique sur sa tête. Il l'aide à se relever. Il la prend dans ses bras. Il la console et il l'embrasse.

Dolorès est pieds nus. Elle porte un T-shirt déchiré. Un peu de sang coule de ses lèvres. Elle tremble de froid. Elle est épouvantée.

22

Ici l'hiver ressemble au paradis. Il se décline en jaune. Brun délavé. Avec des couches d'un bleu cobalt intense. La lumière tombe à la verticale. Le vent souffle en bourrasques tièdes. La mer est oubliée. On roule dans le désert depuis deux heures. La Vallée de la Mort. Au début je croyais que c'est là que les Blancs enterraient leurs ancêtres. Chez nous on les enferme dans des grottes. Ou on les brûle. On conserve leur crâne dans le sel et le salpêtre. Mais Matt m'a expliqué que la Vallée n'est pas un cimetière. Il n'y a pas de nécropole ou de charnier. Juste quelques tombes disséminées le long des routes. Au bord des lacs gelés.

La voiture roule à vive allure. Il n'y a personne sur la route poudreuse. Matt a mis la sono à fond. Donald Fagen. *New Frontier.* De temps à autre, il actionne les essuie-glaces. Pas pour la pluie. Car il ne pleut jamais dans le désert. Mais pour balayer le *tumbleweed.* Une sorte de végétation sèche que le vent fait tourner. Et qui disperse ses graines aux quatre vents.

Midi.

C'est la fournaise. Les portes de l'enfer.

On roule au milieu des rochers sur une terre friable d'un brun décoloré. Pleine de rides. De craquelures.

« On va où, papa ?

— Nulle part, fiston. On roule.

— Mais on va toujours quelque part, j'insiste.

— On traverse la Vallée de la Mort. »

Matt aime frimer. Il joue au dur. Mais il connaît le chemin par cœur. On traverse Pomona. Bloomington. Fontana. On prend la route 15 jusqu'à Victorville. La même route qu'il emprunte quand il va jouer à Vegas. Au craps. Au poker. Il tombe sur des filles à la dégaine incroyable. Cheveux bouclés et teints en rose. Débardeur en jersey à bretelles spaghetti. Pour montrer qu'elles n'ont pas de soutien-gorge. Minijupe en cuir vert fluo. Talons strassés d'au moins vingt centimètres. Il les invite à boire un verre. D'autres filles rappliquent au bar. Cheveux peroxydés. Yeux maquillés comme des hiboux. Top moulant Calvin Klein.

Ici tout le monde le connaît. Surtout les femmes. Pas besoin de présentations. C'est tout de suite des *Oh !* Des *Ah !* Des *Cool !*

L'extase à portée de regard.

Il rit. Toujours un peu embarrassé.

« Le plus bizarre, Adam, c'est tous ces gens qui te connaissent. Et que toi tu ne connais pas.

— Pourquoi ?

— Ils savent tout de ta vie. Les petits drames et les bonheurs. Les angoisses. Les déceptions. Même les rêves…

— Les rêves ?

— Oui. Ils ont même pénétré dans tes rêves… Ils les habitent. Ils se les sont appropriés…

— Comment ça ?

— En lisant les journaux *people*...

— C'est terrible !

— Oui. D'autant que ces rêves, en général, ne sont pas les tiens. C'est de la pacotille...

— Pourquoi ?

— Une image fabriquée par les studios. »

Matt allume une cigarette. Une chanson de Yes passe à la radio. *Owner of a Lonely Heart.* Il augmente le volume. Il ferme les yeux. Il bat le rythme sur le volant de la voiture. Il aspire une longue bouffée de cigarette.

« Le plus troublant, enchaîne Matt, c'est que tu n'es jamais toi-même...

— Tu veux dire que les filles...

— Ouais. Elles ne tombent pas amoureuses de toi. Mais d'un rôle. D'une image...

— Ça ne t'empêche pas de les sauter !

— Langage, Adam !

— Je veux dire d'entretenir avec elles des relations rapprochées.

— J'avais compris, fiston.

— Qu'est-ce qui t'embête alors ?

— Le problème, c'est qu'à la fin, tu ne t'y retrouves plus toi-même...

— Comment ça ?

— C'est le miroir aux alouettes. À force de jouer tous les rôles, on n'est plus rien. Plus personne. »

Il fait des volutes de fumée. De sa voix haut perchée Dewey Bunnell chante *A Horse with no Name.* Guitare acoustique. Basse. Bongos. Le paradis sur terre.

« C'est pour ça que tu viens dans le désert ?

— Bien vu, Adam. »

Il bâille. Des larmes noient ses yeux. Il prend une

bouteille sous son siège. Il boit une rasade au goulot. Ce bon vieux Jack Daniel's. Il récite quelque chose. Je ne comprends pas tout. La musique est trop forte. Ramiro Musotto et son Orchestra Sudaka. Avec Omar Sosa au piano. *Delicado*. On plane au bord du vide.

C'est ainsi que je veux te garder,
loin au fond du miroir,
comme toi-même tu t'y es mise,
loin de tous.
Pourquoi viens-tu autrement ?
Pourquoi te renies-tu ?

La musique s'est arrêtée. Matt boit une gorgée de bourbon.

« Qu'est-ce que c'est ? je dis.

— *Les Élégies de Duino*. Un poème de Rilke. Il a trouvé les mots pour dire ce que je ressens. »

Sa voix s'éteint. Il reste un moment sans parler. On est au cœur de la fournaise. Dehors il fait 50°. La clim tourne à plein régime. Pas un souffle de vent. Rien que le désert à perte de vue. La terre brune et durcie. Ridée comme une peau d'éléphant.

« C'est l'hiver, dit Matt d'une voix mystérieuse. La Vallée de la Mort. »

On roule encore un peu. Sheryl Crow chante *Leaving Las Vegas*. Matt arrête la voiture près d'une cabane abandonnée. Il sort. Il ouvre le coffre. Il prend la carabine enroulée dans une peau de chamois. Il me dit de venir avec lui. Le ciel est transparent. D'un bleu liquide. Comme les yeux de Matt. Je commence à avoir les jetons. Matt a mis sa casquette des Lakers. Il a des plaques rouges sur le visage. Il crie. Les doigts crispés sur la gâchette. Des trucs que je ne comprends pas. Il met la carabine en joue. Il la pointe sur moi. Mon cœur s'arrête. Non. J'ai envie de hurler. *Ne me tue pas. Je ferai tout ce que tu veux. Je serai un bon fils.* J'ai tellement peur que je fais dans mon froc. Au dernier moment, Matt vise le ciel. Il tire. Il recharge son arme. Il vise les rochers. Nouvelle détonation. Avec l'écho les coups de feu font un boucan d'enfer. Matt vide son chargeur. J'ai les oreilles en marmelade.

Mon père frissonne. Il est pâle comme un mort. Je cours vers la voiture. Matt me rejoint sans un mot. Visage bouffi. Regard perdu dans le vide. Il s'assied au volant. Il boit une rasade de bourbon. Il tourne la clé. Moteur au ralenti. Il allume la radio. On roule un bon moment sur la route grise. À un carrefour Matt tourne à gauche. On rejoint la 395 jusqu'à Ridgecrest. Sans un mot. Janis Joplin chante *I Got Dem Ol' Kozmic Blues Again Mama.*

23

Deux jours après, on s'envole pour l'Amérique du Sud. Matt est parti à New York où il répète une pièce de théâtre. Ming et moi on accompagne Dol sur le tournage d'un film à gros budget en Bolivie. On vit tous au bord de la mer dans un hôtel à cinq étoiles avec piscine et jacuzzi. Comme chez nous.

Ma mère répète tous les jours avec son coach. Elle passe des heures avec son assistante. L'assistante de son assistante. Sa maquilleuse. Sa conseillère en image. Sa manucure. Son coiffeur personnel. Quand elle n'est pas sur le plateau, elle va parler avec son psy qui loge au même hôtel dans une chambre voisine. Pendant ce temps Ming et moi on se promène. On regarde tous ces fous jouer la comédie. On va nager dans la piscine. On fait des connaissances.

Il y a un tas de vedettes dans le film. Certaines jouent les fantômes. Elles ne sortent pas le nez de l'hôtel. Elles se font apporter les repas dans leur chambre. Elles ne veulent voir personne. Mais les autres aiment s'amuser. Les femmes surtout. Elles voudraient bien nous adopter, ma sœur et moi. Mais ce n'est pas possible. On a déjà plusieurs parents. Et on n'a pas envie de changer.

Le soir, on dîne ensemble sur la terrasse panoramique. On a une vue splendide sur la ville et les *slums*. On parle un peu du monde. De l'Iran. De l'Irak. De la montée de l'islamisme. De l'État d'Israël qui ne respecte aucune loi. Des élections américaines. Et de la France qui a un nouveau président. Le plus petit du monde.

On en revient toujours au cinéma. C'est la seule chose qui compte.

« Tu as vu le dernier film de ce réalisateur français... Comment s'appelle-t-il déjà ?

— Godard, Chabrol, Blier ?

— Non. Je veux dire un réalisateur vivant...

— Audiard ?

— Mais non ! Il ne faisait pas de films, Audiard, il écrivait des dialogues...

— Son fils fait des films.

— Ah bon ? Il a un fils ?

— Oui ! Il fait de très bons films...

— Connais pas...

— *Un prophète*, par exemple...

— C'est vrai ! J'ai vu quelque chose comme ça à New York. Mais je n'ai rien compris. »

Le producteur hoche la tête. Il a le crâne rasé. Quarante

ou cinquante ans. Il porte un pull à col en V. Des baskets noires. Un pantalon de lin. Il se verse un grand verre de Brunello, puis il allume une cigarette. Il regarde Dol avec des yeux vitreux.

« Et que fait Matt en ce moment ?

— Il est à New York.

— Pourquoi ?

— Il répète une comédie musicale…

— Je ne savais pas qu'il chantait…

— Il a toujours aimé chanter. Autrefois, il a fait un disque avec un groupe qui s'appelait les *Crying Shames*…

— Jamais entendu parler.

— Le groupe s'est séparé juste après le disque.

— Et qui chante avec lui dans cette comédie musicale ?

— Al Pacino et Rachel Weisz. »

Le type s'étrangle dans son verre.

« Vous connaissez Rachel ?

— Un peu, oui. C'est une femme cougar…

— Quoi ?

— Une mangeuse d'hommes.

— Vraiment ?

— Elle saute sur tout ce qui bouge… »

Le type ricane, content de son effet. Il boit une gorgée de vin. Il prend la main de Dol.

« Je plaisantais, baby… »

Dol lui jette un regard incrédule, puis baisse les yeux, se lève et vient s'asseoir près de moi. Plus personne ne parle. Après un moment, le producteur engage la conversation avec une fille qui porte un top fluo. Des lunettes de soleil. Un médaillon d'argent entre les seins.

« Je vous ai trouvée fantastique dans *Tombraider III*… »

La fille glousse de rire.

« Surtout la scène où vous exterminez les morts-vivants qui ont dévoré votre petit ami… »

Le type siffle entre ses dents.

« Et les effets spéciaux sont terribles ! Cette purée verte qui sort du ventre des vampires et qui explose à la tête des pilleurs de tombes… Trop bien fait ! »

D'où je suis, je vois Dol qui discute avec Jack Malone. Le meilleur pote de Matt. Il a les cheveux poivre et sel. Des yeux très bruns. Un sourire d'ange. Il porte un vieux jean délavé et un T-shirt vantant une marque d'aspirine.

« Tu crois que Matt me trompe ?

— Il ne me dit pas tout…

— Mais tu es son meilleur ami…

— Il n'y a pas plus fidèle que lui, tu sais ! »

Dol boit un verre de vin. Elle tousse un peu en le buvant. Jack lui prend doucement la main.

« Ne te fais pas de souci ! À New York, Matt bosse dur pour sa comédie musicale…

— Je sais. Mais il n'est pas tout seul. Il y a aussi Rachel…

— Je la connais. C'est une fille bien. En plus, elle est mariée au producteur du spectacle…

— Et alors ? dit ma mère. Qu'est-ce que ça change ?

— Take it easy, baby !

— C'est plus facile pour toi. Tu vis seul sur ton île et tu as l'air d'aimer ça… »

Dol replonge dans ses pensées.

« Eh puis, tu sais, la vie à L.A. est devenue impossible…

— Pourquoi ?

— Les paparazzi, la presse à scandale et maintenant les menaces d'enlèvement…

— Partez vivre ailleurs !

— Impossible. Tout se passe à Hollywood. Si tu veux rester dans le coup, c'est là que tu dois vivre...

— Venez vivre avec moi dans le Pacifique ! »

Dol n'écoute pas. Elle trempe ses lèvres dans le vin rouge. Elle fait la grimace.

« Et puis il y a les enfants...

— Adam et Ming ?

— Oui. Je vois bien qu'ils auraient davantage besoin de nous...

— Ils ont l'air en pleine forme, dit Jack.

— Nous sommes tout le temps absents...

— C'est parfait. Les enfants ont besoin de liberté...

— Ils poussent comme de la mauvaise herbe, Jack...

— Lâchez-leur un peu la grappe !

— Nous ne sommes pas de bons parents...

— Arrête de culpabiliser !

— Je ne veux pas commettre les mêmes erreurs que mon père... »

Soudain il éclate de rire.

« Si tu veux, ma chérie...

— Quoi ?

— Tes enfants...

— Eh bien ?

— Je les adopte ! »

24

Pour la musique, le producteur du film a contacté une star qui vit recluse dans son ranch au Texas. Il a promis un salaire à six chiffres. Par son mystérieux entourage, le chanteur a fait dire qu'il pourrait être intéressé. Mais qu'il ne sortait plus de chez lui. Le monde est trop dangereux.

Alors le producteur a rajouté quelques millions et le chanteur a débarqué un beau matin sans prévenir sur le tournage.

De ma vie, je n'ai jamais vu ça. Le type a quarante ou cinquante ans. Impossible à savoir. Une dégaine incroyable. Il porte un foulard sur le nez. Des grosses lunettes noires. Un chapeau à bords plats qui lui cache le haut du visage. Des gants en dentelle blanche. Ses lèvres sont peintes en rouge. Il parle avec une petite voix flûtée qui ressemble au cri du hibou. Il est venu avec son *gang*. Une foule de médecins et de gardes du corps. De coaches et de gourous qui ne le lâchent pas d'une semelle.

Sur le tournage, il y a beaucoup de stars. Mais tout le monde s'incline devant le chanteur à la voix de chouette.

Il parle peu. Quand il ouvre la bouche, il fait des « Hii ! » des « Ahh ! » qu'il accompagne de mouvements de danse saccadés. Comme le griot de mon village quand il veut faire tomber la pluie. D'ailleurs sa famille vient de là-bas. Ses ancêtres ont passé par l'île de Gorée. Il a gardé le nom d'esclave qu'on a attribué à son arrière-arrière-grand-père après la guerre de Sécession. Il a gagné beaucoup d'argent avec ses disques et a adopté une foule d'animaux. Il a même fait construire un zoo sur sa propriété pour accueillir ses girafes et ses éléphants. Son tigre du Bengale. Ses pandas et ses rhinocéros.

Il aime beaucoup les enfants. D'ailleurs, dès qu'il me voit, il fait une phrase entière.

« Hé ! Comment… tu t'appelles ? »

Ming le surveille du coin de l'œil. Elle n'aime pas qu'un homme s'approche trop près de moi. La star sort de sa poche un paquet de M&M's en riant. D'habitude Dol nous interdit de toucher à ces cochonneries. C'est mauvais pour les dents. Mais le chanteur insiste et on fait une orgie de chocolat.

Le soir, après le dîner, tout le monde hurle :

« Une chanson ! Une *chanson* ! »

Avec une mimique de chèvre, la star s'exécute.

Il chante une vieille chanson que tout le monde connaît et fait son fameux pas de danse en jouant avec son chapeau et ses gants de dentelle. Il a une voix tremblante. Des gestes hésitants. Tout le monde applaudit. On lui demande un autre tube. Il minaude comme une fille. La salle entière hurle son nom. Les hommes font un boucan terrible en frappant leur verre avec leur couteau. Il fredonne quelque chose. Mais si faiblement que personne n'entend rien. Il esquisse un nouveau pas de danse. Puis il s'interrompt brusquement. Comme s'il ne savait plus où il était. Du sang coule de son nez. Le type a l'air perdu. Terrorisé. Il sort un mouchoir de sa poche. Ses mains tremblent. Son nez pisse le sang. Des types taillés comme des armoires à glace l'emmènent dans sa chambre.

Au milieu de la nuit, quelqu'un frappe à ma porte.

C'est les deux types de tout à l'heure. La mégastar a composé une chanson pour moi, ils me disent. Elle est *supercontente*. Elle veut que je vienne l'écouter. Tout de suite. Ça ne me plaît pas beaucoup. Et Dol m'a interdit de sortir de ma chambre. Je veux refermer la porte. Mais les deux types montrent les dents.

La suite que le chanteur occupe est au dernier étage du Majestic. Il y a trois pièces. Immenses. Plongées dans la pénombre. Encombrées de vêtements et de jouets. Des bâtonnets d'encens brûlent un peu partout. Les rideaux sont tirés. Il y a des verres à moitié vides posés sur la commode avec des bouteilles de gin et de Pepsi. Dans un coin, il y a une sorte de sarcophage éclairé au néon dont le couvercle est relevé.

« Eh ! fait le chanteur, l'air égaré, tu veux boire quelque chose ? »

Je fais non de la tête. Le type à la peau grise se verse un verre d'alcool et avale une poignée de pilules.

« Tu sais quoi ? J'ai composé un truc… »

Il se met à tousser.

« Spécialement pour toi.

— Super.

— Ça te dirait de l'écouter ? »

Je fais oui de la tête. Il se verse un verre de Pepsi. Il jette dedans quelques pilules. Il boit le tout d'une traite. Il se lève. Il se dirige en titubant vers sa guitare. Une Martin D35 un peu cabossée. Il s'assied sur le lit. Sa main plaque un accord de do. Il s'éclaircit la voix. Il me regarde sans me voir. Il hulule quelque chose. Il s'arrête. Il reprend. Il s'arrête de nouveau.

« Qu'en penses-tu, Ad ? »

Moi bien sûr je n'en pense rien. Je fais oui de la tête pour ne pas lui faire de la peine. Le vieux chanteur a l'air content. Il gratte à nouveau sa guitare. Il essaie de plaquer un accord de sol. Puis un accord de fa. Il tape du pied pour battre la mesure.

« J'ai juste… les premiers mots… »

Adam, tu es l'espoir
Du peuple noir
L'avenir appartient
Aux enfants qui n'ont rien…

Il chantonne de plus en plus faiblement. Comme s'il s'enfonçait dans un tunnel très long et très noir. Il glousse encore un peu. Puis le murmure s'éteint. Il lâche sa guitare. Il tombe épuisé sur le lit. Il marmonne quelque chose que je ne comprends pas.

Je veux quitter la chambre. Mais j'entends une voix aigrelette dans mon dos.

« Ne pars pas, Ad ! Ne me laisse pas tout seul… »

Son nez saigne à nouveau. Je lui passe un mouchoir. Je cale sa tête sur l'oreiller. Je lui donne à boire un verre de gin. Il n'arrête pas de pleurnicher et de trembler. Puis il se calme. Il ferme les paupières. Il est sur le point de s'endormir.

Je m'éclipse sur la pointe des pieds.

« Ad, répète la voix mourante, reste encore un peu… »

Je ne sais pas quoi faire. Je m'assieds sur le lit.

« Déshabille-toi, Ad… »

D'une voix fluette, le chanteur continue :

« Cette nuit, c'est la nuit des fantômes… Tu… tu ne peux pas me laisser seul… »

Il se traîne jusqu'au lecteur de CD. Un truc immense qui clignote comme un robot de *La Guerre des étoiles*. Il insère son dernier disque. Il pousse le volume à fond. Il se met à tanguer en fredonnant le refrain. Il commence à ôter ses fringues dans la pénombre. J'ai envie de filer. Mais je n'ose pas. Il enlève avec peine son pantalon. Sa chemise de flanelle. Ses escarpins vernis. Il se couche sur les draps de satin. Sa peau est grise. Il a le corps couvert de cicatrices. Des ecchymoses sur les bras. Des escarres sur les jambes. Un corps de supplicié qui sent le vétiver.

« Déshabille-toi ! répète-t-il. Fais-le pour… ton ami… le chanteur… »

À mon tour, j'ôte mes habits et je me couche sur le grand lit à baldaquin. Le chanteur me regarde avec des yeux vitreux. Il a l'air apaisé. Il se remplit un verre de gin. Il me force à en boire la moitié. Il avale le reste avec du Vicodin. Il a les yeux brillants de fièvre. Dans sa table de nuit, il prend un flacon d'huile de massage.

« Pour chasser les fantômes, il faut se protéger... »

Méticuleusement il se frotte le torse et les bras. Le cou. Les jambes. Les pieds. Son corps est luisant d'huile de melon du Kalahari. Il me dit de faire la même chose. Ça éloigne les vampires. Les morts-vivants ne supportent pas l'odeur du chanvre et du melon.

Nous sommes nus tous les deux dans le noir.

Il me regarde en caressant le bambou flasque qui brille entre ses jambes. Il me dit de me masser aussi. Ça l'aidera à chasser les fantômes. Je m'astique en douceur. Il écarquille les yeux. Sa main va de plus en plus vite. Ça continue pendant un certain temps. Il me dit de me retenir. Il y est presque. Il écarte ses jambes maigres et cambre son corps contre les draps. *Beat it,* dit la voix sur le disque. *Just Beat It.* Son asticot se vide entre ses cuisses. On dirait qu'il ne respire plus.

25

Le tournage touche à sa fin. Jack Malone est reparti sur Sainte-Alice. Son île du Pacifique. Le chanteur gris a regagné son ranch dans le Texas avec son armada de nurses et de gardes du corps. Il reste encore quelques scènes à tourner. Mais la plupart des acteurs sont rentrés chez eux. Dol est l'une des dernières à rester. C'est la star de la production. Mais comme à chaque fois elle se sent seule et déprimée. Elle vit la fin du film comme un véritable abandon.

Heureusement son psy veille sur elle. Ils se voient tous les soirs dans sa chambre d'hôtel qu'il a transformée en bureau.

De temps à autre, je l'accompagne.

Calé dans son fauteuil, le psy croise les pieds sur son bureau. Dol est assise en face de lui et le regarde. Il commence à parler.

« Je trouve cette expérience passionnante...

— Quelle expérience ? demande Dol.

— Le tournage. C'est la première fois que j'accompagne un patient sur le tournage d'un film...

— Pourtant, je vous assure que tous les tournages se ressemblent.

— Peut-être. Mais c'est extraordinaire d'être au milieu de toutes ces stars... »

Ma mère allume une cigarette.

« Je voulais vous parler de mes cauchemars... »

Le psy passe la main dans sa barbe.

« Vous savez, de l'extérieur, on se fait beaucoup d'idées sur le cinéma. Des gens frivoles, corrompus par l'argent, qui ne pensent qu'à boire et à baiser... Mais c'est tout faux ! Je me suis rendu compte que le cinéma est une vraie famille...

— Justement, je voulais vous dire...

— Une famille d'exception, si j'ose dire, car fondée uniquement sur des liens d'amitié et de travail. Et non des liens de sang...

— Oh ! Cette famille n'est pas si parfaite !

— On retrouve les liens de la horde primitive. Des liens forts, uniques, fondamentaux...

— Ce sont des liens factices, dit Dol. On vit ensemble une expérience intense, c'est vrai. Mais tout le monde sait qu'elle va se terminer un jour. Qu'après le film, il n'y aura plus rien.

— L'intensité demeure. Et vous savez, l'intensité, de nos jours, c'est si rare. »

Il allume un havane. Il renverse la tête en arrière. Il se gratte le crâne.

« J'ai eu une idée... »

Dol le regarde avec inquiétude.

« J'ai vraiment adoré cette expérience.

— Tant mieux.

— Et je me demandais si...

— Oui, Sig ?

— Si... vous ne pouviez pas me trouver un petit rôle sur votre prochain film ?

— Quoi ? Vous voulez faire du cinéma ?

— Et pourquoi pas ? »

Le psy regarde Dol d'un air outré.

« Vous pensez que je n'y arriverais pas, c'est ça ?

— La question n'est pas là, Sig...

— Que je n'ai pas assez de talent ?

— Vous êtes mon analyste. Pas un acteur de cinéma.

— Et alors ?

— On ne s'improvise pas comédien comme ça ! Il faut suivre des cours, si possible avec les meilleurs maîtres, apprendre à dire un texte, aller puiser au fond de soi des émotions que vous ne soupçonnez pas...

— C'est un peu ce que je fais avec vous. »

Dol s'étrangle de colère.

« Pas du tout, Sig ! Quand je viens vous voir, je ne suis plus une comédienne, j'oublie le cinéma...

— Qui êtes-vous alors ?

— Je suis une femme comme une autre.

— Ah bon ? dit Sig d'une voix déçue.

— Je suis une femme qui a besoin de parler à quelqu'un qui l'écoute.

— Et alors ?

— Et alors depuis quelque temps j'ai l'impression que vous ne m'écoutez pas...

— Mais si, Dolorès, je vous écoute...

— Avant, vous preniez des notes, vous aviez l'air intéressé par ce que je vous racontais...

— Je le suis toujours. C'est juste que...

— Que quoi ?

— Il me semble que la thérapie avancerait plus vite si j'avais un petit rôle dans votre prochain film...

— Quoi ?

— Oui. Cela provoquerait un électrochoc et...

— Vous recommencez !

— Parlez-en autour de vous...

— Vous délirez, Sig !

— Pas du tout. Si vous me donniez la réplique devant les caméras, sous les *spotlights*, je pense que quelque chose en vous se dénouerait... »

26

Maman est formidable. En tant qu'ambassadrice de la petite enfance, quand elle est en tournage, elle va rendre visite aux malheureux et aux plus démunis. On prend la limousine avec le nègre en livrée verte. On traverse la ville. Ses quartiers chic. Ses banlieues glauques. On se retrouve dans les *slums*. Un entassement de cabanes branlantes recouvertes de bâches ou de tôle ondulée. Agglutinées les unes contre les autres. Sans eau courante, ni électricité. Des milliers de personnes vivent là à quelques kilomètres de la ville. Et la plupart n'en sortiront jamais.

Dans ces *favelas*, il n'y a pas de centre. Pas d'artère

principale. Juste une multitude de sentiers qui ne mènent nulle part.

On arrête la voiture au fond d'un terrain vague. On sort. Le chauffeur reste à l'affût avec son flingue au cas où quelqu'un essayerait de nous attaquer. Pendant ce temps on va se balader dans les ruelles boueuses qui puent l'essence. La pourriture. Le caoutchouc brûlé. La misère ne sent jamais bon. Très vite une rumeur monte des taudis. Les gens sortent de chez eux. Ils crient. Ils nous invitent dans leur gourbi. Les photographes mitraillent sous tous les angles. Dol disparaît dans un enchevêtrement de toiles et de bâches en plastique. Je me faufile derrière elle. On lui offre à manger. On lui présente le dernier rejeton de la famille. D'autres enfants sortent de partout. De la cuisine. Des souterrains. Du toit qui branle dangereusement. À chacun Mère Dolorès donne quelque chose. Les enfants sont ravis. Ils veulent tous l'embrasser. Quand elle s'en va, ils s'accrochent à ses jupes. Des enfants se mettent à hurler. Des grosses larmes montent dans les yeux de Dol.

Vers midi, on a rendez-vous avec un type qui est une sorte de chef de gang. Il porte une chemise blanche ouverte sur la poitrine. Un pantalon de coton blanc. Des chaussures vernies. Il énumère les progrès effectués depuis la dernière visite de Dol, il y a deux ans.

« Tout ne va pas si mal que ça, dit-il, ça pourrait être pire... »

Dol le regarde d'un air incrédule.

« On a ouvert une nouvelle décharge, poursuit le type. Le problème, c'est qu'on ne peut pas y accéder. Il faudrait raser une partie de la ville... »

Ils boivent un thé glacé sous une tente de Touaregs.

« De quoi avez-vous besoin ? demande Dol.

— De médicaments, de couvertures, de produits alimentaires…

— On dit que le dernier convoi a été intercepté par les gangs qui dirigent le marché de la drogue.

— C'est vrai, dit le type en inspectant ses ongles. Mais la situation sera bientôt sous contrôle. »

Des enfants viennent se blottir contre Dol. Ils ont des sourires désarmants. Ils s'agrippent à ses bras, sa blouse, son sac à main. Ils piaillent comme des oiseaux qui attendent la becquée. Dol passe la main dans leurs cheveux.

« Mais de quoi avez-vous besoin avant tout ?

— D'argent, dit le type sans hésiter. C'est le nerf de la guerre. »

Dol ouvre son fourre-tout Vuitton. Elle sort son stylobille et son chéquier. Elle aligne les chiffres sur le bout de papier, puis elle signe le chèque. Le type à la chemise ouverte a l'air content. Ils se lèvent tous les deux. Ils se serrent la main.

Une longue poignée de main pour que les photographes aient le temps d'immortaliser la scène.

En fin d'après-midi on rend visite à un orphelinat tenu par les Sœurs de la Miséricorde. C'est une bâtisse en pierre de taille construite au cœur des bidonvilles et protégée par une grille infranchissable. À l'intérieur, une source d'eau potable alimente un jardin où poussent des légumes et des arbres fruitiers. Un groupe électrogène fournit de l'électricité au bâtiment. Une petite oasis au milieu du désert.

Malgré la chaleur, les bonnes sœurs portent une aube noire et une coiffe blanche. Elles nous invitent à boire le thé sous une large tonnelle. Il y a des chocolats et une assiette pleine de cookies à la noix de pacane. Elles sont ravies d'avoir de la visite.

Attirés par le bruit, des enfants viennent guigner. Les garçons portent un uniforme bleu marine. Les filles, une jupe et une blouse rouges. Ils nous regardent avec des yeux brillants. Certains font de petits signes à ma mère. D'autres en se tournant se cachent le visage et pouffent de rire.

Si je n'avais pas eu la baraka, je serais un de ces enfants.

« Alors, dit ma mère avec impatience, où est-il ?

— Il arrive, dit une nonnette. Il est allé se préparer. »

On boit un autre verre de thé glacé. Je fais main basse sur les cookies à la noix de pacane. Dol me regarde avec des yeux pleins de reproche. Un gros soleil mauve et orange se couche derrière le clocher de l'église. Un groupe d'enfants chante une rengaine du chanteur gris. *We Are the World, We Are the Children.* Dolorès a les larmes aux yeux. Les religieuses applaudissent.

Enfin, une nonnette se lève et va chercher un enfant par la main. Il doit avoir dix ans. Peut-être plus. Ses cheveux noirs sont partagés par une raie sur le côté. Il a la peau mate. Des yeux noisette. Les oreilles décollées. Contrairement aux autres enfants, il porte un pantalon. Une chemise et une veste kaki. À ses pieds, il y a une petite valise rouge. Il est impressionné. Mais après un moment il se met à sourire.

Dolorès s'est levée. Elle tend ses bras vers l'enfant.

« Allons, dit la mère supérieure, ne fais pas le timide ! »

Mais l'enfant reste planté sur place, les yeux baissés.

« Tiago, va embrasser ta maman ! »

L'enfant hésite. Il fait un pas en avant. Il s'aperçoit qu'il a oublié sa valise. Il revient en arrière la chercher. Il se jette dans les bras de Dol et il l'embrasse.

« Mon Dieu ! Cela fait si longtemps...

— Les formalités ont été plus longues que prévu,

explique la mère supérieure. Il y a tant de paperasse à remplir ! Mais le certificat d'adoption est arrivé hier de la capitale. Et signé en bonne et due forme ! »

Dolorès sourit à travers ses larmes.

« Je peux vraiment l'emmener avec moi ?

— Bien sûr. Comme vous voyez, il a préparé sa valise ! Il piaffe d'impatience... »

À ce moment, je me demande si Dol va aussi m'emmener avec elle ou si elle a l'intention de me laisser dans cet orphelinat avec toutes ces femmes en boubou noir et en collerette blanche.

« N'oubliez pas mon chèque ! » dit la nonnette en baissant le regard.

Ma mère s'aperçoit de mon trouble. Elle se tourne vers moi et me sourit.

« Allons, Adam ! Va embrasser ton frère ! »

Quand il m'embrasse, il asperge ma joue de salive. Je n'aime pas ça. Et je me dis qu'on est bien peu de chose. Un jour on est le roi du monde et le lendemain on n'est plus rien du tout. Un anonyme dans la foule. C'est le destin des enfants adoptés. Il faut apprendre à partager l'amour de ses parents. Surtout si ce ne sont pas les siens.

27

Dolorès est croyante. Mais modérément. Les restes d'une éducation protestante et rurale. Elle ne va pas souvent à l'église. Mais elle croit en un Être tout-puissant qui régnerait d'une manière invisible sur la terre et les hommes. Elle croit comme une enfant abandonnée par son père à deux ans et transbahutée à travers l'Amérique par une mère obligée de pratiquer toutes sortes de jobs pour nourrir sa famille.

Le problème ?

Il est simple. Mais Dol n'a pas encore trouvé de solution.

Que faisait Dieu quand les pionniers américains massacraient les Indiens à coups de carabine et de bâtons de dynamite ? Et l'Ouganda ? La Chine ? La Tchétchénie ? Pourquoi a-t-il gardé le silence sur tant de crimes et d'abominations ?

« Il était où, ton Dieu tout-puissant, demande Matt, quand Hitler mettait à exécution sa Solution finale ? »

Dol le regarde d'un air malheureux.

« Je vais te le dire : il se curait les ongles sur une plage du Pacifique en sirotant un bloody mary...

— Arrête tes horreurs...

— Ce ne sont pas des horreurs. Mais une supposition. Il avait certainement d'autres choses à penser et à faire... »

Dol va se réfugier dans la cuisine. Mais Matt ne la lâche pas d'un pas.

« Dieu est une hypothèse intéressante, dit-il. Mais il n'est qu'une hypothèse...

— Tu recommences !

— Personne n'a jamais réussi à démontrer ne serait-ce que l'ombre de son existence...

— Et Jean-Sébastien Bach ? Et Miles Davis ? Et Bill Evans ?

— Là, tu marques un point, ma chérie ! Mais on pourrait tout aussi bien miser sur le génie humain. Et non sur une sorte d'inspiration divine qui toucherait certains élus, et pas les autres...

— À mon sens, c'est une preuve évidente de l'existence de Dieu. »

Dolorès se verse un grand verre de bourbon. Après un silence, Matt contre-attaque :

« Et tous ces enfants !

— Quels enfants ? répond Dol, piquée au vif.

— Tous ces enfants qui n'ont pas demandé à naître... Largués dans la nature, abandonnés, exploités par des gangs ou des maffias...

— Eh bien ?

— Qu'ont-ils donc fait de mal pour que Dieu les délaisse de la sorte ?

— Rien, bien sûr.

— Ils sont parfaitement innocents, personne ne les a désirés et ils croupissent dans les bidonvilles ou, s'ils ont de la chance, dans les orphelinats...

— Que veux-tu que je réponde à ça ?

— Il faut te dire que ton Dieu est en vacances, Dol. Qu'il n'a pas le temps de s'occuper des affaires des hommes...

— Admettons, Matt. Mais si Dieu est en vacances, comme tu dis, il faut prendre en main les affaires courantes...

— C'est ce qu'on appelle *se tenir les coudes*...

— Tu peux rire, Matt. Mais en adoptant ces enfants perdus ou abandonnés, j'essaie de rendre le monde un peu moins mauvais... C'est une goutte d'eau dans l'océan, je sais, mais au moins je fais quelque chose... »

Frissonnante et rêveuse, Dol vient se blottir entre les bras de Matt. Pendant ce temps, couché sur le canapé du salon, je continue à tuer des extraterrestres sur ma console Nintendo. Tiago, mon nouveau frère, me regarde avec des yeux pleins de jalousie. S'il est sage, s'il obéit à tous mes ordres, je lui laisserai peut-être faire un carton quand j'aurai fini de jouer.

28

Le drame avec les orphelins c'est qu'il y en a partout. Dans toutes les villes et sous toutes les latitudes. Et chaque jour davantage. Et même avec la meilleure volonté du monde, on ne peut pas tous les recueillir ou les aider. Mes parents le savent bien. On ne peut pas sauver tous les pauvres diables de la terre. Mais ça ne les empêche pas d'élargir la famille chaque fois qu'ils en ont l'occasion.

Dolorès a tellement besoin d'amour. C'est une fontaine universelle. Elle a besoin d'en donner comme d'en recevoir. Et elle n'en reçoit jamais assez. Chaque fois qu'elle part en tournage, je suis sûr qu'elle revient avec un garnement dans son fourre-tout Vuitton. Ça provoque des disputes douloureuses avec Matt. La maison retentit d'une foule de noms d'oiseaux. Je ne peux plus jouer tranquillement à ma console Nintendo. Ni exterminer tous les aliens qui veulent envahir la planète. Ming est terrorisée par le ramdam. Elle court s'enfermer dans sa chambre. Elle écoute Nirvana à plein tube et elle pleure.

Bientôt Matt trouve une parade. Il est toujours absent quand Dol revient de ses tournées humanitaires. Il ne veut plus participer à la cérémonie d'intronisation des nouveaux membres de la famille. Il saute dans sa Roadmaster. Il va rendre visite à ses potes du Nouveau-Mexique ou de la Vallée de la Mort. Je l'accompagne souvent. On s'amuse à rouler comme des dingues dans le désert de sel. On essaie d'oublier l'hacienda et ce qui nous attend au retour.

Ça ne rate jamais ! La Buick à peine parquée dans le garage, Dol se pointe avec son nouveau protégé.

« Je vous présente Byron !

— Joli nom, dit Matt. Ses parents appréciaient la poésie anglaise ?

— Non. Ils ont été emportés par un tsunami à Ceylan. L'enfant s'appelait Ravishanavi. Ou quelque chose comme ça. Trop compliqué. Alors je lui ai donné un nom plus facile à retenir… »

Matt et moi on se toise d'un air consterné.

Le gosse peut avoir neuf ou dix ans. Il est petit. Grêle. Boutonneux. Il a des cheveux raides et courts d'un noir profond. Il a l'air apeuré. Il porte un uniforme bleu marine avec un écusson sur le revers de sa veste. Il baisse les yeux et n'ouvre pas la bouche.

« Bienvenue au club ! dit Matt en se forçant un peu.

— Il faudra être gentil avec lui ! Il a tellement souffert… »

Au fil des mois, tout s'emballe.

Des enfants de toutes les couleurs et de toutes les provenances envahissent l'hacienda. Il y a d'abord Marcos. Un petit Philippin abandonné par ses parents qui étaient dictateurs. Puis Issouf. Un gars de mon pays qui casse les oreilles à tout le monde en jouant du *djembé* nuit et jour. Puis Leyla. Une belle fille enlevée aux hommes bleus du désert qui la louaient aux touristes de passage. Et puis Barak. Un jeune type plein d'ambition qui répète à qui veut l'entendre qu'il sera un jour président des États-Unis. Puis Titus. Puis Bérénice bien sûr. Pour que Titus se sente moins seul.

Après, j'ai oublié les noms.

Heureusement qu'il y a Ming !

Quand tous ces malheureux nous cassent les pieds, on s'enferme dans sa chambre et on joue au docteur. On se palpe. On s'ausculte. On se fait des câlins. On s'astique sous la douche. On s'amuse comme des fous. On oublie ces intrus qui viennent voler l'amour de nos parents. On oublie qu'on était comme eux il n'y a pas si longtemps. Et que pour rien au monde on n'aimerait retourner dans le pays pourri où on a vu le jour.

Être orphelin, c'est une aubaine.

Quand vous avez mal débuté dans la vie, quelqu'un vous offre une seconde chance. Vous oubliez vos parents naturels. Ce n'étaient pas les bons. Trop sales. Trop pauvres. Trop abrutis. Et vous êtes accueilli dans une famille en or. Vous n'avez qu'à claquer les doigts pour obtenir tout ce que vous voulez. Vous mangez comme des princes. Vous pissez dans des lavabos en or. Vous écumez les boutiques de luxe. Vous passez vos journées à vous dorer la pilule au bord de la piscine. Vous grimpez dans les arbres. On organise pour vous des parties supercool. Vous avez les plus beaux parents du monde. Et votre grande sœur est épatante et sexy. Que désirer de plus ?

29

Mon père se tire de plus en plus souvent. Il va faire des virées dans la Vallée de la Mort. Il va rejoindre son pote Jack Malone à Sainte-Alice. Son île du Pacifique. On ne sait jamais quand il revient. Ni s'il revient. Ma mère quand elle ne tourne pas de films dans la forêt amazonienne passe sa vie chez son psy. Elle creuse. Elle brasse sa propre boue. Elle se découvre tous les jours de nouvelles failles.

« Vous progressez, lui répète Sig.

— C'est encourageant ? demande ma mère avec inquiétude.

— Oui. Mais toutes ces brèches…

— Eh bien ?

— Ça sera long à colmater… »

Pendant ce temps, je fais des fugues. Je tranche la tête des coyotes rachitiques que Dol a recueillis. J'écluse des wagons de vodka. Je fume toute l'herbe de la terre. Je passe mon temps à dégommer des trolls et des extraterrestres sur ma console Nintendo. Je mets le feu au poulailler. Juste pour voir. Puis au garage. Encore pour voir. Puis à l'aile sud de l'hacienda. Parce que j'ai le cafard.

De son côté, Ming n'est pas en reste. Elle pique les robes de Dol pour aller écumer les bars de Palisades. Elle se fait offrir du champagne et du crack. Et avec ses copines – toutes des filles adoptées – elle joue les *escorts* de luxe et elle finit régulièrement la nuit au poste de police.

Chaque mois la tribu s'agrandit. Un petit frère ou une grande sœur débarque en souriant d'un pays exotique. Au nom toujours imprononçable. On essaie de lui faire une place. On fait semblant de lui sourire. On lui prête nos jouets. Mais seulement ceux qui sont cassés.

« On forme tous une même et grande famille ! » proclame Dol en se forçant.

Foutaises ! Le paradis est bien gardé. Il ne se partage pas.

Il y a bientôt des clans. Des jalousies terribles. Des alliances secrètes pour conserver la meilleure place à table. Ou occuper la plus grande chambre de l'hacienda. C'est une pluie de coups bas. On ne compte plus les blessés et les morts. Nos parents sont dépassés par l'ampleur du désastre.

À force de jouer à la danse du bambou, Ming et moi on devient un peu plus que des frère et sœur. L'adoption, ça crée des liens très forts. On forme une grande famille. On vit sous le même toit. On a les mêmes parents et pourtant on n'est pas du même sang. Mystère ! Ming et moi on partage tout. On boit les mêmes rhum-coca et on fume la même herbe. On passe des nuits entières à se raconter des histoires. À se faire des mamours. On met la musique à plein tube. Amy Winehouse. Black Eyed Peas. Nirvana. Ming adore ça. On gigote à poil dans nos chambres. Ming me fait le coup de la danse des sept voiles et moi je ressors mon *djembé*. On entre en transe. On se colle l'un à l'autre. On est sur le toit du monde. Au lieu de s'astiquer sous la douche, on roule sur le tapis. On se console et on s'embrasse. On s'aime à la folie.

Tout à coup Ming est sur moi et moi je suis en elle. Et là on est vraiment au paradis.

30

Ming et moi on pourrait vivre heureux au paradis.

Mais tout se gâte quand ma grande sœur a ses premières nausées. Et quand son ventre commence à s'arrondir.

Dol reste sans voix. Matt se met à hurler comme un Sioux. Pour une fois, ils sont sur la même longueur d'onde.

« Qui a fait ça ? » demandent-ils en chœur.

Ming garde le silence. C'est une fille terrible. Elle a la tête plus dure que la muraille de Chine. Et même sous la torture, elle n'ouvrirait pas la bouche.

Ma mère répète sa question.

« Tu vas me dire qui a fait ça, Ming ? »

Ma sœur baisse les yeux. Comme elle sait si bien le faire quand elle veut jouer les timides. Ou qu'elle prépare un sale coup.

Dol hausse le ton. Je ne l'ai jamais vue aussi furieuse. Sa voix résonne dans toute la maison.

« Dis-moi *qui* ! »

Ming n'est pas une moucharde. Il faut la torturer longtemps avant qu'elle trahisse un secret.

Dolorès est furieuse.

« Vas-tu enfin me dire qui t'a fait ça ? »

Alors, les yeux baissés, les lèvres toujours closes, avec cet air mystérieux qui la rend irrésistible, Ming fait un petit mouvement de tête dans ma direction.

OCEANIA

1

Je viens d'avoir quinze ans. Je sais à peine lire et écrire. Mais j'ai déjà sauvé la terre au moins mille fois et tué des millions de trolls, de vampires et d'extraterrestres sur ma console Nintendo. J'ai éclusé un wagon de vodka et fumé près d'une tonne de kif. Tout ce que j'ai appris à faire dans la vie, c'est jouer de la machette et du bambou. Jadis mon premier père m'a vendu à un couple d'Américains riches et célèbres qui sont devenus mes seconds parents. Et j'ai vécu heureux dans ma nouvelle famille jusqu'à ce que celle-ci s'agrandisse et ressemble à un orphelinat géré par des dames patronnesses.

Les parents sont bizarres. Tous les parents du monde, je pense. Ils vous veulent du bien. Ils vous sortent de la fange. Ils vous enseignent les bonnes et les mauvaises manières. Ils font de vous un homme ou une femme. Ou autre chose. Et puis à la moindre anicroche ils se débarrassent de vous. Ils vous vendent au plus offrant. Ils vous envoient mariner en enfer. C'est la vie. Comme on ne choisit pas de naître, on ne choisit pas ses parents.

Sur le tarmac, Malone m'attend. La petite quarantaine. Grand et baraqué. Les cheveux grisonnants. La peau tannée par le soleil. C'est une star, Jack Malone. Moins que mes parents n° 2. Mais une star quand même. Il passe souvent à la télévision. Il a tourné un nombre impressionnant de films et il a eu des aventures avec des actrices et des top models. Rien que des femmes fatales. Un jour il a voulu se retirer du monde. Il s'est acheté une île pour lui tout seul dans le Pacifique. Sainte-Alice. Il fait semblant d'y vivre en ermite et en sage.

« Salut, Adam ! Tu as fait bon voyage ? »

On roule une demi-heure sur une piste défoncée à travers la forêt. On ne croise personne sinon des singes et des serpents. Des oiseaux chantent dans les arbres. Le ciel est transparent. Il fait très chaud. Jack conduit la jeep Wrangler à toute vitesse, le coude sur la portière, un cigarillo aux lèvres. Il connaît le chemin.

« Comment vont tes parents ?

— Bien.

— On dirait qu'il y a eu du grabuge...

— Ouais. »

Il passe la main dans ses cheveux.

« Quoi qu'il en soit, tu es ici chez toi, Adam !

— Merci, Monsieur.

— Hé ! Appelle-moi Jack ! Je suis ton nouveau père...

— OK, Jack. »

C'est à peu près tout ce qu'on se dit dans la voiture qui fonce à travers la forêt. Jack Malone a l'air content. Et moi aussi. J'ai laissé mes ennuis derrière moi. J'ai oublié mes parents. Mais je n'ai pas oublié ma sœur Ming. Elle sera toujours avec moi. C'est la femme de ma vie.

« Tu verras, Ad, la vie sur l'île n'est pas désagréable... On est à cinq heures de L.A. et pourtant on est au bout du monde...

— Hollywood ne te manque pas ?

— Non. On peut très bien vivre en marge du système...

— Ce n'est pas ce que disent Matt et Dol.

— Je sais bien. Ils sont les esclaves des studios. S'ils s'éloignent trop longtemps d'Hollywood, ils ont peur qu'on les oublie !

— Il y a beaucoup d'acteurs oubliés...

— Bien sûr. Mais ils n'ont pas compris que dans le cinéma, il faut se faire désirer...

— Comment ça ?

— La magic du cinéma, c'est apparaître et disparaître. Entre les deux il y a l'écran. C'est-à-dire le *désir*. Matt et Dol n'ont pas compris qu'il fallait disparaître pour mieux ressusciter... »

Jack Malone rigole tout seul.

« Au fond, le cinéma, c'est une histoire chrétienne !

— Pourquoi ? je demande.

— Apparaître, disparaître. Mourir, ressusciter. Tout le mystère est là. Il faut mourir pour ressusciter...

— Être crucifié, plutôt.

— Si tu veux, Adam.

— Et alors ?

— C'est ce que j'ai fait ! J'ai décidé de disparaître du monde et de me retirer sur mon île. Et depuis que j'ai disparu, on ne m'a jamais autant *désiré* ! »

Il jette son cigarillo par la fenêtre.

« Ce n'est pas moi qui ai besoin du cinéma, Ad. Mais bien le cinéma qui a besoin de moi... »

2

C'est une maison dans le style colonial en bois et en briques rouges avec beaucoup de fenêtres en ogive. De vastes vérandas donnant sur le jardin. Des chambres spacieuses et meublées avec goût. Sur la porte d'entrée un authentique crucifix en chêne massif datant de 1795. Dernière trace des missionnaires jésuites qui tentèrent sans succès de convertir les habitants de l'île après la Révolution française.

« C'est une maison coquette, glisse Jack. Idéal pour une lune de miel. À cette différence près que la lune de miel, ici, dure plus longtemps qu'une semaine… »

Il me montre ma chambre au premier avec une simple chaise et un bureau, une grande armoire vide et un lit protégé par une moustiquaire. La fenêtre donne sur la forêt. Plus loin la mer fait entendre son fracas d'incendie.

« Tu seras bien ici à Sainte-Alice ! Loin des flashes et du *glam*… »

Je regarde autour de moi avec angoisse.

« Qu'est-ce que tu cherches, Adam ?

— Il n'y a pas de TV… »

Jack me regarde en se marrant.

« Dans la maison, il n'y a qu'un poste.

— Je pourrai quand même regarder MTV ?

— Pourquoi ?

— C'est ce que je faisais toute la journée à l'hacienda.

— Tu ne faisais rien d'autre ?

— J'étudiais grave une ou deux heures par jour. Les bonnes manières. La littérature anglaise.

— Ah oui ? dit Jack, intéressé. Et qu'est-ce que tu lisais ?

— Milton, Shakespeare, Chaucer.

— Tu aimais ça ?

— Pour moi c'était comme du chinois. Je préférais jouer sur ma console Nintendo. »

Jack pousse un gros soupir. J'insiste.

« Alors je pourrai regarder MTV ?

— On verra plus tard. J'espère que la TV fonctionne encore. Je ne l'ai plus allumée depuis des lustres... »

Devant mon air dépité, Jack ajoute :

« Mais il y a beaucoup d'autres choses à faire ici, crois-moi !

— Comme quoi ?

— Lire, nager... Se promener dans la forêt... Méditer...

— Méditer ?

— Méditer, ça veut dire faire le vide en soi... »

J'ai envie de pleurer. Méditer ! Mais dis t'es trop con. Mais à quinze ans, il faut montrer qu'on est un homme.

« Quoi ? Tu n'as pas de console vidéo ?

— Non.

— Pas de *Super Street Fighter IV* ? Ni de *Dark Void* ?

— Non, Adam.

— Tu veux dire que tu n'as pas *Aliens contre Predators VI* ?

— Non plus.

— Est-ce qu'il y a du courant au moins dans ton gourbi pour recharger mon iPod ?

— Pas tous les jours, fiston.

— Merde alors ! Comment je vais faire, moi ? »

Jack n'écoute pas. Il est déjà dans l'escalier. J'entends sa voix qui monte du salon :

« Quand tu auras fini d'installer tes affaires, rejoins-moi dans le jardin. On va faire une promenade. Ça ouvre l'appétit ! »

En fait de promenade, on marche des heures à travers la forêt pleine de cris d'animaux. Ça me rappelle mon village. Mais ici il n'y a pas de tigres ni de crocodiles. De zébus ou de rats musqués. Seulement des singes en ribambelle et des serpents-minute.

Jack se baisse et en prend un dans sa main.

« Une vieille légende veut nous faire croire que la morsure de ces serpents est mortelle… Mais c'est faux ! Tiens, Adam, prends-le dans ta main… »

Je fais un pas en arrière.

« Tu n'as rien à craindre : ils ne sont pas venimeux ! »

On reprend notre marche. Les singes crient dans les arbres. Des feux au loin éclairent la forêt.

« Je ne suis pas tout seul sur cette île, dit Jack. Il y a plusieurs familles de pêcheurs qui travaillent pour moi. Tous les soirs, vers six heures, ils allument des feux pour éloigner les mauvais esprits. »

Je ne suis pas rassuré. J'ai oublié mon portable à la maison. D'ailleurs je suis sûr qu'il n'y a même pas de réseau. On presse le pas. On sort bientôt de la forêt. On débouche sur la plus incroyable plage de sable que j'ai jamais vue.

« C'est beau, non ?

— Toute la plage est à toi, Jack ?

— Il y a trois ans, j'ai acheté toute l'île de Sainte-Alice. Et les îles voisines aussi. Pour être plus tranquille. »

On marche à pieds nus sur le sable. On est vraiment au paradis. Des pêcheurs au flambeau rentrent avec leur barque. Ils font signe à Jack en agitant les bras. Dans la brume du soir on distingue la silhouette d'un paquebot à dix étages qui fait route vers le large. Une sorte de palace flottant qui vient déverser ses touristes sur l'île de Tohu-Bohu, la seule qu'il n'a pas pu acheter.

« C'est un fléau, dit Jack. Mais qui arrange tout le monde…

— Qui donc ?

— Les touristes en quête de chair fraîche et les indigènes qui sont toujours avides d'argent… »

On est de retour au bercail. Enfin. Je commençais à fatiguer. Le dîner nous attend sur la table. Colombo de poulet aux chouchoutes et au citron vert. Un délice. Comme il n'est pas seul sur son île, Jack n'est pas tout seul non plus dans sa maison. Deux jeunes femmes servent les plats. L'une s'appelle Ivoa et l'autre Tahina. Elles portent des sarongs de coton imprimé. Leurs cheveux noirs sont retenus par un peigne d'écaille. Elles sourient tout le temps. Pour le dessert, elles apportent un *ipo*. Des boulettes de pâte enveloppées dans des feuilles de bananier et passées à la flamme pour les ramollir.

Après le repas, Jack m'entraîne dans le jardin. La nuit est douce et parfumée. On marche un moment sur la plage. On s'assied sur un tronc d'amarante à moitié calciné. Jack allume un cigarillo. On regarde les vagues qui viennent caresser nos pieds.

« À quoi tu penses, Jack ?

— À rien. »

Long silence.

« Fais le vide dans ta tête. Oublie le monde…

— Il faut être très fort pour ne penser à rien… »

Jack Malone me regarde en souriant.

« C'est vrai, Adam. Mais je suis sûr que tu apprendras vite ! »

3

La nuit je rêve que Dol me serre dans ses bras et moi j'enfonce ma tête entre ses seins au goût de mangue et de noisettes et sous ma langue je sens les pointes qui durcissent tendrement comme de gros fruits noirs enrobés de salive et je ne suis jamais rassasié et Dol passe sa main dans mes cheveux et j'aimerais que cet instant dure toute la vie…

« Debout là-dedans ! »

En trombe Malone déboule dans ma chambre. Il écarte les rideaux. Il allume la lumière. Il n'est même pas six heures. L'heure à laquelle dans mon ancienne vie j'avais l'habitude d'aller me coucher.

« Debout, Adam !

— Qu'est-ce qui se passe ?

— On va nager.

— À six heures du matin ? »

Jack a passé un peignoir en éponge Ralph Lauren. Il est rasé de frais et parfumé. Il porte des tongs Dolce & Gabbana. Un sac de plage sur l'épaule. Il a un petit sourire moqueur.

« Laisse-moi dormir !

— Allons, Adam, ta nouvelle vie commence aujourd'hui… »

J'enfile en hâte un maillot de bain. Jack me lance une grande serviette-éponge. Je saute dans mes baskets. Et nous voilà partis pour la piscine qui est sur un petit promontoire. Vue imprenable sur la mer. Sans m'attendre Jack a plongé dans l'eau turquoise pleine de reflets argentés. Il traverse deux fois la piscine en apnée. Il sort la tête de l'eau à court de souffle. Il passe la main dans ses cheveux et il me dit de le rejoindre.

« J'arrive ! je dis, en essayant de gagner du temps.

— Dépêche-toi ! C'est la plus belle heure de la journée… »

Je m'assieds sur le bord de la piscine. Je trempe mes pieds dans l'eau glacée. Pendant ce temps Jack enchaîne les longueurs de bassin. Je le regarde aller et venir sous l'eau. Mettre ses mains en coupe lorsqu'il ramène ses bras le long de son corps. Ne pas laisser l'eau filer entre ses doigts comme le font la plupart des gens. C'est une loutre, ce type-là ! Puissance des muscles des épaules. Battement régulier des jambes qui propulse le corps en avant. Éclat laiteux des pieds qui brillent dans l'eau turquoise. Quand il arrive à l'autre bout du bassin, il exécute une cabriole experte. Il prend appui sur le mur de céramique. Il repart d'un seul mouvement plein de grâce le plus loin possible. De temps à autre Jack émerge de l'eau. Tête, épaules et bras étincelants. Il me lance un regard réjoui. Il replonge. Son corps reprend son rythme régulier. Sans à-coups. Comme s'il ne s'était jamais arrêté. Il est rapide, gracieux. Invulnérable.

« Alors tu viens, Adam ? Ou tu as peur de l'eau ?

— Moi je n'ai peur de personne. »

Les yeux fermés, je saute dans la piscine. L'eau n'est pas si froide que ça. Je commence à nager. Je me glisse dans la trace que Jack creuse devant moi. Je vise le bout de la piscine et j'essaie de virer avec grâce. Comme mon père n° 3. Mais je me cogne contre le mur carrelé. J'avale des litres d'eau. Mes bras reprennent leur mouvement de pales. Je cherche du regard l'homme au maillot de bain jaune. Il est déjà à l'autre bout de la piscine. Hors de portée. Ses pieds prennent appui sur le bord pour se relancer comme une torpille. On se croise bientôt à mi-chemin. Et Jack continue sans me voir. Rien ne peut l'arrêter. Il est indestructible. Et moi je continue à patauger dans son sillage comme un chien échaudé.

Après une heure de barbotage, on sort de l'eau. On mange des céréales. On boit un verre de jus d'orange. On se sèche un instant au soleil. Ça ne dure pas longtemps. On repart faire un footing sur la plage, puis des pompes sur le court de tennis. Jack est luisant de sueur. Il a du mal à respirer, mais il jubile.

« Rien ne vaut la vie au grand air, fiston ! »

On termine par un petit un contre un au basket. Là au moins je suis sûr de le battre. À l'hacienda je jouais tous les jours et personne ne m'arrivait à la cheville. Je marquais des paniers à trois points les yeux fermés. Mais ici c'est autre chose. On dirait que le ballon lui colle aux mains. C'est agaçant. Il dribble. Il feinte le shoot. Il attend que je saute pour intercepter la balle. Et quand je retombe sur mes pattes, il tire et marque à chaque coup.

« Pas mal, Ad ! Mais on va faire une pause. C'est l'heure du déjeuner. »

Ivoa a préparé la table sur la terrasse. Elle porte un pagne bariolé. Un T-shirt Esprit. Des créoles en argent. Ses pieds sont nus et ses longs cheveux noirs dénoués. Au menu : poisson grillé et galettes de manioc. Ça me rappelle mon village. À cette différence que le poisson est frais du jour et que le manioc n'a pas séjourné six mois dans un silo pourri et infesté de rats.

Je suis si fatigué que je m'endors sur mon assiette.

Quand Ivoa me réveille, la nuit est presque tombée. Jack a disparu dans sa chambre. Je sors dans le jardin. La nuit est pleine d'odeurs d'algues et de fumée. Je suis seul et libre. Peut-être enfin moi-même ? J'arrive bientôt dans un petit village qui ressemble au village où je suis né. Il y a des poules qui courent dans tous les sens. Des cochons noirs qui braillent. Des femmes vautrées dans de vieux fauteuils à bascule fredonnent des chansons en créole. Les hommes boivent du gin au goulot. Ils me regardent comme un alien. Comme moi ils appartiennent à Jack Malone. Comme moi ce sont des nègres. Même si la couleur de leur peau est plus claire que la mienne.

4

Qui est vraiment Jack Malone ? Un don Juan ? Un frimeur ? Une icône ?

À sa naissance les fées se sont penchées sur son berceau. On est dans les années 60. À Augusta. Un trou perdu du Kentucky. Son père présente sur la télé locale un talk-show à succès. Sa mère est une ancienne reine de beauté. Elle pose pour les magazines de mode. Aux yeux de ses parents Jack est déjà une image. Enfance choyée. Études bâclées et raccourcies à l'Université. Seul le basket intéresse le garçon. Il passe *pro* avant de se blesser à l'épaule. Finis les rêves de carrière sportive. Il multiplie les petits jobs. Vendeur de chaussures pour dames. Mannequin occasionnel. Coach d'aérobic. Avec l'argent qu'il gagne en coupant du tabac il s'envole pour L.A. Comme Matt et Dol avant lui. Il s'installe chez sa tante Rosemary pour qui il servira d'homme à tout faire. Mais grâce à son sourire, ses œillades à la Cary Grant, il enchaîne bientôt les clips publicitaires et les figurations dans les séries à succès. *Reptile. Rick Hunter. Arabesque.* Un premier rôle au cinéma le fait remarquer dans *Le Retour des tomates tueuses.* Mais Jack se brouille avec le producteur. Il n'en fait qu'à sa tête. L'œuf ne danse pas avec la pierre. Il est prêt à abandonner la vie de saltimbanque quand un pote albinos lui propose un rôle de médecin dans *Hôpital.* Succès immédiat. La série devient culte. Pendant dix ans, Jack va sauver des ados en OD. Recoudre des abdomens découpés à la tronçonneuse. Ressusciter à coups d'électrochocs des patientes en état de mort clinique.

L'icône se met en place.

Le séducteur et le sauveur. L'irrésistible Dr Love.

Attirés comme des mouches à vinaigre les studios s'intéressent à lui. Tarantino l'engage dans un film gore où il affronte une horde de vampires dégénérés perdus dans l'Amérique profonde. Tout le monde se souvient du tatouage tribal qu'il exhibe sur la fesse gauche. Il enchaîne avec des comédies. Puis des films catastrophe. C'est lui qui sauve la terre envahie par des fourmis géantes et carnivores. Encore lui qui joue les morts-vivants assoiffés de sang synthétique dans la forêt amazonienne. Côté cœur, Jack ne chôme pas. Nicole Kidman. J. Lo. Pamela Gibson. Julia Roberts tombent dans son piège à filles. Le plus extraordinaire c'est qu'il ne se fâche jamais avec ses ex. Elles restent toujours ses amies.

Sur le plateau d'un film d'espionnage, il rencontre Matt Hanes qui devient son meilleur pote. Il se taille un joli succès dans un film d'action où il part à la pêche au gros et affronte une tempête aux vagues gigantesques. La même année il joue avec les frères Coen. Puis avec Terence Malik. Enfin c'est la série des *Ocean's*. Succès roublard. Tous les potes de Jack se retrouvent sur le tournage de ce film cool et frimeur.

L'icône est façonnée.

Jack le flambeur. L'éternel cœur à prendre.

Mais Jack casse tout. C'est un iconoclaste.

Sur un coup de tête, il se retire à Sainte-Alice. Comme d'autres sur l'île d'Elbe. Il se fait oublier. Il se fait désirer. Il essaie de rester maître du jeu. Il vend ses interviews aux chaînes de télévision. Il monnaie à prix d'or son image. Il met en scène sa propre vie. Il tente de prendre le système à son propre jeu.

Mais Hollywood n'aime pas se faire doubler. Il y a des représailles. Une guerre impitoyable.

Le cinéma aime les idoles. Mais il préfère quand elles sont mortes.

5

Le lendemain, c'est une musique étrange qui me réveille. La même que Dol passait en boucle dans la voiture quand elle allait voir son psy. Enya. *May it Be*. Un truc à vous foutre le bourdon. Jack porte une chemise blanche Dolce & Gabbana qui lui donne l'air encore plus jeune et bronzé. Un pantalon de lin et des sandales. C'est la classe, ce type-là.

« Bien dormi, Ad ?

— Pas vraiment, je réponds en bâillant.

— Tu te reposeras plus tard.

— On ne va pas de nouveau faire du sport ? je dis, inquiet.

— Rassure-toi ! Aujourd'hui, c'est jour de méditation. »

Il m'entraîne dans le jardin.

Sous le sycomore, un homme est assis en tailleur. On ne voit que son dos large et voûté. Sa tunique safran. Son crâne qui brille. Jack s'assied en face de lui dans l'ombre chaude. Il me fait signe de l'imiter. L'homme a les yeux fermés et les mains jointes comme s'il priait. Il fredonne quelque chose dans une langue que je ne connais pas. Impossible de lui donner un âge tant son visage est lisse et impassible. Il pourrait avoir cinquante ans comme cent ans. Ses lèvres bougent toutes seules.

« Je te présente Yôshi, dit Jack. Un grand sage japonais. Il m'a fait l'honneur de venir séjourner sur mon île. »

Le type au crâne rasé entrouvre un œil. Puis l'autre Il nous toise longuement en silence. Ensuite fermant les yeux avec un rictus de dégoût, il plonge dans une nouvelle méditation. Il se remet à marmonner des trucs sans queue ni tête.

« Yôshi a fondé plusieurs sanctuaires en Amérique où ses disciples sont très nombreux... Et au Japon, c'est une star ! »

On reste assis une heure ou deux sous l'arbre à figues sans oser faire un geste. Ni même ouvrir la bouche.

Ce qui est bien dans le silence c'est qu'on peut penser à plein de choses agréables. Et moi dès que je ferme les yeux je repense toujours à Ming. Mon âme sœur. La dernière fois que je l'ai vue, elle n'a pas dit un mot. Elle a juste fait un signe de tête dans ma direction. La vipère.

Ses yeux disaient : « Je suis en cloque. C'est mon salaud de frère qui m'a fait ça ! »

Comme Ming, le type au crâne luisant en face de moi garde le silence. Enfin presque. Ses lèvres remuent un peu. On dirait qu'il ânonne quelque chose. Son corps se met à osciller doucement. De gauche. De droite. De gauche à nouveau. Un peu d'écume sort de sa bouche.

« Yôshi a trouvé le chemin, me dit-il. La voie vers la sérénité... »

Soudain le type oscille de plus en plus dangereusement. Son visage se contracte. Sa bouche se tord dans une grimace obscène. Ses paupières battent toutes seules. Son front se couvre de gouttes de sueur. Il psalmodie un nom. Toujours le même.

« Jack... »

À côté de moi, Malone jubile.

« Tu vois, dit-il, il m'a trouvé sur le chemin de sa méditation... Il est en équilibre avec le monde... »

Les yeux fermés, la bouche pleine de bave, le type en face de nous tangue de plus en plus.

« Jack… »

On ne sait pas s'il récite une prière ou s'il demande de l'aide. Son visage a la couleur des crabes tourteaux.

« Jack… »

Il s'effondre d'un coup. Tête en avant. Et son visage s'enfonce dans le sable. Jack se précipite pour l'aider à se relever. Mais l'autre, tiré de sa torpeur, n'est pas content du tout. Il ouvre de grands yeux. Il cherche quelque chose. Il pousse un cri déchirant.

« Où est Jack ? »

Malone le prend par les épaules.

« Ici, Maître. Je suis ici. »

Le type au crâne rasé le regarde d'un air incrédule. Comme s'il ne le connaissait pas.

« Pas toi ! » il dit enfin d'une voix rogue.

C'est au tour de Malone d'écarquiller les yeux.

« Mais qui alors ? »

Le type cherche toujours quelque chose du regard. Il a l'air agité. Malheureux. Comme s'il était subitement frappé par la foudre. Il sonde les poches de sa tunique en fronçant les sourcils. Il en tire une bouteille carrée au label noir. Un sourire éclaire son visage.

« Jack Daniel's ! dit-il en buvant au goulot. Vous en voulez une goutte ? »

À côté de moi Malone fait la grimace. Mais il est beau joueur. Il boit une gorgée de whisky à son tour. Il me passe la bouteille.

« C'est le plus sûr moyen d'avancer vers l'éveil, dit Yôshi en buvant bruyamment. Maintenant écoutez le chant des cigales !

— Quelles cigales ? demande Jack.

— Elles chantent dans les arbres, dit le type. Il y en a des centaines. Mais tout à l'heure vous ne les entendiez pas…

— C'est vrai, je dis.

— Écoutez ! dit Yôshi. Elles chantent toutes un poème…

— Quel poème ?

— Le poème des cigales dans les arbres. Chaque soir, c'est un poème différent. Chaque soir, c'est un poème unique. Si vous manquez ce poème, c'est perdu pour toujours. Plus jamais les cigales ne le rechanteront… »

Le type porte le goulot à sa bouche. Mais la bouteille est vide. Il fait à nouveau la grimace. Jack se lève et va chercher une autre bouteille dans la maison. Pendant ce temps Yôshi me regarde. Il ne lâche pas son os.

« La nuit est pleine de poèmes, dit-il. Mais personne ne les écoute. Personne ne les entend. Ils sont portés par la brise qui vient de la mer. Ils vibrent avec les feuilles des arbres. Ils sont toujours en mouvement… »

Jack revient avec une autre bouteille de whisky. On va s'asseoir au bord de l'eau. On écoute le bruit des vagues. C'est une nuit paisible. On regarde les poèmes dans le ciel. La bouteille passe d'une bouche à l'autre. De temps en temps Yôshi murmure un borborygme. Jack invente un poème sur la mer. Je chante une mélodie d'Otis Redding. On est ouvert au monde. Comme une maison pleine de courants d'air.

6

C'est une île minuscule protégée par une double barrière de corail. Les nuits de nouvelle lune ou par temps nuageux, seuls les pêcheurs qui connaissent les fonds marins et les écueils s'aventurent au large. Un flambeau fixé à la poupe de leur barque. Ils sont toujours deux ou trois. Ils allument leur feu avec des pommes de pin. Ils l'alimentent avec du bois riche en résine. Un homme rame doucement, tandis qu'un autre guette à proximité de l'embarcation. Intrigués, les poissons tournent autour du feu par bancs entiers. Comme aveuglés par la lumière. Le guetteur les transperce avec son harpon. C'est la curée ! Attirés par l'odeur du sang, les poissons s'agglutinent autour du foyer. Les harpons volent dans tous les sens. Les hommes poussent des cris de joie sauvage.

Et la mer tout autour des bateaux prend une belle couleur d'encre rouge.

J'aime venir sur la plage. J'aime regarder l'horizon vague et lointain. Des feux s'allument sur la mer. Le sable est chaud. Vibrant de petits crabes noirs. Je m'assieds sur une souche. Je chante les vieilles chansons de marinier que les Reines chantaient dans mon village pour m'endormir. Mais je ne dors pas. Le vent balaie la plage en tourbillon. Il vient de partout à la fois. Il fait siffler les arbres. L'air est tiède et fétide comme une haleine. Caressant. Hypnotique.

Les nuits de nouvelle lune, je reste ainsi jusqu'au matin. Les pieds dans le sable et la cendre volcanique. À ne penser à rien. À attendre quelque chose qui ne vient pas. À déchiffrer le poème de la mer ou du vent comme l'enseigne Yôshi.

Dans la forêt, les aras à bec rouge fondent sur les *bayas*, ces petits serpents vif-argent à la morsure mortelle. Les singes-araignées se poursuivent dans les arbres. Les tarentules et les tapirs guettent leur proie. Les casoars dressent leur tête osseuse et agitent comiquement leurs ailes atrophiées. Il y a des millénaires qu'ils ne savent plus voler.

« Si tu ne sais pas où tu vas, répète Yôshi, regarde d'où tu viens. »

7

Aujourd'hui, c'est une équipe de la télévision américaine après d'interminables négociations qui vient interviewer le vieux grigou. Ils arrivent à dix ou à vingt avec trois camions de matériel. Ils mettent des fils électriques partout dans la maison. Des paraboles dans le jardin. Des projecteurs géants qui font sauter tous les fusibles.

Ça commence dans l'excitation et le champagne. Jack se prête de bonne grâce aux questions de la journaliste qui veut tout savoir. *Êtes-vous content de votre dernier film ? Avez-vous des projets ? Pourquoi vous êtes-vous retiré sur cette île ? Est-il vrai que Julia Roberts vient souvent vous rendre visite ? Êtes-vous vraiment ce vieil ours solitaire que toute la presse décrit ? Où en sont vos rapports avec Matt et Dolorès ?* Des questions comme ça, la journaliste blonde en a des tonnes en réserve sur ses fiches. Elle n'est jamais prise de court. Et Jack doit se pincer pour ne pas éclater de rire ou simplement lui balancer son verre de gin à la figure.

Mais mon père est comme ça. Il cultive le flegme british. Il ne s'énerve jamais.

Une fois l'interview mise en boîte, c'est autre chose. Jack met la musique à plein tube. Susheela Raman. *Love Trap.* On sort dans le jardin. On fait griller des steaks d'autruche autour de la piscine. On mange des crevettes panées à la pistache. Des kiwis à la coque et au crabe. De la salade de concombre au pomélo et à la mangue. Le rhum planteur coule à flots. Les joints circulent de bouche en bouche. Sous un grand parasol Yôshi parle d'éveil avec une assistante rousse en débardeur Gertrude et short de cuir.

« Il suffit d'écouter la nature…
— Ouais, dit la fille, l'air absent.
— Chaque fleur est un poème…
— Vous connaissez Jack depuis longtemps ?
— Dans la méditation, le temps est aboli…
— Vous croyez qu'il aime les femmes ?
— Quand on médite, on ne fait plus la différence entre les hommes et les femmes…
— C'est vrai qu'il est sorti avec Julia Roberts ? »

Mais Yôshi n'écoute plus. Il quitte la rouquine qui sirote un whisky en dévorant Jack des yeux. C'est ma chance. Je m'approche de la fille et je remplis son verre en douce. Elle me regarde avec des yeux embrumés.

« Ça ne se voit pas du premier coup, je dis, mais je suis Adam, le fils de Jack…
— Ah bon…
— Je vis sur cette île avec lui.
— Vous croyez qu'il est gay ?
— Hein ?
— Je veux dire : il est plutôt branché mecs ou nanas ?
— Et vous ? »

La fille hausse les épaules. J'en profite pour me rapprocher. Je remplis son verre à ras bord et en passant je mate ses seins qui sortent du débardeur. La fille regarde avec angoisse autour d'elle et se met à crier.

« Où est Jack, bordel ?
— Je ne sais pas.
— Il faut à tout prix que je lui parle…
— On pourrait aller faire un tour sur la plage…
— Ouais, dit la fille. Pourquoi pas ? »

On croise Yôshi en pleine dispute avec la journaliste blonde qui a troqué son jean contre un bikini fluo. Elle fume une cigarette en surveillant Malone du coin de l'œil.

C'est toujours la même chose. Dès qu'il apparaît quelque part, les femmes ne regardent que lui.

« Quelle est l'origine du monde ?

— Quoi ? fait la fille, éberluée.

— Le monde vient pourtant de quelque part...

— Je ne sais pas, moi... D'après la Bible, c'est Dieu qui a créé le monde...

— Vous croyez à ces fadaises ?

— Il faut bien croire à quelque chose.

— Et Darwin alors ?

— Foutaises aussi ! Il faut être un peu naïf pour croire que l'homme descend du singe !

— Ou inversement...

— Si vous voulez... »

À cet instant, Yôshi se jette sur la bouteille carrée de Tennessee whiskey. Il remplit deux grands verres. Il les vide l'un après l'autre. Il remplit les deux verres à nouveau. Il a les yeux brillants et les joues roses d'un bébé. Il se retourne vers la fille en bikini :

« Vous disiez ? »

Mais la fille n'est plus là. Elle a vu Jack plonger dans la piscine et elle plonge à son tour.

Dans l'excitation générale, tout le monde se jette à l'eau. J'en profite pour m'approcher de la petite assistante rousse. Elle a perdu son débardeur. Elle joue la vahiné en exhibant ses seins refaits. Elle essaie de nager vers Jack qui disparaît sous l'eau turquoise.

« Mon Dieu, comme il nage bien !

— Il est dans son élément, je dis en plaquant mes mains sur les seins de la fille.

— Ce type est trop parfait...

— Ouais. »

Quand Jack émerge de la piscine, il est tout de suite pris

d'assaut par une nuée de sirènes qui viennent se frotter contre lui. Il se dégage en rigolant. Il détale vers la mer. Tout le monde se lance à sa poursuite. La nuit est claire et pleine de parfums. Yôshi est enfoncé dans une chaise longue avec sa bouteille de whisky. Il a l'air vieux et fatigué. Il répète doucement : « Il faut détruire le moi particulier. » Il boit une rasade de whisky. Il rajoute : « Alors seulement apparaît l'absolu. »

Je prends la fille rousse par la main. On court se baigner dans la mer.

« Tu es sûr que Jack est là ?

— Oui, je dis en essayant de l'embrasser. Il adore les bains de minuit... »

La fille se laisse faire. On batifole un moment dans les vagues. Plus loin Jack rigole avec la journaliste blonde. Ils se poursuivent dans l'eau. Ils s'éclaboussent comme des enfants. Elle a perdu son bikini. Elle essaie de lui arracher son maillot de bain. Jack s'échappe en plongeant dans la mer.

« C'est un requin, ce mec-là, dit la fille rousse avec dépit. Impossible de le mettre en cage... »

Elle le regarde disparaître dans la nuit. Hypnotisée. Elle ne bouge plus. Elle ne dit plus un mot. J'en profite pour me coller à elle. J'ai la fièvre du bambou. On a de l'eau jusqu'à la taille. Des nuées de poissons phosphorescents éclairent la mer. Sous mes caresses, la fille est ronde et douce comme les Reines de mon village. Elle pousse un petit cri quand je l'embroche.

« Regarde ! dit-elle, Jack est ressorti de l'eau... »

Nous sommes comme deux nageurs en eau profonde. Arrimés l'un à l'autre. Mélangeant nos salives. Nos humeurs délicieuses.

8

La fille et moi on s'endort sur la plage au pied du sycomore. Elle rêve de Jack. Et moi de Ming. Comme toutes les nuits. On reste collés l'un à l'autre comme deux nageurs perdus dans l'eau des rêves. Mais à des lieues et des lieues de distance.

« Où est Jack ? dit la fille.

— Il est rentré…

— Tout seul ?

— Non.

— Il était avec qui ?

— La journaliste blonde…

— Le salaud ! »

La fille rousse bâille à se décrocher les mâchoires. Elle se lève avec peine. Elle s'étire longuement. On va tous prendre un brunch au bord de la piscine. Ivoa et Tahina ont dressé un buffet avec des mangues et des papayes, des grenadilles, des caramboles, des ramboutans. Il y a aussi du fromage et des crevettes. Des brochettes de thon rouge et des chips au manioc.

Sous le grand parasol, Yôshi discute avec la productrice de l'émission télé. Une femme immense et sèche qui porte des lunettes de soleil. Elle sirote un cocktail de fruits. Elle regarde avec inquiétude autour d'elle.

« Il est où, Jack ?

— Évaporé ! dit Yôshi avec un air mystérieux.

— Comment ça " évaporé " ?

— Vidé, jusqu'à la dernière goutte…

— Vous voulez dire…

— Oui.

— Avec qui ?

— Tout seul ! »

La femme le fusille du regard.

« Je ne comprends pas un mot de ce que vous dites !

— C'est pourtant simple, dit Yôshi. Hier soir j'ai sifflé trois bouteilles de Jack Daniel's. À moi tout seul ! »

La productrice s'éloigne en haussant les épaules. À ce moment, la journaliste blonde sort de la maison. Elle porte une veste militaire. Une marinière en jersey et un short en jean. Elle a le teint gris. Des lunettes de soleil. Elle tient à peine en équilibre sur ses talons aiguilles. Dès qu'elle la voit, la productrice s'avance vers elle.

« Tu veux boire quelque chose, ma chérie ?

— La même chose que toi. »

Après un long silence.

« Alors ?

— Alors quoi ? dit la fille blonde sur un ton agressif.

— Alors, c'était *comment* ?

— Quoi ?

— Tout le monde t'a vue rentrer cette nuit avec Jack… »

La journaliste se jette sur le buffet.

« Tout bien réfléchi, je vais boire un gin-fizz… »

La productrice ne lâche pas le morceau.

« Alors, dis-moi, c'était bien ?

— Quoi encore ?

— Ta nuit d'amour avec Jack Malone !

— Parlons d'autre chose, tu veux bien ? »

Elle pique du nez dans son gin-fizz. Ses lunettes de soleil tombent par terre. Elle les ramasse péniblement. Elle les remet en équilibre sur son nez.

« Tu n'as pas bonne mine, ma chérie…

— Lâche-moi un peu, s'il te plaît !

— Qu'est-ce qui s'est passé ?

— Rien.
— Comment ça, *rien* ?
— Rien. Nothing. Nada. Niente.
— Pas possible…
— Pourquoi ça ne serait pas possible ?
— Tu passes la nuit avec Jack Malone, un type sur qui fantasment toutes les femmes de la terre, et il ne se passe rien ?
— C'est ça…
— Je ne te crois pas, ma chérie…
— Il me faut encore un verre… On lève bientôt le camp ?
— Tout à l'heure. Mais Jack…
— Quoi encore ?
— Raconte…
— Il n'y a rien à raconter.
— Allons, allons…
— Je suis venue, j'ai vu et je suis repartie…
— Elle est bien bonne, celle-là !
— Le plus triste, c'est que c'est vrai !
— *Non* ! Tu ne veux pas dire que…
— Eh oui !
— Je ne te crois pas… »

La productrice est consternée.

« Mais toutes ces femmes… Son image si *glamour*…
— Juste une image.
— Je ne *veux* pas te croire !
— Dans ma prochaine émission, je vais te l'astiquer…
— Surtout pas, ma chérie !
— Et pourquoi pas ?
— On ne touche pas à l'icône Malone !
— Je m'en suis aperçue…
— Je veux dire : on ne touche pas à son image. On ne peut pas faire ça…

— Ce n’est pas Dieu tout de même !

— Presque. Les femmes en ont besoin pour fantasmer… Les marchands de café pour écouler leur camelote…

— Une journaliste doit dire la vérité.

— Surtout pas, ma chérie ! On ne va pas casser notre jouet ! Malone fascine le monde entier. C’est un ours mal léché et un cœur solitaire. Le don Juan des temps modernes…

— Justement.

— Quoi ?

— Comme Dom Juan, il accumule les conquêtes. Son grand bonheur, c’est de séduire. Tout le temps. Tout le monde. Et toutes les femmes tombent dans son piège. Mais il ne conclut jamais…

— Pourquoi ?

— Je n’en sais rien, moi.

— La vérité n’a aucune importance. Et peut-être qu’avec une autre femme…

— Ah ! Je te remercie…

— Je veux dire : la vérité est toujours relative. Jack est un monstre sacré. Le dernier de l’espèce des seigneurs. Une icône. Si tu casses son image, il n’y aura plus personne…

— Tu m’en demandes trop !

— Pense à tous ceux qu’il fait vivre par le monde ! Les photographes, les éditeurs, les pisseurs de copie… »

La fille blonde n’a pas l’air convaincue. Elle titube près du buffet. Rajuste encore une fois ses lunettes de soleil. Jette un regard brouillardeux autour d’elle. Finit la bouteille au goulot. Pendant ce temps, la productrice tape bruyamment dans ses mains :

« Allons, les gars, on y va ! »

Dans le jardin, personne ne bouge.
« Où est Jack Malone ? lance quelqu'un.
— Je crois qu'il est parti, dit une autre voix.
— Ah bon !
— Merde alors. Qu'est-ce qu'on fait ? »

9

Mon cher enfant,

Depuis ta dernière lettre (la première et la seule), il s'est passé près d'une année. Pourquoi tout ce silence, Adam ? Quelle est ta vie avec ce vieux grigou de Jack ? Penses-tu parfois à tes anciens parents qui t'aiment toujours ?

Voici les derniers scoops de la famille : quand ils ne sèchent pas les cours du lycée, Marcos et Barak passent leur temps à se battre, chacun voulant être à lui seul le chef de la tribu. Ton frère Issouf nous casse toujours autant les oreilles avec son djembé. *Pour Halloween, Matt a eu la grande idée de lui offrir une trompette. Mais Issouf l'a revendue pour s'acheter une batterie. Ce n'est pas mieux. Titus et Bérénice sont devenus inséparables, comme s'ils avaient peur qu'on les abandonne à nouveau. Leyla est en pleine crise d'adolescence. Elle ne mange plus de porc et elle a décidé de porter la burqa. Matt n'est pas content. Moi non plus. Mon psy m'a expliqué qu'elle cherchait simplement à se faire remarquer dans une famille où tout le monde a l'habitude de se promener à poil.*

Et Ming ? Nous l'avons envoyée en Europe dans une école privée. C'est au bord d'un lac. En Suisse ou en Suède. Je ne sais plus. Avec ce que vous avez fait, elle ne pouvait plus vivre avec nous. Même dans une famille unie et colorée comme la nôtre, on ne peut accepter que les frères et les sœurs fassent des galipettes. Ming m'écrit souvent depuis son pensionnat. Elle aime bien son nouveau pays. Il ne s'y passe pas grand-chose. Elle se sent libre de faire ce qu'elle veut avec qui elle veut. Elle me demande souvent de tes nouvelles et me répète que tu lui manques beaucoup…

Depuis votre départ, la famille s'est encore agrandie. Il y a tant d'enfants malheureux dans le monde…

Le petit Jean-Chrysostome est venu d'Haïti après le tremblement de terre qui a ravagé l'île au début de l'année. Clémantyne, dont les parents ont tout perdu dans cette catastrophe, l'a suivi un mois plus tard. Grâce à l'Église de la Résurrection, nous avons pu recueillir encore d'autres enfants. Les deux derniers s'appellent Euphèle et Vivian. Ils ont dix et douze ans. Euphèle ne dit pas grand-chose. Mais je suis sûre qu'il n'en pense pas moins. Quant à Vivian, il est très avancé pour son âge. Il veut devenir psychologue. Sig a promis de lui donner des conseils.

Nous sommes à présent dix à table !

Matt a du mal à accepter tous ces bouleversements. Il n'est pas souvent à l'hacienda. Sa carrière marche fort. Il tourne trois à quatre films par année. Toujours au sommet de l'affiche. Avec sa gueule d'ange, il a pour partenaires les plus belles filles du monde. Mais il me jure que je suis la seule femme qui compte vraiment dans son cœur.

Peut-on faire confiance aux hommes ? Surtout quand ils sont comédiens ?

Crois-moi si tu veux, Adam, mais cette année je ne suis pas allée une seule fois à Miami rendre visite aux docteurs McNamara et Troy ! Mes paupières tombent, mes joues s'empâtent, la peau de mon visage se creuse. Mon corps entier s'affaisse. Mais je m'en fous. Oui, Ad, je suis passée de l'autre côté du miroir : j'ai presque entièrement disparu…

Quelqu'un m'appelle au téléphone. Je te laisse aux bons soins de notre ami Jack que tu embrasseras de ma part.

N'oublie pas de penser quelquefois à ta mère qui t'aime et attend de tes nouvelles.

Dolorès

10

De bonne heure ce matin, je retrouve Jack au bord de la piscine. Il est avec Yôshi. Les yeux fermés. Marmonnant des formules magiques qui ressemblent aux incantations du marabout de mon village. Les temps sont durs. Tout le monde a besoin d'un gourou.

« Une fois détruit le moi ancien… »

Yôshi parle d'une voix douce. Il porte une tunique en coton pleine de taches grises et des lunettes de soleil Wayfarer. Il transpire à grosses gouttes. Son crâne ressemble à du métal. Jack a gardé son peignoir avec le beau monogramme rouge brodé sur la poitrine. *JM.* Je m'assieds et je ferme les yeux. Yôshi reprend ses litanies. Je les répète à mon tour sans comprendre. On reste une heure ou deux à rôtir au soleil. Le premier à craquer, c'est Yôshi. Il se met à beugler et à mouliner l'air avec ses bras. Il n'a pas l'air content. Son visage est violet. Un peu d'écume sort de sa bouche. Jack lui tend une bouteille de whisky. Mais le vieux sage se lève en fulminant.

« Dans l'eau ! dit-il en ôtant sa tunique inondée de sueur. Il faut retourner à la source... »

Il est debout au bord de la piscine. Prêt à sauter. Sous les bourrelets de son ventre se cache un bambou maigre en tire-bouchon. Jack enlève son peignoir. Il n'a rien dessous. Il est monté comme un mulet. Son piège à filles. Yôshi pousse un terrible cri de guerre. Il saute dans l'eau en se pinçant le nez. Je plonge à mon tour et nous rigolons tous les trois.

« Une fois détruit le moi ancien, la peur de perdre et de mourir, la terreur d'être abandonné, survient l'extase particulière... »

11

Jack est un type bizarre. Il vit seul sur son île avec un enfant de hasard (moi) et quelques domestiques entièrement dévoués. Il ne fréquente pas les cocktails huppés d'Hollywood. Ni les grandes messes publicitaires des *people* à la mode. Ni même les parties fines où se décident les grandes carrières au cinéma. Non. Il vit comme un ours mal léché. Loin des flashes et des feux de la rampe. Son seul souci, c'est de se faire oublier.

Pourtant, le monde ne l'oublie pas. Jamais. Tenez, la semaine dernière, un hélicoptère se pose un soir dans le jardin. Tout le monde est surpris. Jack le premier. Il va chercher sa carabine dans la remise et il se poste en embuscade derrière une fenêtre.

L'appareil fait voler les parasols et les chaises longues.

De la portière ouverte, une jeune femme descend. Grande, mince, bronzée. Comme toutes les autres. Elle porte un fourreau rouge et des sandales plateforme à semelles fluo. Elle se dirige au ralenti vers la maison. Elle est courbée en deux. D'une main, elle plaque les lunettes de soleil sur son nez. De l'autre elle s'accroche à sa minaudière en satin.

« Pam ! »

Avec son beau sourire de cinéma, Jack s'avance vers elle.

« Quelle surprise ! »

Il l'embrasse sur la bouche. Comme s'il l'avait quittée hier. La femme prend son bras. Il l'entraîne aussitôt dans la maison. Pendant ce temps, je vais chercher les bagages de la dame au pied de l'appareil et je les monte dans la chambre de Jack. Quand je reviens, ils sont assis dans le salon. Un verre de vin blanc à la main. En train de manger des chips au manioc. Ils pépient comme des merles.

L'hélicoptère repart.

Un air tiède et salé vient de la mer. Le ciel est plein d'étoiles filantes.

Sur la terrasse, Ivoa a dressé une table avec une belle nappe blanche. Des couverts en argent. Des chandeliers qui attirent les lucioles.

« Il… mange avec nous ? dit Pam en se tournant vers Jack.

— Ah oui ! J'ai oublié de te présenter Adam…

— Adam ?

— Mon fils.

— Tu as un fils ? dit Pam, soufflée.

— Oui.

— Tu ne m'as rien dit !

— Chacun a ses petits secrets.

— Il est vraiment de toi ?

— Pure souche. Comme tu vois.

— Je te croyais célibataire…

— Ce n'est pas incompatible !

— Tu aimes les enfants, maintenant ?

— Rassure-toi ! Je ne supporte que les enfants des autres... »

Devant l'air dépité de la femme, Jack éclate de rire.

« Enfin, les enfants adoptés, dit Jack. Mais parle-moi plutôt de toi ! Que deviens-tu depuis cette soirée à New York ?

— Tu veux dire la soirée où tu m'as laissée poireauter deux heures devant ta chambre...

— Pam !

— Puis tu m'as mise dans ton lit sans même me...

— Ne sois pas si *frivole* !

— C'est le genre de détail qu'une femme n'oublie pas, Jack ! »

Il ouvre une bouteille de Château Olivier 1962. Une grande année. Il remplit deux verres en cristal. Il en tend un à Pam.

« Dis-moi, ce n'est pas pour ça que tu as fait toute cette route ?

— Non, bien sûr. Mais je tenais à te dire...

— Voilà qui est fait, dit Jack, sèchement. Et ta carrière, Pamela ?

— Ça marche plutôt bien.

— Magnifique.

— J'ai tourné trois films cette année et je suis nominée aux Oscars pour mon rôle dans *Ailes brisées*...

— Tu es contente ?

— Ravie. J'ai toutes les chances de recevoir l'Oscar du second rôle. D'autant plus que cette garce de Dolorès n'est pas en lice cette année...

— Ne dis jamais de mal de Dolorès !

— Pourquoi ?

— C'est la mère du petit.

— Quoi ? Tu veux dire que tu l'as fait avec elle ?

— Dolorès est allée chercher le gosse en Afrique avec Matt et ils l'ont adopté. Mais les choses ont pris une mauvaise tournure. Ils ont dû se séparer du môme. Et c'est moi qui ai recueilli Adam... »

La femme fulmine :

« Tu ne veux vraiment pas d'enfants à toi ?

— Les enfants ne sont à personne ! Et surtout pas à leurs parents... Au moins, avec l'adoption, les choses sont claires : Adam est mon fils *adoptif* et si je meurs il héritera de tout ce que je possède. Même s'il n'est pas de mon sang... »

Pam plonge le nez dans son verre de bordeaux.

« Et tes amours ? lance enfin Jack, pour briser le silence.

— Parlons d'autre chose...

— Allons, Pam !

— Pour mon malheur, je n'aime que les hommes mariés ou les vieux ours de ton espèce, Jack...

— Tu tournes avec les types les plus sexy du monde !

— Le cinéma altère et exacerbe les émotions. À force de jouer les amoureuses, on ne sait plus si on aime vraiment...

— Mais alors ces histoires avec Jude, Leonardo ?

— Des coups d'une nuit. »

Jack prend sa main. Il l'embrasse doucement. Il me regarde du coin de l'œil.

« C'est l'heure d'aller au lit, fiston.

— OK, dad. À demain ! »

Je monte l'escalier. J'entends des rires et des chuchotements. Je me retourne en douce. Pam se penche vers Jack pour l'embrasser. Ils gloussent tous les deux à nouveau. Je m'enferme dans ma chambre. Je mets la musique à plein tube. *Wonderwall.* Une chanson d'Oasis que j'écoutais à l'hacienda quand Matt invitait Dolorès à jouer du bambou dans sa chambre.

12

Pam n'est pas venue seule. Dans ses bagages elle a emmené une journaliste d'*Interview* qui nous a retrouvés ce matin au bord de la piscine. Sa mission ? Suivre les amoureux pendant une semaine. Titre de l'article : *Romance au clair de lune entre Pamela Gibson et Jack Malone, le cow-boy solitaire.* Moyens à disposition ? Illimités. Nota Bene : l'article doit comporter des dizaines de photos en couleur. Si possible en petite tenue...

La fille s'appelle Lorraine. Elle est affalée sur une chaise longue. Elle fume une cigarette américaine. Elle doit avoir trente ans. Ni grande, ni petite. Les cheveux blonds décolorés. Tonnes de mascara. Blouse Kenzo ouverte sur le soutien-gorge à balconnets. Bijou en forme de mandragore suspendu entre les seins. Derrière elle se tient un type mince à lunettes de soleil qui tripote plusieurs appareils de photo. Malgré la chaleur, il porte une veste en cuir et un foulard topaze autour du cou.

« Tu te fais oublier, coco, et tu mitrailles tout ce qui bouge !

— OK, Lorrie. Mais pour l'instant il ne se passe pas grand-chose...

— Ça va venir. Il se passe toujours quelque chose avec Jack Malone. »

Jack s'est lancé dans son exercice favori : il aligne les longueurs de bassin. Puissance des épaules. Battement régulier des jambes. Éclat pâle des pieds qui battent l'écume. De temps à autre il sort la tête de l'eau. Il lance à Pam son beau sourire de cinéma. Il replonge. Réjoui. Il file comme un squale à l'autre bout de la piscine. Le photographe canarde. Mais il n'est pas content. La surface de l'eau brille comme un miroir. Ça affole le senseur numérique.

« Vous connaissez Jack depuis longtemps ? demande Lorraine à Pam.

— Nous sommes de vieux complices ! Je l'ai rencontré sur le tournage de *Ocean's 11*...

— Cela fait quoi ? Dix ans ?

— À peu près. Il était toujours fourré avec Dolorès...

— Vous croyez qu'il est toujours amoureux d'elle ?

— Possible. Mais avec Jack on ne sait jamais sur quel pied danser...

— Qu'est-ce que vous voulez dire ?

— Je veux dire : c'est un homme mystérieux. Côté cœur en tout cas...

— Pourquoi ?

— Il ne livre jamais ses sentiments.

— Vous le connaissez bien pourtant...

— Que voulez-vous dire ?

— Lui et vous...

— Quoi ?

— C'était écrit dans tous les journaux...

— Qui peut se flatter de connaître le cœur de Jack Malone ? »

Pam se lève péniblement. Elle bâille. Elle enlève son peignoir en éponge bleu marine. Elle porte le même bikini rouge que dans la série qui l'a rendue célèbre. Elle s'étire longuement. Elle met ses lunettes de plongée. Elle saute dans l'eau turquoise. En deux brasses, elle a rejoint Jack à l'autre bout de la piscine. Je croyais que dans l'eau mon père n° 3 était le meilleur. Mais Pam nage encore mieux que lui.

« Tu n'oublies pas de mitrailler, dit la fille aux yeux cernés de noir. Il me faut des images pour mon article...

— Ouais, dit l'autre en maugréant. Mais y a trop de soleil... »

À midi, on se retrouve sur la terrasse pour un brunch improvisé par Ivoa et Tahina. Il y a des darnes de thon au soyou. Du poulet au lait de coco. Des rougets au safran. Des chevrettes au curry. Du tartare de requin blanc et de la purée de patates douces. La journaliste fait la grimace. Elle est végétalienne. Elle doit se contenter d'une assiette de patates. Le photographe prend des images du buffet. Il en profite pour canarder la belle Pam qui enlève son bikini pour passer un paréo transparent.

Aujourd'hui Jack est d'excellente humeur. Il mange du thon et du poulet. Il roucoule avec Pam sous la pergola. On entend son rire à des kilomètres. Il a vraiment l'air heureux et détendu. Le photographe le mitraille sous tous les angles. Lorraine prend des notes en tirant sur sa cigarette. Même Yôshi nous a rejoints. Joues roses. Nez brillant. Ventre emprisonné dans sa tunique jaune.

À la fin du repas, Jack propose d'aller faire une virée en bateau. Tout le monde applaudit. Sauf le photographe qui a le mal de mer. Lorraine sort de son sac un petit miroir. Elle se regarde avec une grimace triste. Elle remet une couche de mascara sur ses yeux noirs. Pam va chercher un coupe-vent et un foulard pour ses cheveux. Jack enfile un maillot de marin. Il met ses tongs Gucci. Il met sa casquette de base-ball.

« Il y a beaucoup d'îles comme ça par ici ? demande Lorraine en rajustant ses lunettes de soleil.

— Oui, des milliers. Elles forment un archipel...

— Un archipel ?

— Cela veut dire qu'elles sont éparpillées sur la surface de la mer, comme des pétales de fleur, mais qu'elles se rejoignent toutes en profondeur...

— Et vous possédez plusieurs îles ?

— Oui, j'en ai acheté une dizaine. »

La fille reste un moment la bouche ouverte.

« Vous voulez dire que tout ça, dit-elle en écartant les bras, est à *vous* ?

— Oui. »

Elle siffle entre ses dents.

« Pourquoi avoir acheté toutes ces îles ? Une seule ne vous suffisait pas ?

— Pour avoir la paix, dit Jack. Pour que des gens comme vous me laissent tranquille...

— Mais vous êtes un *people* ! Les gens ont le droit de savoir ce que vous faites, avec qui vous couchez... Si vous avez des tics ou des hémorroïdes... Et quelles sont vos petites manies. Vos lubies. Vos projets de films... »

Le Sessa Marine fend les vagues à toute vitesse. Jack est à la barre. Sa casquette des Yankees à l'envers. Pam retient son foulard sur sa tête. Assise sur la banquette en acajou Lorraine ferme les yeux. Le photographe aussi. Il est agrippé au bastingage. Il a une main devant la bouche. Il essaie de ne pas vomir.

« Où nous emmenez-vous ? demande Lorraine, intriguée.

— Vous verrez bien !

— Sur l'une de vos nombreuses îles ?

— Ouais. Un endroit magnifique. »

Après une heure de mer, derrière la barrière de corail, on jette l'ancre dans une lagune en forme de fer à cheval avec une plage immense plantée de cocotiers et de palétuviers. Des singes-araignées crient dans les arbres. Des aras viennent nous saluer. On se croirait au paradis.

« Ouah ! s'exclame Lorraine en posant le pied sur le sable. Je ne savais pas qu'un endroit pareil existait sur la terre !

— Il y a beaucoup d'endroits comme ici, mais on ne les connaît pas.

— Et tout ça est à vous, Jack ?

— Oui.

— Vous y venez souvent ?

— Chaque fois que je cherche la paix.

— L'île est déserte ?

— Non. Il y a plusieurs familles de pêcheurs. »

Livide et accablé, le photographe regarde autour de lui. Il a sa mallette de photo sur l'épaule. Il est ébloui par les rayons du soleil.

« Et maintenant, dit-il avec un air inquiet, on fait quoi ?

— Il y a un petit bar dans la forêt...

— C'est loin ? demande Lorraine.

— Non, dit Jack. Une demi-heure de marche... »

On ne discute pas les ordres de Jack Malone. C'est une icône. Tout le monde se met à marcher. C'est agréable et frais. On est au milieu des cris d'animaux. J'aime l'odeur de la terre et des feuilles mortes. Des orchidées sauvages. On entend le bruit d'une cascade qui se rapproche. Jack presse le pas. Pam a de la peine à le suivre. Lorraine et le type à la grosse mallette ont déjà décroché.

« Attendez-nous ! hurle la fille. Vous marchez trop vite... »

La forêt est de plus en plus profonde. Inextricable. Jack accélère encore. Pam tire la langue. Mais c'est une femme de caractère. Elle ne veut pas lâcher son os. Moi je respire à pleins poumons l'odeur des arbres et de la mer. Il y a plein d'aras à bec rouge qui chantent dans les branches.

Des couples de singes-araignées se poursuivent en poussant des cris aigus. Les tapirs guettent leur proie. Le sable gris est plein de tarentules.

Je me retourne. Plus de Lorraine. Et plus de photographes qui ont le mal de mer…

« Qu'est-ce qu'on fait, Jack ? je demande. On dirait qu'ils se sont perdus…

— On retourne à la maison, Ad. Le soir approche et la forêt devient dangereuse à cette heure… »

Pam ouvre de grands yeux.

« On ne peut pas les abandonner comme ça !

— Ils retrouveront bien leur chemin, dit Jack, philosophe.

— Mais ils vont mourir de faim !

— Dans le meilleur des cas…

— Ou être dévorés par les bêtes sauvages !

— C'est la loi de la jungle.

— Tu es monstrueux, Jack !

— La dure loi du business.

— Je ne savais pas…

— Je suis heureux que tu t'en aperçoives. »

En deux minutes, on sort de la forêt et on retrouve notre yacht. Pam est abasourdie.

« Comment as-tu fait pour revenir aussi vite ? On a marché plus d'une heure…

— Je connais le chemin. »

13

Pam reste encore quelques jours avec nous. Piscine. Bains de soleil. Virées en mer sur le Sessa Dorado 36 aux banquettes de cuir crème. C'est l'occasion d'exhiber au monde son corps parfait. Bras maigres. Poitrine overbustée. Longues jambes musclées. Peau extraordinaire. Taille de sauterelle. Jack lui envoie des baisers de la main et moi je ne peux pas la quitter du regard. Elle est presque aussi belle que Dolorès. Et elle se déteste autant qu'elle. C'est fou comme une femme, plus elle est belle et plus elle a besoin qu'on la regarde. Elle vit sa vie comme si elle était réelle. Magie noire des images.

Un jour, un photographe la découvre sur une plage à Miami. Elle n'a pas quinze ans. Ses parents sont si fiers qu'elle pose pour un type qui va faire d'elle une star. Ils sont prêts à tout pour ça. Pam aussi. Il y a bien quelques photos prises entre deux parties fines. Mais pas de quoi fouetter une chatte. Pam fait la couverture de *Sports Magazine*. De *Muscle & Fitness*. De *Gala*. Deux ans plus tard elle fait les pages centrales de *Playboy*. Elle tourne un ou deux *clips* avec des artistes branchés de l'époque comme Bon Jovi et Robbie Williams. Comme sa carrière ne décolle pas, elle se recycle dans la lingerie intime. Aubade en fait son égérie en lui coupant la tête et en gonflant ses seins de deux bonnets. Elle enchaîne les pubs et les calendriers pour Pirelli. Vuitton et Lancôme. Les talk-shows et les téléréalités débiles. Enfin le cinéma s'intéresse à elle. Elle tient de petits rôles dans des séries à la mode. C'est elle qui sort de la douche à moitié nue dans *Friends*. C'est elle qui prend un bain dans le jacuzzi du Dr Troy dans *Nip Tuck*. L'année suivante sous le scalpel du même docteur on la transforme en chat siamois. Puis en louve. Puis en vampire. Grâce à ce rôle elle est nominée aux Globe Awards. Hélas elle ne reçoit aucun prix à cause de Dolorès qui rafle toutes les récompenses cette année-là. Mais au repas d'honneur elle est assise juste à côté de Jack Malone…

Et maintenant elle est au bord de la piscine accrochée à son iPhone. Et elle enrage parce que la communication avec New York est sans arrêt coupée. Et elle s'égosille dans l'appareil. Elle est en train de négocier un contrat exclusif avec une marque de crème hydratante.

Jack sort la tête de l'eau.

« Viens te baigner, Pam ! »

Elle le regarde en faisant la grimace.

« Je n'arrive pas à joindre mon agent...

— Oublie ton agent, tes attachées de presse, ton armée d'avocats... »

Elle rajuste ses lunettes de soleil.

« Je suis sur le point de signer un contrat d'un million de dollars avec Viktor & Rolf...

— Un million ?

— Oui. Pour une crème hydratante à base de placenta de baleine...

— Laisse les baleines en paix !

— Un produit magique qui retarde le vieillissement de la peau...

— Tu n'en as pas besoin, chérie !

— Tu trouves ?

— Tu es parfaite comme tu es.

— Le temps passe plus vite pour les femmes que pour les hommes...

— Regarde-moi, Pam : il y a dix ans, je n'intéressais personne. Pas un contrat de film, pas une publicité... Il a suffi que je prenne de la bouteille pour que les studios pensent à moi...

— C'est vrai. Mais pour les femmes, le temps est compté... »

14

C'est la pluie jaune des grandes moussons d'hiver. Une pluie à fendre l'âme. À couper au couteau.

On est tous dans la véranda à siroter des bloody mary en attendant la fin du monde. Soudain le ciel nous tombe sur la tête avec un bruit de branches cassées. Des odeurs de girofle et de pourriture. Je repense au village de mon enfance et je suis à nouveau le roi du monde.

Nous n'avons pas mangé ensemble ce soir. Pam suit un régime strict. Pour elle jamais de riz. Ni de pommes de terre. Ni de pâtes. Ni de pain. Rien que des petits pois à la vapeur. Des carottes crues. Des branches de céleri. Dans trois jours elle tourne un clip pour Estée Lauder avec Quentin Tarantino et elle veut être au top comme à son habitude.

Devant la vitre, Pam porte une robe à dos nu Prada. Un bracelet torsadé en forme de crotale. Elle est pieds nus. Elle a les ongles des orteils peints en rouge. Jack est vautré dans un vieux fauteuil à bascule. Il mâchonne paresseusement les glaçons de son verre. Face au jardin Yôshi est assis en lotus. Il regarde la nuit tomber. Il écrit un poème à la pluie. Il serre sa bouteille de bourbon dans sa main.

Le téléphone rugit dans le salon.

Jack se lève lentement. Il entre dans la maison. Il décroche l'appareil.

« C'est pour toi, Adam ! »

Il a l'air réjoui.

« Ton père !

— Lequel ? je dis.

— Matt, bien sûr. »

C'est la première fois que Matt m'appelle.

« Salut, fiston !
— Salut, p'pa.
— On ne peut pas dire que tu donnes souvent de tes nouvelles…
— C'est que je suis très occupé.
— Tu n'as pas oublié ton vieux père au moins ?
— Bien sûr que non.
— Tu sais que dans la vie c'est important d'avoir un père…
— Oui, papa.
— Tu as une petite voix…
— Je t'assure que je me porte comme un charme.
— Tu ne prends pas de drogue au moins ?
— Mais non.
— Pas de coke, pas de cristal, pas de LSD ?
— NON, papa.
— Et les filles, Ad ?
— Ces temps-ci, c'est plutôt calme.
— Tu ne t'ennuies pas ?
— Pas le moins du monde.
— Qu'est-ce que tu fais de tes journées ?
— Je nage, je joue au basket, je déguste la cuisine des îles, je médite avec Yôshi…
— C'est qui, ce type ?
— Un grand sage japonais. Il nous apprend à respirer. À regarder la mer. À écrire des poèmes sur le vent ou les nuages…
— Je vois, bougonne Matt.
— Tu veux que je te lise le poème que j'ai écrit sur la pluie ?
— Non, merci. Mais tu es sûr que tout va bien, Ad ?
— Du tonnerre de Dieu, dad ! Ici il se passe plein de trucs…

— Ah bon ?

— Oui, on reçoit des visites de temps en temps. Des journalistes, des photographes, des vieilles amies de Jack...

— Ah oui ? Qui ?

— Pamela Gibson est arrivée il y a quelques jours.

— Pam ?

— Ouais, elle est cool. Et qu'est-ce qu'elle est belle ! Tu la connais ?

— Un peu.

— Tu veux dire que toi et elle... ?

— Eh oui, fiston. C'était à New York, il y a trois ans, après un concert des Smashing Pumpkins...

— Et Dol est au courant ?

— C'est de l'histoire ancienne. Un très bon souvenir d'ailleurs. Mais si elle l'apprenait, ta mère m'arracherait les yeux... »

La voix de Matt est pleine de parasites.

« Et comment va la vie, p'pa ?

— Très bien. Je travaille trop, comme d'hab, mais il faut battre le fer quand il est chaud...

— Bien sûr, papa.

— Je viens de terminer un film avec Paul Verhoeven.

— *Basic Instinct 3* ?

— Non. Une histoire de fourmis géantes qui veulent envahir la terre. Elles bouffent tout sur leur passage. Elles massacrent femmes et enfants. Elles rasent la Maison Blanche. Mais à la fin elles sont vaincues par une fillette qui mâche du chewing-gum.

— Du chewing-gum ?

— Ouais. Les fourmis ne supportent pas l'odeur du bubble-gum à la fraise...

— C'est dingue !

— On s'est bien amusés avec les marionnettes en plastique des fourmis. Et puis il y avait Monica...

— Quoi ? *La* Monica ?

— Exact, fiston. Et là, on s'est vraiment éclatés...

— Tu veux dire...

— Ouais. Pas un mot à ta mère !

— Promis, papa. Mais dis-moi : tu es vraiment obligé de sauter toutes les partenaires de tes films ?

— Langage, Adam !

— Tu m'as compris, p'pa...

— Ça fait partie du truc, fiston. Il faut jouer le jeu jusqu'au bout.

— Mais le cinéma, ça n'est pas la vie...

— Des fois, on ne fait plus la différence. On ne sait plus si on joue la comédie ou si on aime vraiment...

— Allons, papa !

— Dans les deux cas, moi, je réagis de la même manière...

— Et comment ?

— Je bande, fiston. »

Matt éclate de rire, mais son rire sonne faux.

« Et tes études, Adam ?

— Oh merde, papa ! Tu ne vas pas me barber avec ça !

— C'est important, les études, dans la vie. Regarde, moi, par exemple...

— Parlons-en : tu as quitté l'école à douze ans...

— Je ne suis pas un bon exemple, Ad. Moi j'ai surtout ma gueule... C'est grâce à elle que j'ai fait carrière au cinéma...

— Eh bien, je ferai la même chose !

— Ce n'est pas si facile...

— Tu veux dire : jouer les amoureux transis et baiser toutes ses partenaires ?

— N'oublie pas que tu parles à ton père, Adam ! »

Là, je sens que Matt commence vraiment à se fâcher. Il ne joue plus la comédie. Je change de sujet.

« Et comment va Ming ?

— Avec ce que tu lui as fait, on a été obligés de la mettre dans un pensionnat en Suisse ou Suède...

— En Suisse ou en Suède ?

— Je ne sais plus. C'est un petit pays d'Europe. Mais il ne fait pas partie de l'Europe. Un genre de secte, c'est compliqué...

— J'aimerais bien la revoir...

— La Suisse ou la Suède ?

— Non, ma sœur Ming !

— Bien sûr.

— Tu as son adresse ?

— Pas ici. Mais je la ferai parvenir à Jack.

— Qu'est-ce qu'elle veut faire dans la vie ?

— Elle veut devenir top model. Elle suit des cours pour ça. Avec Nadine de Rothschild. Elle fréquente la crème des crèmes. Elle, au moins, elle a des projets dans la vie...

— Ma sœur me manque beaucoup, p'pa.

— Je ne crois pas que ce soit réciproque, Adam. »

Sa voix déraille. Après un long silence, Matt dit encore :

« Bon, fiston, c'était cool de t'entendre, mais je dois retourner à la mine. Il y a quelque chose que je peux faire pour toi ?

— Rien, p'pa.

— Tu es sûr ?

— Ouais.

— Mais pense à ton avenir, Adam ! Le cinéma est un truc de tordus, ce n'est pas un métier pour toi. Je te verrais plutôt musicien...

— Ou joueur de basket ?

— Exactement.

— Un bon job pour les bons nèg'es ! je dis.

— Arrête avec ça ! Tu sais bien que Dol et moi on n'a jamais fait attention à la couleur de ta peau...

— Ouais. Mais tu aimerais bien que je reste un nègre toute ma vie... Avec un métier de nègre, des soucis de nègre, une femme et des enfants nègres...

— Je vais raccrocher, Adam !

— Pourquoi est-ce que vous m'avez adopté ? »

Il poursuit sans m'écouter :

« C'est la nature qui t'a fait comme ça. Personne n'y peut rien...

— Pourquoi m'avoir sorti de mon cloaque alors ?

— Parce qu'on a eu pitié de toi.

— La honte !

— Parce qu'on a voulu te donner une seconde chance...

— L'horreur !

— Une chance, d'ailleurs, que tu n'as pas saisie...

— Et pourquoi m'avez-vous abandonné ?

— Tu étais invivable, Adam ! Tu as tranché la main à un VIP, tu as foutu le feu aux garages... Et tu as fait un enfant à ta sœur !

— Toujours la même rengaine !

— Je dois te quitter, fiston. Si tu as besoin de quoi que ce soit, tu demandes à Jack. C'est ton père maintenant ! »

15

Dans cette vie, j'ai l'impression qu'on change de père comme de chemise. Quand l'un s'en va, un autre le remplace. Puis un autre encore. Puis un autre et un autre encore. Jusqu'à présent j'ai eu trois pères et je suis sûr que ce n'est pas fini. Le premier m'a donné la vie et le goût de partir le plus loin possible du marigot où je suis né. Le deuxième m'a couvert de cadeaux pour se donner bonne conscience. Il m'a appris le superflu et le futile – l'*extase matérielle*. On s'est éclatés comme des dingues et tout s'est terminé dans le sang et les larmes. Et mon troisième père, lui, il s'échine à m'apprendre l'oubli. Il veut que je découvre comme Yôshi le moi particulier qui se cache sous l'écorce du corps et des sensations fausses.

« Tout le monde cherche son père, me répète Jack. On met parfois une vie entière à le trouver. »

Et Yôshi de surenchérir :

« Les enfants sont des débris dans l'affection des pères. »

Et Jack d'ajouter, zen :

« Un père reste un père. »

Et Yôshi, l'air sentencieux :

« Un père est toujours grand : on le voit à son ombre. »

Et Jack citant Corneille, avec l'accent anglais :

« Ma valeur est ma race et mon bras est mon père. »

Et Yôshi, citant Diderot, en ricanant :

« Dieu ? Un père comme celui-là, il vaut mieux ne pas en avoir. »

Et Jack citant Abla Farhoud :

« Un jour j'ai demandé à mon père : " Qui aimes-tu le plus de tous tes enfants ? " Il a répondu : " J'aime le petit jusqu'à ce qu'il grandisse, le malade jusqu'à ce qu'il guérisse et l'absent jusqu'à ce qu'il revienne." Et moi ? Je ne suis pas petite, je ne suis pas malade et je suis à côté de toi. Mon père a répondu : " Le petit devient grand, le malade finit par guérir, mais toi, tu es toujours mon enfant, jusqu'à la mort, et même au-delà de la mort." »

16

Pam est partie trois jours plus tard. Fébrile et impatiente. Fâchée comme les autres. Elle va rejoindre Quentin Tarantino et sa bande de camés. L'orgie de poudre et de champagne. La vie à cent à l'heure. Objectif OD. Puis la saison des défilés. Paris. Milan. New York. Los Angeles. Strass et poudre à nouveau. Flashes. Boule Telstar et cancans.

« Tu sais que Matt a quitté Dolorès ?

— Ah bon ? Mais ils viennent d'adopter un nouvel enfant.

— Et alors ? Il sort maintenant avec Monica, ce salaud.

— Tu veux dire *la* Bellucci ?

— Oui.

— Je ne savais pas.

— Elle a quitté Vincent Cassel parce qu'elle ne supportait plus le cassoulet.

— Merde ! Et Leonardo ?

— Il a quitté Gisèle Bündchen.

— Ah ! Je croyais qu'elle était enceinte ?

— Oui. Mais pas de lui.

— Mince alors.

— Et tu savais que Carla était bi ?

— Carla del Ponte ?

— Non. Carla Bruni.

— Pas possible !

— C'est même pour ça que Nicolas...

— Quoi ? Il est bi aussi ?

— Bien sûr.

— Comme c'est compliqué ! »

Derrière la vitre du hublot, Pam retient ses larmes.

Comme les autres. Jack fait un signe de la main. Il lui envoie un baiser tandis que le petit Cesna s'éloigne en cahotant sur l'herbe jaune. L'air est brûlant. Il sent le kérosène et la vanille. Des aras à bec rouge volent autour de l'avion. Ils disparaissent dans le ciel vide.

Dans la voiture, coude sur la portière, Jack mâchonne du chewing-gum. Il ne dit pas un mot. Il roule droit devant lui. Casquette enfoncée sur la tête. La piste est sèche et pleine d'ornières. Il est pensif.

« Pam est partie, je dis enfin. Tu es… triste ? »

Jack n'écoute pas. Il marmonne des trucs inaudibles.

« Elles veulent toutes…

— Quoi ?

— La même chose…

— Mais quoi ?

— L'impossible, fiston… »

Ce type est un mystère. Mon père n° 3. Il est riche et célèbre. Beau. Plutôt doué côté neurones. Il a tourné quelques navets. Mais aussi des films qui ont fait de lui une *icône*. Les grands studios viennent lui manger dans la main. Certains paparazzi tueraient père et mère pour le prendre en photo. Il vit comme un sauvage. Tel Robinson. Avec son nègre. Moi. Et quelques domestiques qui lui mitonnent des plats délicieux. Il a les plus belles femmes du monde. Comme ça. Rien qu'en claquant des doigts. Et Monsieur est pensif…

17

C'est la saison des pluies et des grillons. Le ciel est noir comme une tombe. Je passe mon temps dans la bibliothèque. Jack veut me faire lire des romans. Des livres d'histoire et de philosophie. Mais je préfère rêver sur les atlas. Les grandes cartes des pays où je n'irai jamais.

« Il ne faut jamais dire *jamais*, Adam !

— Tu as quelque chose sur la Suisse ?

— La Suisse ? Pourquoi ?

— Ça m'intéresse... »

La Suisse est un petit pays qui ne figure sur aucune carte. Comme l'Atlantide ou l'Eldorado. Pourtant la Suisse existe. Ma sœur y vit depuis plus d'une année. Ce n'est pas une chimère. Il doit y avoir d'autres gens qui vivent là-bas. Des gens qui travaillent dur. Des gens qui font de la musique ou du cinéma. Des gens qui gagnent un tas d'argent.

« Tu es déjà allé en Suisse ? je demande.

— Mais oui, Adam ! Plusieurs fois...

— C'était comment ?

— Tu veux vraiment savoir ?

— Yes ! »

Il allume un cigare et on s'installe tous les deux sur la terrasse pour regarder la pluie qui fait des flaques noires dans le jardin.

« La première fois, c'était pour *Ocean's 13*...

— Le film se passe à Chicago !

— Oui. Mais le fameux hold-up a lieu en Suisse. C'est même une des spécialités du pays...

— Pourquoi ?

— Le film raconte l'histoire d'un gars tout simple qui gère, dans une banque de la place, des fortunes colossales. Dans le plus grand secret bien sûr. Et en toute légalité. Des fortunes qui proviennent du monde entier. Un jour le type qui n'est pas complètement demeuré se dit qu'au lieu de gérer l'argent des autres, et de gagner des cacahuètes, il pourrait simplement fourguer la liste des fraudeurs à des pays étrangers…

— C'est ça, le hold-up ?

— C'est le second hold-up. Le premier est le fruit des banques suisses. Le second est accompli par l'employé félon. Et le troisième, dans le film, par Matt et moi…

— Matt et toi ?

— Ouais. On gagne la confiance du type (Ben Stiller dans le film). Grâce aux bons offices de Pamela, d'ailleurs… On le remplace lors de la transaction. On empoche le pognon et on se tire…

— Et la Suisse dans tout ça ?

— Toutes les scènes dans les banques ont été filmées à Genève et à Zurich. Les employés étaient ravis de tourner dans un film à gros budget. Des gens charmants. Ils nous ont donné plein de conseils pour placer notre argent…

— C'est ça, la Suisse ?

— Mais non ! Ça c'est la Suisse des touristes fiscaux. Une carte postale. Même si, paraît-il, près d'un Suisse sur cinq travaille dans une banque…

— Ça fait beaucoup !

— Oui. Mais il y a tout le reste.

— Quoi ? Le chocolat, les montagnes blanches ? Les montres de luxe comme la tienne ?

— Moi, je travaille plutôt dans le café !

— Encore un truc pour exploiter les pays pauvres…

— C'est un job bien payé, dit Jack en guise d'excuse. Et ça me permet de soigner mon image…

— Mettons. Mais la Suisse dans tout ça ? »

Sans un mot, Jack se lève et retourne dans la bibliothèque. Il commence à fureter dans les travées pleines de livres poussiéreux. Il sifflote une chanson de Michael Franks, *Read my Lips.* Un truc des années 70.

« Tu cherches quelque chose ?

— Oui, dit Jack, l'air absorbé. Mais je ne trouve pas… »

Pourtant dans sa bibliothèque tout est classé dans un ordre scrupuleux. Domaine américain. De loin le plus fourni. Domaine russe. En traduction. Domaine italien (Jack se flatte d'avoir de lointaines origines italiennes). Domaine français. Très important. Domaine espagnol. En éditions originales. Domaine allemand. Essentiellement l'entre-deux guerres.

« Je ne sais plus où j'ai rangé les Suisses…

— Ils parlent quelle langue ?

— Le hic, c'est qu'ils en parlent plusieurs…

— Ils n'ont pas de langue propre ?

— Non. Ils parlent l'allemand, le français et l'italien, mais *à leur manière*…

— C'est-à-dire ?

— Ils inventent des mots, des expressions nouvelles… Ils *tordent* la langue pour en tirer quelque chose de très différent de la langue usuelle…

— Et les lecteurs comprennent ?

— Pas toujours. D'ailleurs, les Suisses ne se comprennent pas entre eux…

— C'est important ?

— Non. Ils se débrouillent très bien comme ça.

— Quel intérêt alors ?

— L'intérêt ? C'est une littérature absolument singulière, Adam.

— Ça veut dire quoi ?

— Qu'elle ne ressemble à aucune autre. »

Le nez plongé entre les livres, Jack pousse un cri.

« Voilà ! Je savais bien qu'ils étaient quelque part… »

Il sort une dizaine de bouquins, l'air triomphant.

« Si tu veux connaître un pays, Adam, les gens qui

l'habitent, l'air qu'ils respirent, les odeurs, les couleurs de ce pays, il faut lire ses écrivains...

— Mais les banques, le chocolat, les montres, tous ces trucs-là ?

— Clichés pour paresseux. »

Malone caresse amoureusement les livres qu'il vient de sortir des rayons poussiéreux.

« Crois-moi, fiston, les livres font rêver. Voyager. Ils t'aident à découvrir le monde. À sortir de toi...

— De moi ?

— Chacun est enfermé en soi comme dans une prison. Les livres t'aident à faire tomber les murs de ta prison...

— Pourquoi n'es-tu pas écrivain, Jack ?

— Je n'ai pas le talent pour ça. Je me contente de lire les livres des autres et de faire le singe au cinéma.

— Ça rapporte beaucoup ?

— Je ne me plains pas.

— Tu veux vraiment que je lise tous ces bouquins ?

— Oui, Ad.

— Jusqu'au bout ? »

Jack n'écoute pas. Il est en train de sortir d'autres livres de la bibliothèque. Si je ne veux pas qu'il m'enterre vivant sous les bouquins, je ferais mieux de décamper.

« Attends, Adam ! J'en ai encore quelques-uns pour toi...

— Tu ne crois pas que ça suffit ?

— On n'a jamais assez de livres...

— J'ai eu ma dose, merci !

— N'oublie pas qu'un livre rend libre, Adam ! »

18

Mon cher enfant,

Puisque tu n'écris pas (tous les enfants sont des ingrats, décidément), c'est moi qui prends la plume...

J'imagine que tu vis une vie sans nuages sur cette île minuscule de l'archipel des îles du Paradis. Récemment, j'ai eu de tes nouvelles par Pamela Gibson. Une ancienne rivale devenue mon amie. Elle est allée vous trouver sur Sainte-Alice. Elle m'a dit que tu étais grand et beau, curieux de tout, et que Jack avait réussi à te mettre un peu de plomb dans la cervelle. Ce n'est pas moi qui m'en plaindrai.

Jack, parlons-en ! Pam est remontée à mort contre lui ! Il paraît qu'il s'est montré odieux. Un vrai goujat. Qu'il l'a à peine regardée. Elle m'a dit qu'il avait abandonné une équipe de journalistes sur une île déserte où ils sont sans doute morts d'épuisement et de faim ! Comme si tout cela ne suffisait pas, il ne lui a même pas proposé de la revoir, elle qui pensait qu'il allait la demander en mariage ! Du coup, je ne te dis pas ce qu'elle raconte sur lui. Un mufle. Un balourd. Et même un impuissant ! Bien sûr, je n'en crois pas un mot. Mais tout de même : Jack devrait faire un effort avec les femmes – surtout celles qui l'aiment...

À ce propos, mon enfant, j'ai un triste scoop à t'apprendre : ton père et moi, c'est fini...

Tu n'es pas sans savoir que nous avons déjà traversé bien des turbulences. À ma connaissance, ton père n'a qu'un défaut : les femmes. On dirait qu'il les aime toutes. Sans distinction. Sans restriction. Il ne peut résister à un sourire bien senti. Un clin d'œil. Une caresse. Avec les femmes, c'est un petit garçon perdu et sans défense. Comme il tourne beaucoup, il rencontre des tas de créatures sublimes. C'est la règle du jeu. Je la connais aussi bien que lui. Et jusqu'ici j'ai appris à fermer les yeux. Tant qu'il revient vers moi comme un petit enfant coupable en quête de pardon... Mais cette fois, c'est trop. Il a tourné je ne sais quel navet avec cette matrone italienne. Monica Quelquechose... Elle lui a totalement tourné la tête. Matt n'est plus le même homme. Il est revenu un soir à l'hacienda dans un état indescriptible, sale et soûl comme un œuf, et il a déballé tout ce qu'il avait sur le cœur...

Que des reproches pendant deux heures !

Je te fais grâce des détails, Adam, mais tu peux facilement imaginer la scène !

1. Je ne m'occupe pas assez de lui (un acteur a besoin qu'on l'admire à plein temps*).*

2. Je donne tout mon amour aux enfants que j'adopte, qui sont tellement nombreux qu'il n'arrive plus à retenir leur nom (comment peut-on se montrer à ce point égoïste ?)

3. En m'épousant, il ne savait pas qu'il avait épousé Mère Teresa (merci pour la comparaison !)

4. Entre deux tournages épuisants, il a besoin de revenir à la maison pour y trouver le calme et la sérénité ; au lieu de quoi, l'hacienda « ressemble de plus en plus à une pétaudière » (j'utilise ses propres mots) : on se croirait à Cuba avant l'arrivée de Castro !

5. Il n'en peut plus de mes allures de sainte nitouche et aimerait tant que je redevienne la femme qu'il a connue et dont il est tombé amoureux (qu'y puis-je si les enfants m'ont changée et révélée à moi-même ?).

Tu imagines que le ton est monté rapidement. À un moment on s'est dressés l'un contre l'autre comme des chevaux cabrés et on en est venus aux mains. Il m'a saisie par les cheveux. Je l'ai griffé. Mordu. J'ai planté mes ongles dans son cou. On a roulé par terre comme deux poivrots. Ça n'est pas beau à voir, un couple qui se déchire ! On s'est battus encore pendant plusieurs minutes. Matt a cherché à m'assommer avec un pique-feu et moi j'ai attrapé le pic à glace pour lui crever les yeux...

C'est alors qu'on a entendu des cris, oui, des cris stridents, et on a vu tes frères et sœurs. Tous rassemblés dans le salon. En train de hurler comme des putois...

Ça nous a redonné un peu de dignité humaine. On s'est relevés. On a essuyé le sang qui coulait de nos bouches et de nos mains. On a remis de l'ordre dans nos cheveux. Nos vêtements. Et on s'est retrouvés quelques minutes plus tard autour d'un bon repas.

Notre dernier repas.

Matt est parti le lendemain après s'être enfermé toute la nuit dans sa chambre. Il n'a pas voulu me parler. Ni parler aux enfants. Il a fait sa valise sans un mot. Il a embrassé les enfants qui se tenaient en rang d'oignons devant la porte de l'hacienda. Il a sauté dans cette vieille Buick que tu connais bien. Il a disparu au bout de l'allée...

Depuis, plus de nouvelles !

Par mes informateurs, je sais qu'il est allé retrouver la matrone italienne. Comme par hasard, elle tourne un film près de Pasadena avec Martin Scorsese et le vieux De Niro. Encore une histoire de ritals !

J'étais si déprimée que je suis partie quelques jours en

vacances à Saint-Domingue. Une île magnifique. Mais quelle misère ! Comme partout, les femmes s'échinent à nourrir leur famille, tandis que les hommes font semblant de chercher du travail en écumant les bars. Quand ils rentrent chez eux, c'est pour tirer leur coup. Après, salut la compagnie ! Tu n'imagines pas le nombre d'enfants abandonnés ou orphelins ! Quand je vois cette détresse, je ne peux rester sans rien faire. Il faut que je fasse quelque chose, n'importe quoi, que je donne de l'argent, que j'aide ces malheureux à s'en sortir.

C'est pourquoi la famille (mais peut-on encore parler de famille ?) s'est encore élargie. J'ai ramené de là-bas deux enfants qui n'avaient ni maison, ni parents, ni protecteur. Je les ai appelés Paul et Virginie. C'est le titre d'un livre que j'ai lu quand j'étais petite. Alors maintenant Paul et Virginie ont un toit. Une famille. Une mère qui les aime comme ses propres enfants.

Je les ai adoptés et cette fois Matt ne pourra rien dire contre moi. Il n'est plus dans le tableau.

Qu'il aille au diable !

En attendant, ta mère qui t'aime et t'aimera toujours t'embrasse affectueusement.

Dolorès

19

Des fois, le paradis ressemble à une boîte branchée de la 5e Avenue. Après Pamela Gibson, nous avons la visite de Penelope Cruz. Puis de Megan Fox. Puis d'Emmanuelle Béart. Puis de Lindsay Lohan. Puis de Rachel Weisz. Toutes pimpantes. Toutes énamourées. Toutes déçues. Un vrai défilé de mode. Quand Jack ne part pas seul en mer pour d'interminables parties de pêche, il s'enferme dans sa chambre avec Yôshi pour méditer sur la triste destinée du monde. Et essayer de trouver son point d'équilibre.

Pendant ce temps, je reste dans la bibliothèque. Je lis les livres que Jack m'a dit de lire. J'écoute la pluie tambouriner sur les murs de bambou. Je suis seul. Je suis libre. Je suis enfin moi-même. Sur ma lancée, je découvre la Suisse et ses grands vagabonds. Rousseau, Cendrars, Cingria. Bouvier. Tous ces types me ressemblent. Ils ne savent pas tenir en place. Ils sont de quelque part. Mais ils n'appartiennent à personne. Jean-Jacques voit les portes de sa ville se refermer comme une prison à l'heure du couvre-feu. Cingria saute sur son vélo pour que personne ne lui mette le grappin dessus. Et Cendrars apprend très vite à bourlinguer…

Quand tu aimes il faut partir
Quitte ta femme quitte ton enfant.
Quitte ton ami quitte ton amie
Quitte ton amante quitte ton amant
Quand tu aimes il faut partir.

20

Un jour Yasmine est arrivée. Encore une MDA. Mannequin Devenue Actrice. Et comme les autres, elle n'est pas venue seule. Mais flanquée d'une armée d'avocats. De conseillers en com. De coiffeuses. De stylistes. De manucures. De diététiciennes. Sans oublier son coach mental. Un type chauve et malingre habillé tout en blanc qui porte un pendentif en forme de svastika autour du cou. Ni l'équipe de E ! (une dizaine de personnes) venue tourner un reportage sur les retrouvailles de la femme fatale et de l'ours solitaire.

Elle porte une robe en jersey Prada et un spencer angora assorti. Des escarpins Diesel en cuir tressé qui mettent en valeur ses pieds magnifiques. Des lunettes de soleil très vintage aux verres légèrement teints en jaune qui lui donnent l'air de sortir d'un dessin animé.

« Yasmine ! dit Jack avec son sourire de cinéma. Tu es encore plus belle que la dernière fois...

— Arrête tes salades ! Viens plutôt m'embrasser... »

Ils s'enlacent amoureusement. L'équipe de E ! s'agite autour du couple pour ne pas perdre une miette de cet événement historique. Deux molosses en ciré noir montent la garde sur la terrasse. Ray Ban sur le nez et écouteur dans l'oreille. Il y a beaucoup de bruit. Beaucoup d'agitation.

« Tu as fait bon voyage ?

— Excellent, chéri.

— Tu viens d'où comme ça ?

— J'étais à Rome pour le défilé Armani. Puis à New York et à Los Angeles pour les nouveautés Dolce & Gabbana. Avant de partir pour Tokyo, j'ai décidé de faire un petit saut par Sainte-Alice pour embrasser mon amoureux... »

Ils connaissent leur texte par cœur, ces deux-là. On dirait qu'ils ont répété cette scène toute leur vie. D'ailleurs le réalisateur de E ! – un type à lunettes de soleil, T-shirt Esprit et kilt écossais – est très content. Il crie : « Coupez ! C'était très bien. On la garde. »

Tout le monde applaudit. Jack en profite pour se servir un verre. Pour accrocher la lumière, Yasmine éclaire ses joues de quelques touches de *blush* rosé. Du fard sur le haut des pommettes déployé subtilement jusqu'aux tempes. Et le tour est joué. Un peu de mascara sur ses cils à peine épaissis et légèrement recourbés. Un peu de rose aussi sur ses lèvres en brillance à peine *glossy*. Pour une bouche d'enfer.

Elle est prête au combat, l'amazone. *So nude and so graceful.*

Après un moment, le type en kilt crie : « Moteur ! » et toute la ruche se remet à bourdonner.

« Tu sais, dit Yasmine, tout le monde demande des nouvelles de ce vieil ours de Jack Malone ?

— Pourquoi ?

— Parce que tu es une star et qu'une star se doit de donner régulièrement de ses nouvelles !

— J'aime me faire désirer…

— Ah ça ! Pour te faire désirer… Toutes les femmes du monde mouillent leur culotte en regardant tes photos !

— Ça ne me gêne pas, Yas ! Si je peux stimuler leur libido…

— Mais elles veulent plus, Jack ! Des photos, des interviews, des anecdotes…

— Il y a les journaux de boulevard pour ça…

— Justement ! Ils n'ont bientôt plus rien à se mettre sous la dent.

— Rassure-moi, Yasmine. Ce n'est pas pour ça que tu es venue ?

— Mais non, Jack, tu sais bien. »

Comme dans les grandes occasions, Ivoa et Tahina servent des rafraîchissements au bord de la piscine. L'équipe de E ! se précipite sur les jus de fruits. Le caviar d'aubergine et les brochettes de requin. Le coach chauve taille une bavette avec Yôshi en sirotant un verre de Jack Daniel's. Une avocate en tailleur rose regarde dans ma direction. Maquillage éclatant. Cheveux aux reflets blond cendré. Je lui souris. Elle hausse les épaules. Elle cherche Yasmine du regard.

« Salut, je dis.

— Salut.

— Je suis Adam, le fils de Jack.

— Quoi ? dit-elle en ouvrant des yeux grands comme des huîtres. Je ne savais pas… »

Je lui raconte l'histoire de ma famille. L'Afrique. Ma sœur dévorée par les hyènes. Mon père et son écran plasma…

« Ah bon ? dit-elle en réprimant un bâillement. Et Jack là-dedans ?

— C'est mon père adoptif. Mon père n° 3.

— Parce qu'il y a eu un père n° 2 ?

— Oui. C'est Matt Hanes.

— L'acteur de cinéma ? L'*ex* de Dolorès ?

— Tout juste.

— Compliqué comme histoire ! »

Elle pique délicatement une olive avec un cure-dent. Elle la porte à sa bouche. Elle suce le noyau.

« Et vous vivez seul avec Jack ?

— Presque seul. Il y a Yôshi.

— Yôshi ?

— Le grand Maître zen.

— Parce que Jack est zen, maintenant ?

— Il essaie. Pour advenir à soi, il faut disparaître du monde.

— C'est bien ce que fait Jack !

— Vous savez : c'est un long cheminement…

— Oh oui, je sais.

— Vous connaissez mon père ?

— Un peu ! dit la fille en me faisant comprendre qu'elle a dû coucher avec lui une fois ou deux.

— Et vous le connaissez depuis longtemps ?

— On s'est connus il y a trois ans au tribunal. Je défendais une entraîneuse de Baton Rouge qui prétendait être enceinte de Jack...

— Et c'était vrai ?

— En fait, ils n'avaient pas couché ensemble au sens strict du terme. Ils avaient eu, dans les *backrooms*, des relations, disons... rapprochées.

— Vous voulez dire qu'elle lui avait taillé une pipe ?

— En quelque sorte.

— Et ensuite ?

— Ensuite, la fille s'est arrangée pour s'auto-inséminer...

— Non !

— Et la nature a fait le reste.

— Incroyable !

— Neuf mois plus tard, elle a accouché d'une superbe petite fille, qu'elle a prénommée Gwen...

— Et Jack dans tout ça ?

— Le pauvre chou a dû payer une pension alimentaire à la victime...

— Quelle victime ? La fille a tout manigancé...

— On a fait les tests ADN : Gwen était bien la fille de Jack... »

La femme en tailleur rose se verse un grand verre de JD, pique une olive, recrache le noyau, boit une rasade de bourbon.

« Et vous dans tout ça ? je demande.

— J'ai négocié un arrangement à l'amiable avec Jack. Ça n'a pas été trop difficile. Il s'est montré vraiment cool...

— Il est comme ça, mon père n° 3. Et vous avez sympathisé ?

— En quelque sorte...

— Et la fille ?

— Elle a quitté sa boîte minable de Louisiane et a créé un talk-show à la télévision qui marche fort…

— Jack a déjà vu sa fille ?

— Non. Je ne crois pas. Il lui verse dix mille dollars par mois et elle se tient tranquille…

— Et Jack a fait beaucoup d'enfants comme ça ?

— Beaucoup, je ne sais pas. Mais un certain nombre.

— Merde !

— Tu es déçu ? »

Comme pour me consoler, la fille me caresse la joue de sa main. Elle finit son verre de bourbon. Elle me sourit.

« Ne t'inquiète pas, Adam ! Tu es aussi beau que lui. Et je dirais même que tu lui ressembles… »

Encouragé par ces belles paroles, j'entraîne la femme dans le jardin. Elle cherche toujours Jack du regard. Je la serre doucement contre moi. Elle se laisse faire. Je plonge ma tête entre ses seins au goût d'opium et de réglisse. Miam-miam. Et sous ma langue je sens les pointes qui durcissent. Comme des groseilles enrobées de salive. Elle passe sa main dans mes cheveux. Elle colle son corps contre le mien. Elle fourre sa langue dans ma bouche et j'aimerais bien que ce baiser dure toute la nuit.

21

Le lendemain, le cirque recommence. *It's a Jungle out there* de Randy Newman explose au milieu du petit-déjeuner alors que tout le monde somnole au bord de la piscine. Le ciel est gris. La chaleur encore plus étouffante que la veille. On attend Yasmine et Jack. Cette nuit une caméra cachée dans la chambre a dû filmer leur empoignade. Ce sera le *highlight* du reportage. On se goinfre de fruits et de céréales. L'avocate porte une robe kimono bleue et des sandales à plateaux zébrées. Elle me fait un clin d'œil en sifflant sa troisième flûte de champagne. Le type en kilt regarde sans cesse sa montre. Une fille overbustée jette son peignoir sur une chaise et plonge dans la piscine. Le coach de Yasmine l'imite aussitôt. Il porte un slip de bain en plastique transparent et tout son corps est épilé. Des photographes prennent des photos.

« Qu'est-ce qu'ils foutent, nom de Dieu ? » répète le type en kilt. Visage raboteux et yeux brûlants. « Ils devaient se lever à dix heures et nous rejoindre au bord de la piscine... »

Je me rapproche de l'avocate en kimono. Elle serre si fort sa flûte de champagne que les jointures de ses doigts sont blanches.

« Où est Jack ? dit-elle avec un sourire nerveux.

— Sans doute en train de dormir...

— C'est embêtant !

— Après la nuit qu'ils ont passée, ils doivent reprendre des forces... »

L'avocate fait la grimace. Elle n'apprécie pas mon humour. Elle agrippe une autre flûte de champagne, chancelle, dit d'une voix pâteuse :

« Ça n'était pas prévu...

— Qu'est-ce qui n'était pas prévu ?

— Qu'ils se prélassent dans leur chambre...

— Ils sont libres de faire ce qu'ils veulent, non ?

— Bien sûr que non ! »

Je me penche en avant. J'effleure sa joue du bout des lèvres. Un appareil de photo crépite derrière nous. La fille se cabre. Elle regarde autour d'elle avec des yeux vitreux. J'essaie de l'embrasser. Elle détourne la tête. Elle plonge le nez dans sa flûte de champagne.

« Ils ne respectent pas le script...

— Quel script ?

— Le scénario du film…

— Mais nous ne sommes pas dans un film !

— Bien sûr que si ! ricane l'avocate en kimono. Tout est scénarisé : les retrouvailles, la nuit d'amour, le *brunch* au bord de la piscine. La demande en mariage…

— La demande en mariage ?

— Oui, c'est écrit dans le script.

— Et Jack est au courant ?

— Il a lu et approuvé le scénario. Comme d'habitude. Sinon, nous ne serions pas ici…

— Qui a écrit tout ça ?

— Le Grand Ordinateur ! dit la fille, le regard dans le vide.

— C'est qui, ça ? »

Une belle fille en *dreadlocks* plonge dans la piscine. Elle porte un bikini violet. Un bracelet de fils tressés à la cheville. Un silence. Tout le monde la regarde. Le soleil disparaît derrière un nuage. La chaleur est à nouveau cuisante. Le bourdonnement des voix reprend.

« Il faut faire quelque chose, dit le réalisateur. On est en train de perdre du fric…

— Vous voulez que j'aille voir ? » demande un garde du corps.

Je plonge la tête dans le kimono de l'avocate. Elle se détourne, exaspérée.

« Arrête ! Ce n'est pas le moment…

— Tu veux dire que ce n'est pas écrit dans le scénario ?

— Tout juste, Auguste !

— Et qu'est-ce qui est écrit ?

— Il est écrit que tu me fous la paix ! »

Elle tend sa flûte de champagne vers Ivoa qui la remplit à nouveau. Elle est de plus en plus nerveuse.

« Et si je t'embrassais ? je dis.
— Ça n'est pas prévu.
— On pourrait changer le script ?
— Impossible, Adam. Ce qui est écrit est écrit. »

Je me colle à elle. J'ai le bambou en feu. Je vois qu'elle ne porte rien sous son kimono.

« Allez, juste un baiser !
— Arrête, Adam ! »

Elle se défile. Je lui emboîte le pas.

« Ce que tu es collant ! »

Je l'embrasse dans le cou.

« Mais alors, je dis, tout ça est faux...
— Ah merde, Adam, lâche-moi !
— Mais pourquoi mon père se prête-t-il à tout ça ?
— Il en a besoin.
— Pourquoi ?
— Demande-lui...
— Il n'a pas besoin de ce cirque...
— Peut-être que si, Adam. On ne peut pas se passer de ce cirque, comme tu dis, surtout quand on est acteur...
— Comment ça ?
— Un bon acteur passe son temps à soigner son image...
— Pas Jack !
— Mais oui. Jack est un acteur comme un autre. Et pour soigner son image, il a besoin de flashes qui crépitent, de caméras qui l'encensent, de journalistes qui lui posent des questions débiles...
— Jack n'a pas besoin de ça...
— On ne peut pas échapper au système, Adam ! Même quand on vit à l'écart de tout comme un ours mal léché... On a besoin de ça pour rester vivant. Simplement vivant. Pour que les gens ne vous oublient pas...

— Cela ne risque pas d'arriver…

— Jack est habile : il contrôle son image. Il donne peu d'interviews. Il joue à l'icône. Il faut des heures d'avion et de route pour venir le trouver dans son trou perdu…

— Il n'appartient pas à ce monde-là.

— Il est au cœur du système, Adam. Il négocie ses interviews, il scénarise ses retrouvailles avec Yasmine, il a vendu en exclusivité à *Match* et à *People* les photos de son tournage aux Caraïbes…

— Jack ne vaut pas mieux que les autres, alors ?

— Il a compris comment le cirque fonctionne. Et il en profite, c'est tout…

— Ça lui coûte assez cher…

— En apparence seulement.

— Pourquoi ?

— Parce qu'en sacrifiant au système, au culte des images, il est sûr qu'on lui foutra la paix… »

Je grimace un sourire.

« Alors moi aussi je fais partie du cirque ? »

Brusquement, la fille se colle à moi, toute frissonnante.

« Oui, tu fais partie du cirque. Mais tu n'étais pas prévu dans l'histoire… »

Elle met sa langue dans ma bouche et elle ferme les yeux. Je ferme les yeux à mon tour.

À ce moment, des voix se mettent à bourdonner. Les flashes crépitent. Le type en kilt crie quelque chose que personne ne comprend. Tout le monde s'agite autour de nous. Les caméras se mettent en place, puis le silence se fait.

« Moteur ! » crie quelqu'un d'une voix forte.

22

Les caméras sont braquées sur Yasmine et Jack qui traversent le jardin comme au ralenti. Ils se tiennent par la main. Ils ont le masque tous les deux. Jack porte un pantalon de lin blanc et sa veste des New York Nets. Yasmine porte une robe brodée à volants rouge feu sur un petit débardeur transparent. Des escarpins à brides en python noir. Elle tient son fourre-tout Chanel au creux du bras et un journal roulé à la main gauche.

« Ah, enfin, les voilà ! »

Quelqu'un a mis à plein volume une chanson de Procol Harum, *A Whiter Shade of Pale.* Pour donner une couleur romantique à la scène. Mais ce n'est pas la bonne chanson. Les traits figés. Deux pantins frappés de stupeur. Yasmine et Jack s'avancent vers la piscine. Il se passe quelque chose. Mais personne ne sait quoi. Le type en kilt agite frénétiquement une poignée de feuillets en criant :

« Le texte, nom de Dieu, suivez le *texte*… »

Les amoureux arrivent vers la piscine. L'air hagard. On se demande s'ils vont sauter dans l'eau ou faire un *streaking* ou s'écharper comme des hyènes. L'air est électrique. Les caméras tournent autour d'eux pour attraper un geste. Un frémissement des lèvres. Une expression du visage. Le type en kilt, mi-inquiet mi-fasciné, allume une cigarette. L'avocate derrière lui fait une moue de dégoût. Des figurants circulent au bord de l'eau pour donner du mouvement à la scène. Yasmine dit quelque chose à Jack. D'une voix si basse que personne ne comprend.

« Plus fort ! hurle le réalisateur. Le monde entier vous écoute… »

Les bourdonnements reprennent au bord de la piscine. Un jet privé passe dans le ciel. On voit les lèvres de Jack remuer. Mais personne n'entend ce qu'il dit. C'est énervant.

« Vos gueules ! crie le type en kilt. On tourne… »

Après un moment, le silence se fait à nouveau. Jack siffle sa flûte de champagne. Yasmine le regarde avec des yeux brûlants. Elle tambourine sur sa jambe avec le journal enroulé. Jack en profite pour descendre une autre flûte de Dom Pérignon. Les figurants ont repris leur bal en arrière-plan. Le portable de Yasmine se met à sonner. Elle reconnaît le numéro qui s'affiche à l'écran et s'apprête à répondre.

« C'est mon psy…

— Pas maintenant ! glapit le réalisateur. On est en train de travailler… »

Yasmine a l'air perdue. Elle remet le portable dans son sac. Jack passe la main dans ses cheveux. Il finit sa flûte de champagne. Il me cherche des yeux. Il me voit là-bas entre deux filles en bikini sous le grand parasol et il fait mine de me rejoindre. Yasmine le retient par le bras.

« Il faut qu'on parle, dit-elle d'une voix étranglée.

— Ici ?

— Oui, Jack.

— Maintenant ? »

Derrière moi, l'avocate pousse un cri de surprise. Je me retourne. Elle a les yeux collés à une brochure épaisse comme un bottin de téléphone et elle branle la tête avec un air consterné. Je lui demande pourquoi.

« Ils devaient annoncer leurs fiançailles…

— Devant les caméras ?

— Oui. C'est le *highlight* de la biodoc…

— Ils vont vraiment se marier ?

— Non, bien sûr. Le truc, c'est qu'ils expriment leur intention de se marier plus tard. Dans un mois, un an, un siècle, peu importe... Et qu'ils se passent au doigt la bague de fiançailles offerte par la chaîne de télévision...

— Mais Jack ne m'a parlé de rien.

— Aucune importance.

— Je suis son fils quand même...

— Business is business.

— Taisez-vous ! crie une voix dans la foule. On n'entend pas ce qu'ils disent... »

La fille en bikini fluo vient se coller à moi. Elle frotte ses fesses contre mon ventre.

« Il faut que tu m'expliques, dit Yasmine, les yeux brûlants.

— Quoi ?

— Ça ! » dit-elle en tapotant le journal roulé sur la paume de sa main.

L'œil vitreux, Jack regarde le journal enroulé. C'est le dernier numéro d'*Interview.* Le magazine fondé par Andy Warhol. Yasmine feuillette nerveusement le journal. Elle l'ouvre enfin sur la double page centrale.

« Ça ! répète-t-elle en tapotant de son doigt le journal. Ces photos...

— Quelles photos ?

— Celles-là ! crie Yasmine avec colère.

— Je ne sais pas de quoi tu veux parler.

— Ne fais pas l'innocent, Jack ! Garde tes salades pour tes autres pouffes...

— Je ne vois toujours pas...

— Tu ne vois jamais rien, Jack ! Arrête de jouer la comédie...

— Mais je ne joue pas !

— Tu as tellement l'habitude de jouer que tu ne t'en rends même plus compte !

— Je te dis qu'avec toi je ne joue pas, Yasmine ! Tu peux me croire.

— Je ne crois plus un mot de ce que tu dis. »

Le type en kilt se gratte la tête. Il feuillette rapidement la grosse brochure reliée par deux pinces métalliques. Il enlève ses lunettes de soleil. Il les tripote. Il les pose en équilibre sur son crâne brillant. Il hoche la tête avec un air perdu.

« Ça n'est pas dans le script ! répète-t-il, *ils ne suivent pas le script...* »

Maintenant ils se font face. Comme deux boxeurs excités sur un ring.

« Regarde ces photos, Jack !

— Tu es folle...

— Tu m'invites à venir te rejoindre à Sainte-Alice pour annoncer nos fiançailles et qu'est-ce que je découvre ?

— Qu'est-ce que tu découvres ?

— Ces photos, Jack !

— Encore ces photos !

— Tu files le parfait amour avec cette garce de Pamela Gibson !

— C'est une vieille copine...

— Enfoiré !

— Les photos datent d'il y a longtemps...

— En plus, tu lui roules un patin ! Et vous avez l'air de prendre tous les deux votre pied !

— Il ne faut jamais croire les journaux à scandale...

— C'est ça, Jack, fais de l'ironie maintenant !

— Puisque je te dis que ces photos sont truquées !

— Il faudrait savoir ! Elles sont anciennes ou elles sont truquées, ces photos ?

— Les deux, Yasmine !

— Arrête de te foutre de ma gueule ! »

La fille en bikini se frotte à moi. Elle sent durcir monsieur Bambou contre ses fesses. Elle glisse sa main dans mon slip et elle commence discrètement à m'astiquer.

« Alors tu peux m'expliquer ces photos ?

— Il n'y a rien à expliquer, baby…

— Tu peux me dire ce qui s'est passé avec Pam ?

— Rien, baby. »

Yasmine agite le journal sous le nez de Jack qui recule d'un pas.

« Tu ne peux pas dire la vérité une fois dans ta vie ?

— Il n'y a pas de vérité…

— N'essaie pas de me la jouer zen !

— Écoute, Yasmine, je vais tout t'expliquer…

— Quand tu commences comme ça, il faut se méfier !

— Pam et moi, tu sais, c'est une longue histoire… »

Jack Malone respire un bon coup. Il ferme les yeux, puis il les rouvre. Il fixe Yasmine avec intensité.

« OK. Pam et moi, on s'est revus une ou deux fois…

— Alors tu avoues !

— Je n'ai rien à avouer…

— Dis-moi, mon beau menteur, tu l'as aussi invitée sur ton île ?

— C'est-à-dire…

— Encore un effort, Jack !

— Oui…

— Quel beau salaud tu fais ! »

Yasmine tremble et retient ses larmes. Elle brandit son journal comme un couteau.

« Laisse-moi t'expliquer, dit Jack.

— Je pense qu'il n'y a rien à expliquer.

— Ce n'est pas ce que tu crois. Pam est une vieille copine…

— Tu embrasses toutes tes copines comme ça ?

— C'est juste pour les paparazzi…

— De mieux en mieux !

— Pour qu'ils nous foutent la paix…

— Tu es en forme ce matin !

— On a juste joué un peu la comédie. Il n'y a pas de mal à ça… »

Les poings crispés, ils se font face, souffle dans souffle.

« J'imagine que vous avez baisé dans la même chambre que nous…

— Arrête !

— Tu lui fais les mêmes choses qu'à moi, Jack ?

— Yasmine !

— Et elle jouit comment ? Elle est du genre à couiner comme une chauve-souris ? Ou à planter ses ongles dans ton dos comme dans ses films ?

— Arrête de te faire du mal, baby !

— On raconte partout qu'elle est frigide ! Mais je suis sûre que Jack Malone, le mâle surpuissant, arrive à lui dérider les fesses… »

Il la prend dans ses bras et il essaie de la calmer. Elle se dégage vivement. Elle lui donne des coups de poing. Elle essaie de griffer son visage.

« Dis-moi, Jack, tu nous baises toutes de la même manière ?

— Yas…

— Tu prends toujours ton temps, tu nous soûles avec de belles paroles et tu passes à l'assaut ! Ce n'est pas monotone à la fin ? »

Elle renifle ses larmes.

« Et après, tu nous mets des notes, hein ? Pamela : 7/10.

Grosse poitrine et petits cris. Julia : 5/10. Étroite et chaude. Se croit toujours au cinéma. Yasmine : 6/10. Psychorigide. N'arrive jamais à se détendre...

— On nous regarde...

— Et alors ? Je suis venue pour ça, Jack !

— Pour quoi, baby ?

— Pour le spectacle ! Notre vie entière est un spectacle. C'est toi-même qui l'as dit ! Il y a des caméras et des micros partout... Le monde entier nous regarde... »

Ses lunettes sur le front, le type en kilt sautille sur place. Il a donné la brochure à son assistante. Il marmonne à voix basse.

« Ils ne suivent pas le script. Mais tant mieux. Ils improvisent... »

Yasmine tremble de rage. Jack lui sourit.

« Oublie un peu le monde, baby, et reprends-toi !

— Même si j'oublie le monde, le monde, lui, ne m'oublie pas ! »

Elle le regarde avec stupeur. Les yeux brillants de larmes. Jack en profite pour retourner dans la maison. Yasmine le rattrape devant la porte. Toute l'équipe de télévision les suit dans la panique. La fille en bikini retire sa main de mon slip pour rejoindre en courant l'équipe de tournage.

« Écoute, Yasmine !

— Je t'ai assez écouté...

— Ça ne change rien aux sentiments que j'ai pour toi...

— Quels sentiments ?

— Des sentiments...

— Tu veux parler d'amour ?

— Pas de gros mots entre nous, Yasmine. Tu sais que l'amour est une fleur carnivore...

— Pour moi, c'est la seule expérience digne d'être vécue sur terre...

— L'amour est une hypothèse, puisque nous ne le connaissons jamais que par le souvenir.

— N'essaie pas de m'étourdir avec tes citations bidon ! »

La suite est confuse.

Je les suis tous les deux dans la maison.

Ils sont devant la cheminée. Face à face. Prêts à se dévorer.

Brusquement Yasmine se jette sur Jack Malone. Mais il esquive le coup. Il la repousse avec ses bras tendus. Elle revient à la charge. Elle essaie de le gifler. De griffer son visage. Il esquive à nouveau. Il lui saisit les poignets. Il la force maladroitement à s'asseoir. Ils tremblent tous les deux. À bout de forces. Haleine dans haleine.

« Je te déteste !

— Ne sois pas ridicule...

— Tu es toujours amoureux d'elle !

— Mais non, je ne suis amoureux de personne... »

Alors il se rend compte de son lapsus.

« Je veux dire que je ne suis pas amoureux d'*elle*...

— Salaud ! »

Elle se détourne et sanglote de colère. Jack a l'air désemparé. C'est la première fois que je vois mon père dans cet état. D'habitude, c'est toujours lui qui dicte les règles du jeu. Lui qui écrit le script. Mais là il n'est plus rien. Il ne dit rien. Il n'esquisse aucun geste. Enfin il s'avance vers Yasmine. Il veut la toucher. Il veut la prendre dans ses bras. Elle disparaît dans l'escalier.

L'équipe de TV se lance à sa poursuite.

Jack s'interpose et se met à hurler.

« Foutez-moi le camp ! Tous ! Tout de suite ! Je ne veux plus voir personne dans cette maison... »

Le type en kilt ne comprend pas.

« Mais le *script* ! Tout est écrit dans la bible…
— Il n'y a plus de script. Plus de bible. Plus rien !
— Vous avez signé pourtant !
— Allez-vous-en ! »

Il monte à son tour l'escalier, s'arrête, se retourne vers l'équipe de télévision.

« Si dans une heure vous êtes encore là, je lâche les chiens… »

23

Ce qu'ils ont dit, ce qu'ils ont fait, cette nuit-là, dans la grande maison vide, personne ne le saura jamais.

Dans l'équipe de tournage, c'est branle-bas de combat. Des types s'affairent dans tous les sens. Une fille du maquillage essuie les taches de fard sur les visages des figurants à l'aide d'un coton démaquillant. Les molosses ont troqué leur smoking Prada contre des tenues de broussard. Les avocats consultent en catastrophe leur Blueberry. On range les caméras et les micros. Les consoles de mixage. Les paraboles. La nuit est tombée comme un coup de couteau. Au paradis c'est toujours à six heures. Un casoar dressant sa tête osseuse vers le ciel hurle sur une branche. Des aras volent au-dessus des arbres. L'air est tiède et humide, plein d'odeurs de résine. Un type a mis une chanson de Guns N'Roses, *Welcome to the Jungle*.

Au bord de la piscine, une fille en ciré rouge donne des ordres.

« Allez, les gars, on se magne le cul !
— Quand même, dit une voix éraillée, il exagère…
— Il a juste disjoncté…

— C'est la pression !
— Être une star, aujourd'hui, c'est beaucoup trop pour la tête…
— Moi je dis que tout a dérapé avec ces photos…
— Elles sont truquées, ces photos ! Comme tout le reste…
— Tout était écrit dans le script.
— Heureusement qu'il n'était pas armé…
— Moi je dis que ça ne colle pas avec son image de mec supercool…
— On s'est tapé dix heures d'avion pour venir voir un type qui habite dans un trou perdu et nous fout à la porte comme des chiens !
— Les chiens, je les entends hurler…
— Si on se tire pas d'ici vite fait bien fait, ça va être notre fête ! »

Je vois une tache blanche sur la plage. Je m'approche. C'est le gourou de Yasmine assis sur un rocher. Il fume un joint et astique sa svastika avec la manche de sa tunique. Son crâne brille comme une pierre de lune. Il remet son sautoir en argent autour du cou. Il me regarde en haussant les épaules.

Plus loin dans la pénombre je vois un type assis au pied d'un arbre. Il porte un kilt et il a les jambes écartées. Une fille est à genoux sur le sol. La tête enfouie sous la jupe du type. Les deux mains posées sur ses cuisses. Elle porte un string fluo. Un dragon tatoué sur la fesse gauche. Elle va et vient avec sa bouche et le type pousse des cris de chauve-souris. La bouche ouverte. Les yeux dans les étoiles.

« Rachel… »

Le type ouvre de grands yeux épouvantés. La fille sort lentement la tête de sa cachette. Elle a l'air ahurie. Elle s'essuie la bouche avec le revers de la main. Son visage est caché par ses cheveux. Elle tourne la tête vers moi sans me voir comme dans un rêve. Elle replonge sous la jupe du type qui commence à gémir.

Je marche au bord de l'eau. La nuit est pleine de cris et d'étincelles. Si noire que l'horizon a disparu.

De l'autre côté de la mer, il y a la liberté et ma sœur Ming qui m'attend quelque part.

À quoi bon vivre au paradis si mon âme sœur n'est pas là ?

Jack Malone est le plus épatant des pères. Il est même mieux que mon père n° 2. Qui était déjà mieux que mon père n° 1. Ce qui n'était pas difficile. Il m'a appris à disparaître. À ne penser à rien. À écrire des poèmes sur le ciel et le vent. Mais sa vie de pacha n'est pas la mienne. Il organise des fiestas. Il couche avec les plus belles filles du monde. Il contrôle son image comme il peut. Il se croit plus malin que les autres. Mais ce n'est qu'un esclave du système. Une icône perdue. Toute sa vie tient dans un script qu'il n'a même pas écrit lui-même.

24

J'ai marché toute la nuit en rêvant d'évasion. Fumant un joint ou deux en regardant la mer. Écoutant les aras crier dans le ciel noir et repensant à ma sœur Ming. J'ai marché jusqu'au bout de la plage. Des pêcheurs au flambeau préparaient leur barque et leurs filets. Un type, les yeux fermés, jouait du blues sur son harmonica. J'ai rebroussé chemin. J'ai traversé le marais à sec. Je me suis retrouvé sur le sentier qui mène au petit aérodrome. Il n'y avait plus d'avion sur la piste. Juste un relent de kérosène. Les rapaces avaient quitté l'île avec leurs caméras. Leurs paraboles. Leurs capteurs numériques. Bientôt on allait découvrir leur prise, *samplée*, doublée, sur toutes les chaînes du monde.

J'ai dormi sur la plage. C'est l'odeur de fumée au matin qui me réveille.

Le jour n'est pas encore levé. Mais je vois des taches grises et blanches tout au bout de la plage dans le ciel noir. Je commence à courir. À mesure que j'approche, la fumée grise et blanche se teinte de rouge. Des gerbes d'étincelles illuminent la nuit. Je cours aussi vite que je peux. Le ciel est éclairé comme en plein jour. Une odeur écœurante d'essence et de chair brûlée flotte dans l'air.

Quand j'arrive vers la maison, je sais qu'il est trop tard.

Le rez-de-chaussée n'est déjà plus qu'une carcasse noircie. Quelque chose de blanc et de vaporeux – une chemise en lambeaux, une robe Prada ? – claque dans le vent à une fenêtre brisée du premier étage. Celle de la chambre de Jack. Je traverse le jardin. Une main devant la bouche. Je n'en crois pas mes yeux. L'aile gauche du bâtiment, la cuisine et les dépendances ravagées par les flammes, s'est déjà effondrée. Comme le chaume du toit. Les poutrelles de bambou. Les fauteuils en osier. L'air est si sec que le feu dévore tout sur son passage.

Dans la maison, les meubles craquent sous la morsure des flammes. L'escalier en bois de séquoia n'est plus qu'une ossature. Impossible de monter dans les chambres. Plié en deux, je me fraie un chemin vers la bibliothèque transformée en fournaise. J'essaie de sauver quelques livres. Mais l'air est si brûlant que je suis obligé de reculer. Je saute par la fenêtre. Je respire à pleins poumons dans le jardin. Sans attendre je repars à l'attaque. Je monte le petit escalier de secours. Les marches de métal en fusion. J'arrive en haut de la rampe. Je traverse un premier mur de flammes. C'est la chambre de Jack. Le lit à baldaquin est un squelette ardent. Et au milieu du lit un corps fondu et calciné. Sans visage. Méconnaissable. Un tourbillon de fumée grise s'échappe par la fenêtre. Plus loin, la chambre de Yôshi n'est plus qu'un souvenir. Tous ses livres sont en cendres. Ses chapelets. Ses tuniques safran. Des alarmes retentissent dans tous les coins. Le ciel prend soudain une couleur d'orange sanguine.

Je sors en catastrophe. Je dévale l'escalier métallique. J'arrive dans le jardin au moment où l'aile droite de la maison s'écroule. Je tombe à la renverse. Le cul dans l'herbe. Ce qui restait de la grande maison coloniale est soufflé dans l'air rouge. Étincelles volantes. Bouts d'étoffe calcinée. Feu d'artifice.

Pendant plusieurs minutes, je reste à genoux dans le jardin. Les yeux fixés sur la fournaise. Des flammèches plein les cheveux.

Puis quelqu'un se met à crier.

« C'est lui ! »

Je ne sais pas d'où vient la voix.

« C'est lui, je l'ai vu ! »

Je me retourne. Je vois quelqu'un près du garage. Une femme court vers la maison en hurlant comme une folle. Bientôt un petit groupe la rejoint. Ils font le tour des flammes. Certains essaient de s'approcher. Ils poussent des cris. Ils sont armés de leur machette. Mais ils reculent épouvantés. Un type me désigne du doigt.

« Arrêtez-le ! »

Je détale comme une hyène.

La nuit est noire. Personne ne me voit. Je vais me cacher derrière la remise. Les pas s'éloignent. Les voix s'estompent dans le jardin. Je reste là vautré dans l'ombre sans respirer. La maison coloniale flambe toujours. L'air est plein d'escarbilles. Je regarde autour de moi. La voie est libre. Personne ne connaît ma cachette. Je sors la tête du trou. J'avance à pas feutrés. Je n'arrive pas à détacher mes yeux de la maison en flammes.

« Il est là ! »

Derrière moi, la meute est lâchée à nouveau.

« On le tient ! »

Sans réfléchir je cours droit vers la mer. Je traverse la route et je tombe dans le sable. Je pousse un juron. Je me relève. Ils sont presque sur moi. Je file à toutes jambes vers le port. Je m'engouffre dans le hangar. Je verrouille la porte derrière moi. Je commence à respirer. Je les entends hurler de rage. Donner des coups d'épaule dans la porte en tôle ondulée.

Pendant ce temps je saute dans le hors-bord. Les clés sont à leur place dans le vide-poches. Il y a des jerrycans d'essence sous les banquettes. Assez pour naviguer plusieurs jours. J'allume le moteur. Il part du premier coup. Je détache les amarres. Le bateau bondit dans l'eau glauque.

À ce moment, des hommes surgissent à l'entrée du hangar. Toujours hurlant et menaçant. Moulinant l'air de leur machette.

« Attrapez-le ! Il va s'enfuir… »

Je tire à fond sur la manette des gaz et le bateau s'enfonce dans la nuit.

ASIA

1

Partout il n'y a que du bleu. Le bleu du ciel et de la mer. Le bleu des yeux de Ming. Des jours et des nuits de bleu intégral.

J'ai l'habitude de conduire le hors-bord de Jack. Comme lui j'aime fendre les vagues à toute vitesse en philosophant sur l'amour et la vie (« *Déboutonne ton cerveau aussi souvent que ta braguette, Adam* »). Mais aujourd'hui il n'est plus là, mon troisième père. Il me manque atrocement. Il a fondu comme un mannequin de cire.

L'air est si transparent qu'il n'a aucune consistance. Pas un souffle. Pas un frémissement sur ce miroir d'un bleu profond qui n'a pas de limite. Je mets la musique à plein tube. Des vieux CD de Jack que je repasse en boucle. AC/DC. Supertramp. Orchestral Manoeuvres in the Dark. REM.

Maintenant le bateau file droit devant lui. Le vent est stable. Et la mer si aveuglante qu'on ne peut la fixer trop longtemps du regard. Je flotte comme en apesanteur. Shooté par la musique. Le clapotis monotone des vagues. Et derrière moi la mousse blanche comme de la limonade que tracent les moteurs du bateau. Long sillage lumineux qui s'efface en quelques minutes. Je navigue plein ouest vers l'horizon qui disparaît. Je quitte les îles du Paradis. J'ai de l'essence pour une semaine. Des biscuits secs. Du chocolat et des conserves. Je mange du thon grillé et je bois du whisky. De sa voix rauque Louis Armstrong chante *What a Wonderful World.* Il faut être un peu nègre pour chanter ça.

Le ciel est couleur de soufre. La mer, d'ardoise liquide.

Y a-t-il une vie derrière ce miroir en fusion ?

Parfois c'est un vol d'albatros ou de sternes. Un grand bruit d'incendie dans le ciel. C'est toujours mauvais signe. On approche d'une terre habitée. Des caméras et des micros. Des *profilers* qui me suivent à la trace en diffusant mon avatar sur Internet. Il faut changer de cap. Ou c'est une famille de dauphins qui dansent autour du bateau en me faisant leur incroyable numéro de charme. Petits cris déchirants. Sauts de carpe et jets d'écume blanche. Je mets un autre CD dans le lecteur. À bord il y en a des centaines. Jack a toujours rêvé d'être chanteur de rock. Encore un truc pour tomber les nanas. Nirvana ou les Pretenders. *Don't Get me Wrong.* La voix profonde de Chrissie Hynde me guide à travers la nuit outremer. Je mange du chocolat en finissant ma dernière bouteille de Jack Daniel's. Je repense à Yôshi. Aux poèmes qu'il écrivait sur l'air et sur le sable. Pas de place pour la poésie ici-bas. Je repense à ses cendres et je m'astique. Le nez dans les étoiles. En repensant à Ming qui m'attend quelque part en Suisse.

L'horizon est ouvert. Je flotte au bord du vide comme dans un jacuzzi. Je n'ai jamais été aussi libre. Enfin moi-même. Tout le monde s'appelle Adam. Le premier homme et le dernier. Je m'endors sur la banquette en cuir. Le bateau file à toute allure en pilotage automatique.

2

Le soleil est voilé. Un vent chargé de sel se lève à l'horizon. Précurseur de tempête. J'arrive au bout de mes réserves de chocolat et de biscuits. Heureusement qu'il reste des conserves. Un fond de gin. Les capsules de café qui ont fait de mon père n° 3 une icône universelle.

Jack n'est jamais allé si loin en mer. Il n'a jamais voulu se perdre.

Le moteur du Sessa Marine ronronne doucement. Des oiseaux tournent dans le ciel. Dans la brume un bateau apparaît brusquement. Il fait route dans ma direction. Il a enclenché sa sirène. Les flics ! Je change de cap en catastrophe. Je pousse les bielles à fond. Le hors-bord s'envole au-dessus des embruns. La poursuite dure une heure. C'est mieux qu'au cinéma. Mais bien plus angoissant. L'autre bateau ne veut pas lâcher prise. Je m'enfonce dans la brume. Pleins gaz ! Je zigzague entre les hautes vagues.

Finalement la vedette abandonne la partie. Mais trop tard. Je suis *tracé*.

J'ai tous les flics du monde au cul.

Vers le soir, le moteur du hors-bord se met à hoqueter. Puis à tousser. Puis il s'arrête tout à fait et le bateau commence à dériver dans le silence et la pénombre.

J'aperçois des lumières sur la côte. Un port de plaisance. Une de ces citadelles flottantes qui emmènent les touristes en croisière sous les tropiques. Je donne un coup de barre. Je longe encore la côte sur un kilomètre ou deux. Je mets le cap sur une crique. Je rassemble tout l'argent que je trouve à bord. Une poignée de dollars et ma carte VISA. Je saute dans le canot de sauvetage.

3

Quand je débarque sur la plage, la nuit est tombée complètement. Je marche à l'aventure droit devant moi vers les lumières de la ville. À première vue l'île ne ressemble pas à celle de Jack. Il y a partout des hôtels de luxe. Des piscines somptueuses. Des restaurants qui diffusent à plein tube de la musique américaine. Michael Jackson. Lady Gaga. Van Halen. La merde habituelle pour les touristes.

J'arrive en ville. Partout des enseignes au néon. De grands écrans publicitaires. Des filles qui font le pied de grue devant les bars. La nuit vient de tomber et pourtant tout le monde est dehors. Je me regarde dans les vitrines et je ne vois rien que des marques. Prada. Guess. Dior. Je ne suis pas dépaysé. Les femmes blanches cherchent leur âme dans les boutiques. De la musique sort des bouges enfumés avec une odeur de girofle et de *chicken satay*. Des voitures passent en klaxonnant. Une femme tout habillée en noir marche devant moi comme une somnambule. Trois filles en robe légère se promènent en se donnant le bras. Quinze ans. Seize ans peut-être. Quand elles passent devant eux, des hommes les sifflent et leur emboîtent le pas. Les filles pouffent de rire en regardant par-dessus leur épaule. Ils disparaissent tous au coin de la rue pendant que d'autres filles et d'autres types les remplacent.

Il commence à pleuvoir. C'est la pluie jaune des grandes moussons d'hiver.

J'entre dans la première boutique. Dès qu'elle me voit, la vendeuse me saute dessus. Fleur d'hibiscus dans les cheveux. Visage fardé comme au théâtre. Elle porte une minijupe de cuir. Un petit top Versace et des escarpins compensés.

« Puis-je vous aider ? »

Je jette un coup d'œil dans la rue. Je ne suis pas tranquille. Il y a des caméras de surveillance. Par groupes de deux ou trois des flics font leur ronde. Matraque au poing. Képi enfoncé sur le crâne. Ils s'arrêtent sur le seuil de la boutique. Je plonge mon nez dans les T-shirts Kenzo.

« Vous cherchez quelque chose ? dit la fille.

— Je ne sais pas...

— Nous avons des blousons Gianfranco Ferré, des vestes Comme un Garçon, des chemises Armani... »

Je la suis dans l'arrière-boutique. À cet instant explose un vieux tube de U2. *Bloody Sunday.* La fille me mate avec des yeux brillants.

« Vous êtes en vacances à Maputa ?

— Oui, je dis. Pour une semaine. »

J'essaie un veston blanc Prada un peu grand, mais très cool. Des escarpins Gaultier. Une ceinture Guess.

« Whaoa ! miaule la fille en se frottant à moi. Ça vous donne un chic fou ! »

D'un geste, je me dégage. Je sors à reculons. Je fais un sourire à la fille. Je vérifie que la voie est libre. Aucun flic. Plus de patrouilles de surveillance. Je me retrouve à nouveau dans la rue. Neuf heures du soir. J'avise une banque. Un seul distributeur donne encore du liquide. J'attends mon tour. Pendant ce temps, je contemple mon reflet dans la vitre. Pommettes saillantes. Lèvres épaisses et nez refait. Cheveux noirs en bataille. Pantalon de lin blanc. Baskets Nike. Je glisse la carte dans la machine et aussitôt elle engloutit le morceau de plastique. Je tape sur la vitre blindée. Rien à faire. Ma VISA est perdue. Je suis désespéré. Des types derrière moi s'impatientent. Je dégage avant que les flics se pointent.

Je marche un moment sur la plage. Je ne sais pas quoi faire. Je décide de retourner sur le bateau. Je passe devant le Four Seasons. L'Oberoy. Le Hyatt. Le Mercure. Les terrasses sont bondées. Des bougies votives brûlent sur les tables. Deux filles en costume traditionnel dansent au ralenti sur un orchestre de gamelan bientôt couvert par la disco voisine qui passe une chanson de Shakira. Un duo avec Wyclef Jean des Fugees. *Hips Don't Lie*. Des couples s'embrassent sur la plage. Une fille astique un type en short près d'une barque de pêcheurs. Des coups de feu éclatent dans la forêt. Je presse le pas. J'arrive sur la petite plage déserte.

Mais dans la crique, plus de canot…

Je regarde la mer. Au large des hommes inspectent mon bateau avec des flingues et des torches électriques. Sans doute des flics. Ou des petits truands. Un type essaie de remettre en marche le moteur. Un autre sort de la cabine avec mes livres et mes habits. Un troisième fume une cigarette en regardant le ciel noir. Ils rient tous comme des tamarins. À un moment, croyant entendre un bruit, un type balaie la plage avec le faisceau de sa lampe. Je saute dans un buisson. Je fais le mort jusqu'à ce que les types quittent le bateau. Mais ils ne partent pas. Au contraire d'autres types s'approchent avec des canots à moteur. Ils montent à bord. Ils parlementent un bon moment. Ils fument des *kreteks* et ils rigolent. Ils remorquent le bateau vers le large.

4

Retour en ville. Je suis une fille en minijupe. Quinze ou seize ans. Elle zigzague entre les bars sur des talons aiguilles d'au moins vingt centimètres. Des types la matent en rigolant. Pour toute réponse elle leur adresse un doigt d'honneur et elle s'éloigne en ondulant du popotin comme une professionnelle. Devant le Black Coffee la foule est si compacte qu'elle doit jouer des coudes pour entrer. Je me glisse dans son sillage. Le bar est bondé. Californiens à *dreadlocks*. Jeunes putes chinoises en T-shirt Nirvana déchiré. Petits caïds locaux en débardeur et lunettes de soleil. *Traders* bronzés et défoncés. Sirènes sur le retour en top moulant et escarpins de luxe. Un type au bar lui lance un regard langoureux. Il a le crâne rasé. Un tatouage rouge sur le bras. Un T-shirt avec l'inscription SHIT HAPPENS IN MAPUTA. La fille s'assied au bar. Elle embrasse le type sur la bouche. La musique est assourdissante. Une chanson de David Bowie. *Let's Dance*. Je trouve une place à l'autre bout du bar. Je sors un billet de ma poche. Je commande un double Jack Daniel's et je le bois cul sec à la mémoire de Yôshi. Une fille surgie de nulle part vient s'asseoir à côté de moi. Elle est très grande. Très mince. Très maquillée. Elle porte un short en cuir. Un petit top Prada. Des escarpins dorés Sergio Rossi.

« Tu es en vacances à Maputa ?

— Oui, je réponds sans y croire.

— Et tu t'appelles comment ?

— Adam.

— Whaou ! fait la fille en gloussant. Qu'est-ce que le premier homme de la terre fait à Maputa ?

— Voyage d'affaires.
— Et les affaires sont bonnes ?
— Ça pourrait aller mieux, je dis d'une voix morne.
— Tu m'offres un verre, Adam ? »

Sans attendre, la fille fait un signe au barman. Un type au visage sombre et piercé qui astique des verres à l'autre bout du comptoir. Mais le type ne fait pas attention à elle.

« Deux margaritas, s'il vous plaît ! »

Le type au bout du zinc lève les yeux. Il hausse les épaules. Il replonge dans son travail. La fille se met à hurler. Du mascara coule sur son visage. Elle fait semblant de chercher quelque chose dans son fourre-tout Chanel. Les clients assis au bar nous regardent d'un air effaré.

« Qui est-ce qu'il faut sucer dans ce bar pour avoir deux margaritas bien fraîches ? »

Finalement le barman nous apporte deux verres remplis de tequila. De jus de lime. De liqueur d'orange et de glace pilée. La fille s'amuse à croquer la glace dans son verre. Elle boit une gorgée. Elle me regarde avec insolence.

« Tu es africain ?

— Au départ, oui. Il y a longtemps. Mais maintenant je suis américain.

— Comment ça ?

— Je suis né en Afrique. Mais j'ai été adopté par un couple d'acteurs américains...

— Des acteurs connus ?

— Dolorès et Matt Hanes.

— Quoi ? fait la fille en écarquillant les yeux. Dolorès et Matt Hanes ?

— Ouais, je dis en plongeant le nez dans mon verre.

— Ça doit être quelque chose !

— Quoi ?

— Vivre en Californie. Fréquenter des stars de cinéma. Avoir tout ce qu'on veut...

— En fait, ce n'est pas si drôle que ça.

— Et pourquoi ?

— On passe son temps à disparaître. À fuir sa vie. Quand on a tout, plus rien n'a vraiment d'importance...

— Tu me sembles un peu... déprimé !

— Pas du tout.

— Et qu'est-ce que le fils adoptif de deux mégastars fait dans ce trou perdu ?

— C'est une longue histoire, je dis d'un air maussade.

— Vas-y, enchaîne la fille. On a toute la nuit devant nous... »

À ce moment une autre chanson de Bowie explose à plein volume dans les haut-parleurs. *China Girl.* La fille est prise de convulsions. Elle frétille sur sa chaise. Elle ferme les yeux. Elle les rouvre. Elle finit d'un coup son verre de tequila.

« Viens danser ! dit-elle en m'entraînant sur la piste. Cette chanson est trop top... »

Sous la boule Telstar, les gens se trémoussent dans tous les sens. La fille se colle à moi. Perchée sur ses escarpins. Elle ferme à nouveau les yeux. Elle essaie de m'embrasser. Je flotte dans le brouillard. Je ne sais plus où je suis. Je plonge la tête entre ses seins. La fille me lèche le cou. Elle essaie à nouveau d'embrasser ma bouche. Elle a des yeux brûlants. Elle frotte son pubis contre ma jambe.

« Tu es trans ? me dit-elle dans un souffle.

— Ouais, je dis sans comprendre ce qu'elle dit. Je suis très transes... »

Ça a l'air de lui faire plaisir. La fille sourit toute seule. Elle resserre encore son étreinte. Elle glisse une main dans mon slip. Elle caresse mon bambou. Le truc bizarre, c'est qu'elle se colle à moi et sous son short en cuir je sens quelque chose de dur. Quand je comprends ce qui m'arrive c'est déjà trop tard. La fille bande comme un âne. Elle me sourit d'un air extasié. Elle plaque ses lèvres sur ma bouche. Je la repousse dans le brouillard. Elle revient se coller à moi. Elle sent l'alcool et la sueur. Son visage est brillant. On entend la voix suave de Bryan Ferry. *Let's Stick Together.* Je quitte la piste de danse. La fille s'accroche à moi de toutes ses forces. Elle est grande et robuste. Elle ne veut pas que je parte. Elle me griffe le bras et le visage. Je lui envoie mon poing dans la figure. La fille tombe par terre et elle se met à pleurer. Deux videurs s'approchent de moi. C'est l'empoignade générale. Tout le monde commence à se battre. Les verres volent à travers la salle. Le barman est caché derrière le comptoir. On a mis la musique à tue-tête pour couvrir les cris. Quelqu'un me frappe dans le ventre. J'ai le souffle coupé. Je tombe à genoux sur la piste. J'arrive à ramper jusqu'au bar. Puis du bar jusqu'à la sortie.

La nuit est fraîche. Je marche droit devant moi dans le brouillard intense. J'ai froid tout à coup et très soif. Je plonge la main dans ma poche. Il reste encore quelques billets. Une ou deux pièces de monnaie. Je n'ai aucun endroit où aller. Les enseignes clignotent dans le noir. *Dark Angel. Stranger Paradise.* Des filles m'appellent devant les salles de jeu. Il y a de la musique partout. On se croirait à Moscou. À New York. À L.A. L'image de l'hacienda passe devant mes yeux. J'avise une cabine de téléphone. Mes doigts tapotent tout seuls le numéro de ma deuxième maison.

5

« Qu'est-ce que c'est ? dit une voix pâteuse à l'autre bout du fil.

— C'est Adam, je dis.

— Qui ? dit la voix qui ressemble à celle de Matt.

— Moi, Adam. Ton fils.

— Quel fils ?

— Adam Hanes.

— Adam ? dit la voix incrédule.

— Mais oui ! C'est toi, Matt ?

— Ouais. Tu sais quelle heure il est, Adam ?

— Non.

— Quatre heures du matin ! Tu ne devrais pas réveiller les gens comme ça au milieu de la nuit...

— Je ne savais pas qui appeler...

— Ouais. J'espère au moins que c'est important, dit la voix en bâillant.

— J'ai besoin de toi, Matt.

— Juste une minute, Adam, je vais me verser un verre... »

Après un moment, la voix reprend avec impatience :

« Alors, mec, que me vaut cet appel au milieu de la nuit ?

— J'ai besoin d'aide, Matt...

— Et d'abord tu es où ?

— Sur l'île de Maputa.

— À Maputa ? Ce haut lieu du tourisme sexuel...

— Ouais.

— Et qu'est-ce que tu fais là ?

— J'ai dû quitter en catastrophe Sainte-Alice...

— Je sais, Adam. Tous les journaux en ont parlé. Tu as mis le feu à la maison de Jack…

— Non, je crie. Ce n'est pas moi !

— Tu peux me dire la vérité, fiston. Je ne vais pas te dénoncer aux flics…

— Puisque je te dis que ce n'est pas moi, dad !

— Ce n'est pas ce que racontent les journaux.

— Qu'est-ce qu'ils racontent ?

— Que tu as mis le feu à la maison de Jack. Comme tu avais mis le feu aux garages et à l'hacienda…

— C'est vrai, Matt. Mais à L.A. c'étaient des histoires de gamins. Depuis, je te le jure, je ne joue plus avec les allumettes…

— Admettons. Mais alors qu'est-ce qui s'est passé ?

— Je ne sais pas. J'ai dormi sur la plage et quand je suis arrivé à la maison, au matin, elle flambait comme une crêpe…

— Qui a mis le feu alors ?

— Pas la moindre idée. Il y avait une équipe de télévision que Jack a obligée de partir en catastrophe la veille…

— Et alors ?

— Peut-être que quelqu'un a voulu se venger…

— Comment peut-on se venger de Jack ?

— Il avait beaucoup d'ennemis, tu sais…

— Ouais, dit Matt. Quels ennemis ?

— Yasmine, par exemple.

— Ils devaient se marier. Toutes les gazettes l'ont annoncé…

— Ce n'était que du vent, Matt.

— Du vent ?

— Du bluff.

— Pourquoi ?

— Yasmine a découvert le truc. Ça ne lui a pas plu. Elle a préféré l'holocauste à l'humiliation publique... »

Au bout du fil Matt se racle la gorge. Je sens qu'il n'y croit pas. Qu'il a envie d'aller très vite se recoucher.

« Et toi, Matt, tu habites toujours l'hacienda ?

— Ouais, fait la voix de mon père.

— Avec Dol et les enfants ?

— Non, fiston. Je suis tout seul.

— Tout seul ?

— Dol et moi on s'est séparés. Ça n'allait plus du tout. On n'avait plus rien à se dire. Plus rien à faire ensemble.

— Mais les enfants ?

— Elle les a pris avec elle. Maintenant, ils habitent tous sur la côte Est. Dolorès a toujours voulu habiter là-bas. Loin des miasmes d'Hollywood. C'est l'endroit où elle est née.

— Et tu les vois souvent ?

— Non. Dol est devenue folle. Elle ne veut voir personne. Elle continue à adopter des enfants à tour de bras. Sa maison est devenue une nurserie où il n'y a plus de place pour un homme...

— Ça te manque ?

— Qu'est-ce qui me manque ?

— De ne plus voir tes enfants.

— Au début, ça me manquait. Beaucoup même. Je n'en dormais pas la nuit. Et puis on s'habitue. On s'habitue à tout, fiston, dans la vie. Et depuis que Diane habite à l'hacienda avec moi, je me porte comme un charme.

— Diane Fischer ?

— Yes.

— Et Monica ?

— Une idylle montée en épingle par les journaux. Pour vendre de la copie.

— Il n'y a rien eu entre vous ?

— Oui, bien sûr. On a un peu fricoté. Comme on fricote pendant un tournage. Mais les *divas* italiennes, ce n'est pas pour moi…

— Pourquoi ?

— Elles vivent leur vie comme si elle était réelle. Mais en réalité elles sont toujours en représentation. Et puis Monica voulait un gosse…

— Et alors ?

— Plus jamais, Adam ! J'ai assez donné.

— Tu ne veux pas d'enfants à toi ?

— Non. D'ailleurs je me suis fait vasectomiser…

— C'est quoi, ça ?

— Je ne peux plus avoir d'enfants.

— C'est triste.

— Pas du tout, fiston. Comme ça, je suis sûr que ma lignée s'arrête avec moi. »

Matt bâille de nouveau. Sa voix déraille, se replace, puis faiblit imperceptiblement.

« Tu sais, Ad, je ne vais pas pouvoir te parler très longtemps. J'ai pris trois Stilnox pour dormir, alors la conversation risque de s'interrompre brusquement… »

Après un moment il enchaîne :

« Qu'est-ce que tu fais à Maputa ?

— Je te l'ai dit, Matt. J'ai atterri ici par hasard et je n'ai plus rien…

— Comment ça ?

— J'ai perdu mon bateau, ma carte de crédit… Je ne sais plus quoi faire…

— C'est embêtant.

— J'ai besoin de ton aide, Matt. Après tout, tu es mon père…

— Heu…

— Tu es mon deuxième père.

— C'est Jack ton père maintenant. Il a signé tous les papiers...

— Il est mort dans l'incendie.

— Qu'est-ce que tu veux que j'y fasse ?

— Tu étais mon père avant lui, Matt ! Et un bon père... Tu m'emmenais faire des virées dans le désert. Avec ta Buick... On faisait la tournée des bars et des filles...

— C'est vrai, fiston. Mais c'est fini tout ça.

— Tu peux m'envoyer de l'argent ? Juste assez pour tenir quelques jours, je n'ai vraiment plus rien.

— Désolé, je ne peux plus rien pour toi. »

Sa voix est de plus en plus inaudible.

« Aide-moi, Matt !

— Je vais devoir raccrocher, fiston. Ça m'a fait plaisir d'avoir de tes nouvelles...

— Attends, p'pa ! »

Je sens que Matt hésite à raccrocher. Il boit une gorgée de whisky, se racle la gorge, attend encore un peu.

« Je n'ai pas besoin de beaucoup de fric, je dis, juste assez pour sortir de ce trou...

— Je ne peux rien faire, Adam.

— Téléphone à ta banque...

— Impossible.

— Tu es ivre et drogué, Matt.

— Et alors ? dit une voix qui tousse. Tu voulais me parler. Je suis là. Je t'écoute. Mais je ne peux rien faire pour toi.

— Ça serait si facile, tu as des amis dans le monde entier...

— Pas à Maputa, fiston.

— Arrête tes salades !

— Je vais aller me recoucher. J'ai commencé un film avec Paul Verhoeven. Une suite à *Robocop III*. Un rôle très physique. Et je manque de sommeil...

— Tu ne peux pas m'abandonner comme ça...

— Bonne nuit, fiston. »

6

Les rues sont noires de monde. Devant les bars des filles en minijupe rajustent leur rouge à lèvres. Une voiture passe. Vitres baissées. Musique à plein volume. *Come Together*. La voix acide de John Lennon. Dans l'air surchauffé flotte une odeur d'encens et de girofle. Il ne pleut plus. Mais la chaussée est détrempée. Une porte s'ouvre devant moi. Le Black and White. Un bar américain. Sur la piste de danse deux couples tanguent dans la lumière orange. Multipliés par les reflets du stroboscope. Un type en smoking est assis au piano. Il chante un air de jazz. *Careless Love*. Des serveuses en sarong naviguent entre les tables. Quinze ou seize ans. Les seins aigus. Les cheveux noirs ramenés en chignon. Ici personne ne fait attention à personne. Je vais m'asseoir dans un coin.

Seul. Libre. Esclave du hasard.

Je ne vois rien venir. Mais tout à coup dans le brouillard une voix demande :

« Je peux m'asseoir ? »

Quand je tourne la tête, d'abord je ne vois rien. Il fait trop chaud. Trop noir. Il y a trop de bruit. J'ai disparu. Puis je vois un visage de poupée. Clips d'or à l'oreille. Boucles rousses permanentées. Corsage et jupe dans les tons de la mode champagne et sable. Nez minuscule et refait. Âge indéterminé.

La voix demande encore :

« Je peux m'asseoir ? »

La femme esquisse un sourire et s'assied.

« Vous buvez quelque chose ? »

Sans attendre ma réponse, elle fait signe à la serveuse d'apporter deux verres de champagne. Elle a les yeux brillants. Tellement bleus qu'elle a l'air de porter des lentilles de contact.

« Quand je vous ai vu entrer tout à l'heure, j'ai pensé...

— Quoi ?

— Ce garçon...

— Oui ?

— Il a l'air perdu... »

Elle sirote sa coupe de champagne. Elle me regarde avec intensité. Comme si je lui rappelais quelqu'un. Elle regarde autour d'elle plusieurs fois.

« Vous êtes seul ici ?

— Totalement.

— Vous avez l'air si jeune...

— Ce n'est qu'un masque. Quel âge me donnez-vous ?

— Je ne sais pas. Seize, dix-sept ans...

— Vous y êtes presque.

— Dix-huit ans ?

— Pile-poil.

— Vous ne les faites pas, dit la femme en souriant de mon mensonge. Et c'est la première fois que vous venez à Maputa ?

— Ouais.

— Ce n'est pas un endroit pour un garçon comme vous...

— Pourquoi ?

— Ici il y a beaucoup d'argent, beaucoup de tentations, beaucoup de pièges…

— Je suis majeur et vacciné, je dis d'un air faussement convaincu. Et je n'ai peur de personne.

— Ça se voit ! » dit la femme en riant.

Elle se penche en avant pour saisir son verre. Elle presse ses seins contre la table. Elle boit une gorgée de champagne.

« Moi aussi je suis seule. C'est la première fois que je viens sur cette île…

— Vous aimez cet endroit ?

— Beaucoup. Il y a les boutiques, la plage, la vie nocturne… Et parfois l'on y fait des rencontres…

— Comme quoi ? je dis, les yeux perdus dans l'échancrure de son corsage.

— Comme vous.

— Vous êtes seule. Mais vous aimez la compagnie…

— Tout juste. »

D'un geste, elle fait signe à la serveuse de venir. La fillette en sarong traverse la salle. Un grand plateau de bois au-dessus de la tête. Elle s'approche de la table. Un éternel sourire aux lèvres. Elle prend la commande.

« Champagne ou autre chose ?

— Autre chose.

— Vous aimez le bourbon ?

— Yes.

— Alors deux Basin Street.

— Qu'est-ce que c'est ?

— Bourbon, liqueur d'orange et jus de citron. Ça vous va ?

— Parfait. »

Elle croise ses jambes bronzées. Elle fait mine de chercher quelque chose dans son sac. Elle sort un paquet de Chesterfield.

« Vous fumez ? »

La femme allume une cigarette. Elle respire une longue bouffée en fermant les yeux. Long silence. Son visage renversé en arrière. Sa beauté dépravée. Le pianiste commence à jouer *Blue Moon.* J'entends la voix de Lady Day dans la lumière étranglée de l'estrade. Je ferme les yeux. Crispé dans l'imminence des larmes.

« Si on faisait les présentations ? dit la femme en aspirant une autre bouffée de cigarette.

— Je m'appelle Adam. Adam Hanes.

— Hanes comme Dolorès Hanes ?

— Exact. C'était ma mère.

— Mais elle est toujours vivante…

— Je ne sais pas.

— Il y a un grand article sur elle encore cette semaine dans *Gala.* Elle a quitté son mari Matt qui la battait et la trompait avec toutes les greluches d'Hollywood. Elle vient d'adopter une petite Somalienne…

— Intéressant.

— C'est une femme de cœur, dit la femme en insistant. Du moins c'est l'image qu'en donnent les journaux…

— Juste une image. »

La femme porte le cocktail à ses lèvres. Ses yeux bleus se reflètent dans le liquide mordoré. Elle avale une gorgée de bourbon. Elle lèche le sucre sur le rebord du verre. Elle me regarde à nouveau, l'air pensif.

« Moi aussi j'aimerais faire le bien autour de moi, mais je ne suis pas sûre d'avoir cette force…

— Pourquoi ?

— Pour aider les autres, il faut les aimer. Et pour aimer les autres, il faut d'abord s'aimer soi-même…

— Et alors ?

— Moi je ne m'aime pas beaucoup. »

Long silence.

À une table voisine on entend l'explosion d'une bouteille de champagne. Un type à l'allure de *surfer*, grand, costaud, cheveux peroxydés, grimpe sur la table et commence un strip-tease. Une fille en short de cuir le rejoint. Elle se trémousse avec lui. Elle l'aide à enlever sa chemise. Puis son jean Calvin Klein. Tout le monde applaudit. Le type est sur le point d'ôter son slip et la fille son soutien-gorge. Les lumières du bar s'éteignent d'un coup. Un grand soupir de frustration traverse la foule. Des gens sifflent, hurlent, tapent du pied sur le sol. Quand la lumière revient, il n'y a plus personne sur la table. Mais une pluie de confettis multicolores tombe du plafond sur la tête des clients qui applaudissent de nouveau.

« Et vous, je dis, comment vous vous appelez ?

— Gladys, dit la femme à mi-voix. C'est un prénom gallois... »

On trinque encore une fois dans la pénombre. Gladys se rapprochant de moi. Collant ses seins contre ma poitrine. S'amusant à faire des volutes de fumée avec sa cigarette. Je respire son parfum. Un mélange de jasmin et de bergamote. Je ferme les yeux. On reste un long moment comme ça sans rien dire en fredonnant un tube d'Elvis Presley. Ma main glissant sous sa chemise. La sienne caressant mon bambou. Vautrés sur la banquette de moleskine. Puis la femme se redresse pour commander deux autres drinks. Elle met de l'ordre dans sa blouse. Elle pose un billet de cinquante dollars sur la table. Une autre serveuse en sarong nous apporte nos verres. Petite. Les reins cambrés. Les seins aigus sous le T-shirt en batik indigo. Les cheveux noirs tressés en longue natte dans le dos.

Le pianiste s'est arrêté de jouer. Il boit un verre au bar. Les voix se mettent à bourdonner. On entend la sonnerie d'un téléphone portable. Un air d'opéra italien. Gladys tourne la tête. Elle hésite un instant à répondre. Elle fouille dans son sac Vuitton. Elle reconnaît le numéro d'appel. Elle porte enfin le téléphone à son oreille.

« C'est toi, chéri… »

Gênée, Gladys tourne la tête pour que je n'entende pas la suite de la conversation. Mais je saisis un mot de temps en temps.

« En Suisse ? Ah ! huit heures du soir… Ici c'est deux heures du matin… Oui, ça va, je m'amuse bien… »

Elle me regarde en haussant les sourcils.

« Mais oui, moi aussi, je t'aime… »

Exaspérée elle balance son portable dans le fourre-tout Vuitton. Elle me regarde. Elle a l'air malheureuse. Elle prend ma main. Elle l'embrasse. Elle reste ainsi sans rien dire pendant un long moment. Puis elle se jette sur moi et elle me serre contre elle. Frissonnante.

« Si on allait prendre un dernier verre ?

— Où ?

— Chez toi par exemple ?

— Je n'ai pas de chez moi.

— Tu es bien à l'hôtel ?

— Non.

— Un bungalow alors ?

— Non plus, je dis en jouant avec la glace de mon verre.

— Tu es bien quelque part ?

— Non. Je n'ai rien. Ni amis. Ni argent. Ni endroit où aller…

— Aucune importance, dit Gladys en se levant. C'est moi qui régale… »

7

Elle colle sa bouche sur la mienne, tandis que je titube dans le couloir de l'hôtel. Gladys me guide jusqu'à sa chambre. Elle ouvre la porte capitonnée avec sa petite carte magnétique. Elle me pousse à l'intérieur. Soudain elle tombe à genoux. Elle m'ôte brutalement mon pantalon. Puis mon slip. Pour me prendre dans sa bouche. Elle m'avale et m'astique d'une main sûre en caressant monsieur Bambou. Je suis sur le point de jouir. Mais Gladys se relève. Elle plaque sa main contre ma bouche. Elle m'entraîne vers le lit.

« Attends, dit-elle dans un souffle, attends encore un peu... »

Je tombe à la renverse. Gladys est de nouveau sur moi. Sa tête entre mes jambes. Mon bambou dans sa bouche. Elle suce avidement. Autant qu'elle peut. Sans s'étouffer. Une vraie professionnelle. Le sang bat dans mes veines. Une sirène d'ambulance rugit dans la rue. Je bascule la tête en arrière. Je ferme les yeux. Je revois Ming autrefois dans sa chambre. Ses yeux bleu outremer. Ses gestes lents et doux. Je suis sur le point de verser. Gladys lèche mon ventre. Ma poitrine. Mon cou. Mes bras. Elle embrasse ma bouche. Son baiser me fait revenir à moi. Je commence à dévorer ses seins très blancs. Un peu flétris. Les pointes noires au goût de miel. Ses reins cambrés sous ma caresse. Je plonge entre ses jambes. Mon nez dans l'arbre à fruits. Elle ne cesse de trembler et de gémir. Le corps brusquement détendu. Je passe un doigt autour de sa forêt. Je joue avec le feu. Le fruit rose et salé. Je la soulève par les hanches. Je la retourne brusquement. J'écarte ses jambes.

« Non, pas comme ça… »

Je reviens sur son cul avec ma bouche. Je monte et je descends. Je suis la ligne qui coupe en deux son corps, jusqu'à la naissance des cheveux. Le bambou à la verticale. Mais je la touche à peine. Son corps entier frissonne. Elle a la chair de poule. Elle essaie de se dégager. Elle me regarde en suppliant. J'entre en elle comme on entre dans la mer. Gladys a les yeux chavirés. La bouche ouverte. Elle essaie de ne pas jouir. Mais elle perd doucement le contrôle. Elle serre ses poings sur l'oreiller. Un téléphone portable se met à vibrer dans son sac. Elle ferme les yeux. Elle se laisse emporter par la vague qui déferle.

8

Le lendemain on dort toute la journée. On se réveille. On siffle une bouteille de champagne. On se hume. On se mange. On plonge dans l'eau des rêves. On fait l'amour comme les requins. Dans le silence. Tout au fond de la mer. Gladys est une fleur carnivore. Rien ne la rassasie. On sort la tête de l'eau. On respire. On s'embrasse à nouveau. On dévore les *satay* qu'une fillette en sarong nous apporte sur des grandes feuilles de bananier. Avec du riz gluant et une sauce noire aux cacahuètes. On siffle une autre bouteille de Dom Pérignon. On reprend la danse du bambou. Miam-miam. Je mange ses seins. Mes doigts courent sur la ligne qui coupe en deux son corps bronzé. On est collés par la sueur. Gladys me murmure à l'oreille des trucs que je ne comprends pas.

Le soir, Gladys et moi on joue aux amoureux. On sort de l'Oberoi. On est pris dans la foule des *surfers*. Des touristes blancs en mal de baise. Des travestis et des filous. Des putes adolescentes. Des macs et des vendeurs de shit. Gladys m'emmène dans les boutiques. Elle est très libérale. Elle m'habille comme elle veut. Pantalon Armani. Chemise en lin Comme des Garçons. String Calvin Klein. Sandales de cuir italiennes. On passe des heures devant la glace à s'admirer ou à faire des grimaces. On est dans le spectacle. La vie factice. Gladys essaie des robes transparentes. Des escarpins compensés Dior. Des trucs Prada ou Saint-Laurent ou Gaultier. Enfin elle se décide à acheter un pantalon de coton blanc tendu sur ses jambes qui semblent plus musclées. Un petit top en batik tout simple. Des espadrilles Christian Lacroix en solde. Elle est heureuse comme une adolescente.

Je regarde son image multipliée par les miroirs. Petit nez droit. Cheveux roux coupés court et plaqués en arrière. Pommettes saillantes. Lèvres pulpeuses. Seins nus sous le top fantaisie. Une chanson de Bryan Ferry explose dans les haut-parleurs. *More than this.* Gladys tourne comme une ballerine devant la glace.

« Qu'est-ce que tu préfères chez moi ?

— Je ne sais pas.

— Mes yeux, mes jambes. ?

— Tout ! je dis, la bouche gourmande.

— Tu aimes mes seins ?

— Miam-miam.

— Eh bien, mon garçon, tout est faux ! La seule chose authentique chez moi, c'est la silicone ! »

Gladys rit bruyamment. Tout le monde nous regarde avec des yeux bizarres. La jeune vendeuse en perfecto et les vieux types en tongs qui cherchent un souvenir pas trop cher pour bobonne restée à la maison. On passe d'une boutique à l'autre. Guess. Gap. Max Mara. Gladys veut tout acheter. C'est comme ça quand elle est amoureuse. Elle se sent rajeunir. Pour récompenser ma patience elle m'offre une fausse Rolex qu'elle paye presque aussi cher qu'une vraie. On file à l'hôtel déposer les achats. On saute sous la douche. Un portable sonne dans la chambre. Gladys ne répond pas. On se frotte. On s'astique doucement avec des huiles essentielles. Gladys est à genoux. Assise sur ses talons. Moi je masse ses épaules. Son visage est couvert de vapeur d'eau. Elle fait tourner sa langue autour de mon bambou. Quand je commence à gémir, elle accélère. Ses cheveux sur mes hanches. J'explose dans sa bouche. Après ça tout se met à tourner. Elle se relève pour m'embrasser. Ses lèvres ont un goût de menthe. Elle m'entraîne dans la chambre. On se sèche tous les deux avec une serviette Ralph Lauren. Elle met du gel dans mes cheveux pour que je ressemble à Will Smith. Un peu de vétiver sur mes abdos. Une crème aux extraits de placenta sur mon visage. Elle m'embrasse de nouveau à pleine bouche.

Plus tard on se retrouve dans ce qui ressemble à un loft gigantesque et ouvert de partout. Mobilier high-tech. Tables en marbre noir décorées de bougies. Sets en raphia noir. Chaises en acier chromé. Serveuses en sarong et top à paillettes argentées. Les haut-parleurs diffusent une chanson d'Eurythmics. *Sweet Dreams Are Made of this.* On s'installe au bord d'un étang couvert de nénuphars. Vue imprenable sur les rizières et le ciel couleur d'encre. La nuit est magnifique. Une grande fille blonde nous apporte du homard grillé au barbecue. On boit du vin de palme. Puis de la bière. Puis du champagne. Le portable de Gladys n'arrête pas de sonner. Elle regarde le numéro. Elle fait la grimace. Elle décroche l'appareil.

« Oui, chéri ? »

Elle hausse les sourcils de nouveau.

« Quel temps fait-il à Genève ? Il pleut ? Ici c'est tous les jours le même topo : soleil, soleil et encore soleil ! Mais oui, je m'amuse bien... Encore une semaine et je suis de retour... Oui, je fais attention à moi... Oui, oui... »

Gladys raccroche enfin. Elle me lance un regard de défi. Elle hausse les épaules.

« Eh oui, dit-elle, c'est mon mari... Il se fait du souci pour moi...

— Trop mignon !

— Ne ris pas, Adam.

— Tu as donc un gentil mari. Comment s'appelle-t-il ?

— Philippe Girard.

— Quelle chance tu as ! Et il t'a fait combien d'enfants ?

— Nous n'avons pas d'enfants.

— Pourquoi ?

— Ça ne marche pas.

— Et que fait ce brave homme ?

— Il dirige la BCG.

— La BCG ?

— La Banque Calvin-Girard. C'est l'une des plus grandes banques privées de Genève. Elle gère des centaines de milliards de fortune...

— Whaou ! Ça fait beaucoup de hamburgers, tout ça !

— Oui.

— Et tout ce fric est suisse ?

— Non. Une infime partie seulement vient de Suisse. La plupart des fortunes déposées dans nos coffres sont étrangères...

— Et soustraites au fisc ?

— Pas toutes ! dit Gladys, piquée au vif. Certaines sont déclarées... »

Elle cherche nerveusement quelque chose dans son sac. Son portable avec la petite pomme entamée au dos de l'appareil. Son miroir de poche. Qui lui murmure qu'elle est toujours la plus belle. Son bâton de rouge à lèvres. Son fard à joues douceur L'Oréal.

« Ah ! Les voilà ! »

Elle allume une cigarette. Elle ferme un instant les yeux. Elle aspire une grande bouffée d'air. Elle rejette la tête en arrière.

« Tu es donc mariée, je dis d'une voix neutre.

— Tu l'avais deviné, non ? »

Long silence.

La sono passe à plein tube une chanson de Police. *Every Breath You Take*. Gladys fredonne la mélodie en même temps que Sting. Toutes les tables du restaurant sont occupées. Sur l'étang des grenouilles sautent d'un nénuphar à l'autre. La serveuse apporte deux verres d'arak au miel. Gladys redresse la tête. Elle souffle la fumée de sa cigarette devant elle. Elle me regarde.

« Bon, elle dit avec agacement, on ne va pas parler de mon mari toute la soirée !

— C'est un bon sujet, pourtant.

— Oui. Mais vite épuisé.

— De quoi veux-tu qu'on parle alors ?

— De toi, par exemple.

— Il n'y a rien à dire.

— Qui sont tes parents ?

— J'en ai trop. Et ils m'ont tous abandonné.

— Des frères ? Des sœurs ?

— Innombrables.

— Où vivent-ils ?

— En Afrique, il y en a au moins une vingtaine…

— Quelle famille !

— Je ne les connais pas tous.

— Et en Amérique ?

— Il y en avait douze quand je suis parti. Mais aujourd'hui je suis sûr qu'il y en a quelques-uns de plus…

— Mon Dieu !

— Dolorès ne peut s'empêcher d'adopter des enfants.

— Pourquoi ?

— C'est sa raison de vivre.

— Tes frères et sœurs te manquent ?

— Pas tellement.

— Vraiment ?

— Un seul être me manque.

— Qui ?

— Ma sœur Ming.

— Elle vit avec tes parents ?

— Non. Elle est en Suisse.

— En Suisse ?

— Oui. Dans une école privée quelque part au bord d'un lac… »

Elle me regarde avec intensité. Elle allume une autre cigarette. La sono passe une chanson de Sparklehorse. *Home Coming Queen.* Gladys ferme les yeux. Portée par la mélodie langoureuse. La tête rejetée en arrière. Elle se redresse. Elle pose de nouveau son regard sur moi. Elle prend ma main.

« Je suis heureuse de t'avoir rencontré…

— Pourquoi ?

— Je m'ennuyais…

— Tu étais à la recherche d'amours exotiques ?

— Adam !

— On appelle ça des relations interraciales…

— Tais-toi !

— À Maputa, c'est l'endroit idéal.

— Arrête !

— Tout le monde vient ici pour ça d'ailleurs. Il suffit d'avoir un porte-monnaie bien rempli... »

Elle se redresse. Ses yeux sont pleins de larmes. Elle me foudroie du regard.

« Pas de ça entre nous, d'accord ?

— OK.

— Je suis ici en vacances.

— Yes.

— Pour me reposer...

— C'est le repos de la banquière !

— Pas du tout. J'ai tout de suite senti, quand je t'ai rencontré, qu'il se passait quelque chose...

— Quoi ?

— Je ne sais pas. Quelque chose de fort. D'inattendu...

— Tu veux dire de... l'amour ?

— Pas de gros mots entre nous, Adam. »

Elle retrouve brusquement le sourire. Son regard se perd dans les rizières en terrasse.

« Profitons de notre rencontre ! Le paradis ne dure jamais longtemps...

— Pourquoi ?

— Il est artificiel, dit Gladys dans un souffle. Il ne résiste pas à la réalité...

— Quelle réalité ?

— L'injustice, les guerres, la famine, l'inégalité... Les catastrophes naturelles... Le monde, quoi !

— Au commencement, il y a toujours le paradis ! je dis d'une voix docte. Mais après ça se gâte...

— Comment ça ?

— Dans mon village, je n'avais rien. Je n'étais rien.

J'étais heureux comme ça. Puis mon père m'a vendu à mes nouveaux parents. J'arrive en Amérique. Je suis le roi du monde. On me donne tout ce que je veux. Je suis ma propre *marque* ! Mais il y a bientôt d'autres enfants. D'autres soucis. Alors je coupe la main d'un type…

— Pourquoi ?

— Il voulait abuser de ma sœur Ming…

— Mon Dieu !

— C'est à cause de ça que mes deuxièmes parents me donnent à Jack Malone…

— *Le* Jack Malone ? demande Gladys, tout émoustillée.

— Yes.

— Celui des capsules de café ?

— Lui-même.

— Tu fréquentes du beau monde, Adam !

— Je peux continuer ?

— Vas-y.

— Et rebelote ! L'Eldorado se transforme en Enfer…

— Pourquoi ?

— Le rêve de bonheur part en fumée…

— Que s'est-il passé ?

— Je ne sais pas. Quelqu'un a mis le feu à la maison de Jack…

— J'ai lu ça dans les journaux. Tout le monde pense que…

— C'est faux !

— Ne crie pas, Adam.

— Moi j'étais sur la plage. Quand je suis rentré, la maison était en flammes…

— Et Jack était à l'intérieur ?

— Oui. »

Elle finit son verre d'alcool de riz. L'écran géant diffuse

un clip de Norah Jones. *Don't Know Why.* Une femme joue du piano sur la plage. Ses cheveux balayés par le vent. Autour des tables basses des gens chuchotent. Ils s'embrassent à la lueur des bougies. Assis sur des coussins à motifs imprimés. Aux murs il y a des tableaux représentant des chauves-souris devant lesquelles des prêtres se prosternent. Un grand ventilateur tourne au plafond.

« Et après ? demande Gladys.

— Tu connais la suite…

— Non.

— Tu lis *Gala* et *Match*…

— Ils disent que les soupçons se portent sur le fils adoptif de Jack qui a pris la fuite…

— Le fils, c'est moi.

— Ah bon ! Jack Malone est ton père adoptif ?

— Ouais, je dis, le regard dans le vide.

— Mais, dis-moi, Adam, tu as combien de pères ?

— Des tas. On peut dire que Jack est le troisième sur la liste…

— Quelle histoire compliquée !

— Je sais.

— Pourquoi t'a-t-il adopté ?

— Parce que mes anciens parents ne voulaient plus de moi…

— Mais pourquoi lui ?

— C'est le meilleur ami de Matt. Mon deuxième père.

— Je n'y comprends plus rien.

— Jack a proposé de m'adopter *au cas où*…

— Je croyais qu'il détestait les enfants !

— Du bluff encore.

— J'ai lu ça dans *Voici*…

— Il ne faut jamais croire ces salades !

— À chaque fois qu'il a l'occasion de le dire, Jack Malone répète qu'il ne veut pas de femme…

— C'est vrai.

— Qu'il n'aime pas les enfants.

— Il n'aime pas les enfants, c'est vrai. Mais il aime UN enfant…

— Toi !

— Yes.

— Au fond, dans ton malheur, tu as eu de la chance !

— C'est bien mon avis.

— Mais alors l'incendie, Adam ?

— Je te jure que je n'y suis pour rien…

— Pourquoi t'es-tu enfui ?

— Les types qui couraient derrière moi voulaient ma peau.

— Tu aurais dû rester pour te défendre…

— Personne ne m'aurait cru.

— Comment t'es-tu sauvé ?

— J'ai sauté dans le bateau de Jack. J'ai navigué à vue pendant une semaine…

— Ensuite ?

— J'ai abordé ici, sur l'île de Maputa, le paradis des Blancs.

— C'est le début de notre histoire. »

9

C'est le matin. Gladys est assise sur le lit. Jambes pliées et écartées. Elle porte un peignoir en éponge bleu lavande. Un masque d'argile Estée Lauder sur le visage. Des rondelles de concombres à la place des yeux. Sur MTV une fille en bikini turquoise doit choisir entre trois garçons boutonneux et musclés. Ils l'emmènent faire un tour en voiture. La fille hésite beaucoup entre un grand blond qui porte une casquette des Lakers à l'envers et un type au crâne rasé couvert de tatouages. Finalement, perplexe, la fille demande à sa mère de choisir à sa place.

« Adam ! »

Vivement Gladys m'attrape par les cheveux. Elle m'attire vers le lit. Elle me plonge la tête sous son peignoir.

« Que vas-tu faire ?

— Hein ?

— Tu n'as pas de papiers, pas d'argent… »

J'explore la forêt enchantée. Elle a un goût de bergamote. De pluie. De feuilles de chêne.

« Nulle part où aller… »

Je suis son nègre. Le room service en slip panthère.

« Continue… »

Brusquement elle se cabre. Elle me repousse. Elle tombe sur le côté.

« Que vas-tu faire, Adam ?

— De quoi ?

— De ta vie.

— Je ne sais pas. »

Elle se redresse et rajuste les pans de son peignoir en éponge.

« Je vais arranger ça… »

Gladys réfléchit un moment. Elle prend le portable dans son sac. Elle compose un numéro interminable.

« Allô, Philippe ? Comment va la vie au paradis des coffres ? Bien, oui… Ici, tout va bien… Je me repose. Je prends du bon temps… Oui, je sais, dans cinq jours… Je voulais te demander quelque chose… »

Pendant qu'elle parlemente, je vais dans la salle de

bains. J'allume la radio. C'est une chanson de Supertramp. *It's Raining again.* La voix grêle du chanteur emplit toute la pièce. Je saute sous la douche. Je me savonne. Je mets sur mes cheveux une lotion au santal. Je m'inspecte longuement dans la glace. À ma grande surprise je ne vois rien. Avec ma main j'efface la buée sur la glace. Mais mon visage a disparu.

Quand je reviens dans la chambre, Gladys est toujours assise sur le lit. Son peignoir dénoué. Elle consulte son carnet d'adresses.

« Ça ne va pas être facile, dit-elle entre ses dents. Mais je ne me décourage jamais. »

Un peu plus tard, elle parlemente avec un type en livrée verte à la réception de l'hôtel. Le type secoue la tête. Gladys insiste. Le type fait la grimace. Elle lui glisse un billet dans la main. Le type prend son téléphone. Pendant ce temps je joue à Metroid sur ma console Nintendo. Je plonge dans le passé d'une fille jeune et naïve pour oublier le mien. J'écrabouille une armée de trolls et j'aperçois la princesse derrière les barreaux de sa cage. Elle a les mêmes yeux que Ming. Gladys vient me chercher. Elle a l'air d'une conspiratrice. Elle m'entraîne dans les rues de la ville. Un autre type nous accompagne. Il porte un turban sur la tête. Un veston noir. Un sarong en tissu imprimé noir et blanc. On passe sans s'arrêter devant la boutique Dolce & Gabbana. Aujourd'hui Gladys ne cherche pas son âme. On traverse le grand marché aux fruits et aux légumes. Des poules caquettent dans des cages en osier. Des enfants vendent des fausses Rolex. Des faux Lacoste. On marche encore un peu et on arrive dans un bazar plein de gadgets électroniques. Des téléphones portables. Des caméras numériques dernier cri. Des écrans plasma avec son *surround* et tout. Mon premier père aurait adoré ça. Le type au turban jaune nous entraîne dans l'arrière-boutique. Un autre type est assis à une table. Une loupe d'horloger vissée à l'œil gauche. Les deux types parlementent dans une langue étrangère. Puis le type au turban s'en va et l'autre type, levant le nez de son étal, nous observe avec méfiance.

« Vous voulez quoi ?

— Un passeport, dit Gladys.

— Pour vous ?

— Non, dit-elle en se tournant vers moi. C'est pour ce garçon. Il a égaré ses papiers et…

— Ouais, dit l'autre en souriant. Je vais voir ce que je peux faire. »

Le type ouvre un tiroir en bois. Ce n'est pas le bon. Un deuxième. Plein de poinçons. De tournevis. Il le referme en ronchonnant. Un troisième. Rempli de fiches et de fils électriques. Un quatrième enfin. Il sort une liasse de documents attachés par un élastique.

« Vous voulez quoi ?

— Je ne sais pas, répond Gladys.

— Je veux dire : vous avez une préférence ?

— Pour quoi ?

— J'ai des passeports allemands, français, américains, chinois, africains…

— En tout cas pas africain, je dis. Ni américain… »

Gladys feuillette les documents. Il y en a une dizaine. Certains ont les pages jaunies. Brûlées par le soleil ou abîmées par la pluie. D'autres sont constellés de tampons de couleur. Certains ont des pages arrachées. Maculées de taches grises. D'autres sont presque neufs.

« Mais ces passeports…

— Oui ?

— Ils ont été volés ? demande Gladys.
— Non, dit le type en secouant la tête.
— Alors ils appartiennent encore à quelqu'un ?
— Non. Les personnes qui les possédaient ont toutes disparu...
— Comment ?
— Certaines ont été emportées par le tsunami de 2004. Les autres sont mortes dans l'éruption du volcan, l'année dernière...
— Il n'y a aucun danger alors ?
— Quel danger ?
— Que le garçon se fasse arrêter par exemple...
— Non.
— Vous êtes vraiment sûr ?
— La vie est un risque, Madame. »
Comme fascinée, Gladys compulse les passeports qu'elle tient dans les mains. Elle prononce à haute voix le nom des morts.
« Daniel Cohn. Jonathan Richie. Richard Grave. Philip Willow. Bill Monroe. Quelle hécatombe ! »
Elle feuillette un passeport français et se tourne vers moi.
« Samuel Dreyfus, ça te dirait, Adam ?
— Est-ce que j'ai une tête de Juif ?
— Le capitaine Dreyfus a eu beaucoup d'aventures en Guyane... »
Elle prend un autre passeport.
« Nicolas Bruni. Voilà un nom qui t'irait bien ! En plus, la date de naissance correspond à peu près à la tienne...
— Comment il est mort ? je demande.
— Celui-là ? Enlevé par un groupe terroriste...
— Il n'a jamais été libéré ?

— Non. Les terroristes ont demandé une rançon. Mais les parents du type ont refusé de payer…

— Et celui-là ? demande Gladys en feuilletant un passeport rouge.

— Ah ! dit le type d'un air madré. Celui-là est vraiment *top*.

— Pourquoi ?

— C'est un passeport suisse ! »

Elle me sourit. Je lui rends son sourire.

« Ce passeport est un sésame, reprend le type. Le plus sûr de tous. Il permet de traverser toutes les frontières incognito…

— Vous êtes sûr ? demande encore Gladys.

— C'est le meilleur, je vous dis. Avec ça personne ne vous arrêtera jamais… »

Le type à l'œil de verre hoche la tête. Gladys déchiffre le passeport.

« Aimé Clerc. Né le 18 décembre 1994. Originaire de Lausanne. 1 m 88. Yeux verts. Sexe masculin.

— Clerc ? je dis avec une moue dubitative. Ça ne fait pas un peu bizarre pour un nègre ?

— Adam ! On ne dit pas *nègre*…

— Je veux dire un Africain.

— *No problem*, dit Gladys qui veut faire djeune.

— Il y a beaucoup de Clerc en Suisse ? je demande.

— Plein l'annuaire.

— Vraiment ?

— Des Clerc. Des Blanc. Des Chenu.

— OK. »

Vivement, le type attrape le passeport des mains de Gladys. Il le feuillette à son tour. Il lève le nez. Il me jette un regard interrogateur.

« Vous avez une photo ?

— Non, je dis. Aucune image.

— Pas grave. J'ai tout ce qu'il faut dans l'arrière-boutique... »

Au fond de l'atelier, il y a un appareil numérique posé sur un trépied branlant. Un petit tabouret surmonté d'un parapluie ouvert et plein de trous. Un ou deux spots qui s'allument comme des flashes. Un drap noir accroché sur le mur.

« Assieds-toi, dit le type. Et ne bouge plus... »

Il colle son œil au viseur. Il règle l'objectif. Il me fait signe de regarder sa main.

« Arrête de sourire !

— Pourquoi ? je dis.

— Sur les passeports suisses, on ne sourit pas. »

En maugréant, le type prend une dizaine de photos. Dans l'air humide et chargé de poussière j'ai de la peine à respirer. Je tousse. Je me frotte les yeux. Le type retire la carte à puce de l'appareil. Il se lève. Il va s'asseoir derrière l'ordinateur.

« Regarde, dit-il, cette photo est très bien... »

Je ne sais pas pourquoi, mais je repense soudain aux images disparues. Los Angeles. Les fêtes folles à l'hacienda. Les paparazzi dans les arbres. Les virées en voiture dans la Vallée de la Mort. Dol et Matt me tenant par la main... Et les yeux bleus de Ming. Mon âme sœur... Toutes les images de ma vie... Toutes ces images perdues...

« Voilà ! dit le type en ajustant ma photo sur le passeport rouge. C'est parfait...

— Bienvenue chez les Suisses ! rajoute Gladys en souriant. Tu verras, au début, c'est un peu difficile...

— Pourquoi ?

— Parce que les Suisses ne s'aiment pas.

— C'est bizarre.

— Ils vivent paisiblement sur leur île au milieu des tourmentes et des guerres, sans rien demander à personne, et ils ont honte de leur bonheur...

— Ils ne sont pas heureux ?

— Ce n'est pas ça. Ils cultivent la mauvaise conscience. Ils inventent la Croix-Rouge et la Chaîne du Bonheur. Ils se battent pour défendre les Droits de l'Homme. Mais ils n'arrivent jamais à expier leur faute...

— Quelle faute ?

— La faute d'être Suisse, Adam.

— C'est une faute ?

— Il n'y a pas de pire fardeau.

— Je ne suis pas sûr de vouloir ce passeport, je dis.

— Pourquoi ?

— Mon problème, c'est que je suis toujours heureux.

— Ce n'est pas un problème, Adam !

— Dans un pays qui aime le malheur, ça peut le devenir. »

Au-dessus de la table, accrochés à une plaque de bois sculpté, il y a plein de tampons en plastique. De toutes les tailles et de toutes les couleurs. Le type à l'œil de verre en décroche plusieurs. Il les examine rapidement. Il en choisit un. Il l'humecte avec sa salive. Il l'applique sur le dos de sa main. Il contemple un instant le résultat. Parfait. Il appuie le tampon sur la photo. Il souffle à nouveau dessus. Il tend le passeport à Gladys.

« Vous êtes sûr que ça marchera ? dit-elle.

— C'est OK ! dit le type en empoignant la liasse de billets verts que Gladys lui tend.

— Personne ne va rien remarquer ?

— Avec ça, il pourra faire le tour du monde. »

Dix minutes plus tard on est de nouveau dans la rue.

Les boutiques sont pleines de types chauves et bedonnants qui se baladent au bras d'adolescentes en minijupes de cuir et top Cardin. On entre dans une boutique. Les haut-parleurs passent une chanson des Cardigans. *Love Fool.* La sono est si forte qu'on ne peut pas parler. Pour fêter mon nouveau passeport Gladys m'achète une chemise blanche Valentino. Un veston Cerruti. Des chaussures en lézard Jean-Baptiste Rautureau. Une montre Guess waterproof et antichoc. Un boxer CK. Gladys n'est pas en reste. Elle s'achète des escarpins compensés Marc Jacobs. Un sac de plage Dolce & Gabbana. Une petite robe Ferré en soie sauvage. Un string Armani. Un foulard en batik Gucci.

« Pourquoi fais-tu tout ça ? je demande.

— Quoi ça ?

— Le passeport, les cadeaux... »

Son regard se perd dans le vide.

« Allons boire quelque chose, dit-elle enfin. Il fait trop chaud... »

On entre dans un bar high-tech dont l'entrée est gardée par deux matons en uniforme qui me lancent un regard mauvais. À l'intérieur, il y a deux étages reliés par un grand escalier en colimaçon. Sur le mur, une fresque haute en couleur raconte comment les intrépides insulaires ont repoussé les soldats hollandais après la Seconde Guerre mondiale. C'était il y a longtemps. Dans l'autre siècle. Aujourd'hui les Blancs sont revenus. Les poches pleines d'argent. Ils ont gagné la partie. Des bougies à la citronnelle brûlent sur les tables. Il y a une fausse cheminée vers le bar et un vrai barbecue sur la terrasse. Des écrans plats diffusent tous le même clip de MTV. Jamiroquai est en train de danser sur le toit d'une voiture qui prend feu. Puis la voiture est emportée par une vague immense et le chanteur disparaît dans une bouche d'égout. On se laisse tomber sur un canapé. On se vautre au milieu des coussins en batik. Sur MTV une chanteuse noire est en train de se faire violer par une bande de loustics qui portent tous une casquette des Yankees sur la tête. On commande deux Philadelphia. Pendant la pause publicitaire, un type achète des capsules de café. Il sort tranquillement du magasin. Il se fait écraser par un piano à queue qui tombe du ciel. Le type, c'est Jack Malone. Incroyable ! Je le reconnais aussitôt malgré mes larmes. Comme il arrive au Paradis, il est accueilli par un type déguisé en saint Pierre qui lorgne sur les capsules de café...

« À quoi penses-tu ? » demande Gladys qui s'est aperçue que je pleurais.

Sur MTV, des types défoncés à la colle font des trucs incroyables. Ils s'envoient des fléchettes dans le cul. Ils sautent les yeux bandés du troisième étage d'une tour. Ils se font rouler dessus par des Harley Davidson. Ils se baladent à poil dans les églises. Ils mâchent des tessons de bouteille. Ils découpent les oreilles d'un chat avec une lame de rasoir.

« Tu repenses à Jack ?

— Ouais, je dis en frissonnant.

— Tu n'as plus rien à craindre, dit Gladys en me prenant la main.

— Tu crois ?

— Maintenant tu as des papiers en règle...

— Ils sont faux.

— Ça, personne ne le sait.

— Je n'ai nulle part où aller.

— Avec ce passeport, tu peux aller où tu veux dans le monde...

— Tu veux m'adopter ou quoi ? je dis en toussant de rire.

— Pourquoi pas ? dit Gladys, l'air mystérieux.

— Comme les autres... »

Gladys se rapproche de moi. Elle finit son mélange de brandy, de porto et de ginger ale. Elle se lèche les lèvres. Elle attrape une olive avec le bout de son cure-dent. Elle la dévore en souriant. Elle recrache le noyau. Elle me regarde avec chaleur.

« Je veux, Adam...

— Oui ?

— Que tu viennes en Suisse avec moi...

— Pourquoi ? je dis éberlué. Tu veux me présenter à ton mari ?

— Arrête !

— Tu as besoin d'un nègre...

— S'il te plaît !

— Un room service en slip panthère.

— Adam !

— Pourquoi fais-tu tout ça pour moi ? »

Pour toute réponse, Gladys pose un baiser sur ma bouche.

10

Le soir on flotte au bord du jacuzzi sous les branches d'un banian. Une *caipirinha* à la main. La tête posée sur le rebord en mosaïque turquoise. Gladys se met tout à coup à pleurer. Je ne sais pas si ses larmes sont vraies. Si ma vie est réelle. Son beau visage est dévasté.

« Encore trois jours, Adam...

— Trois jours ?

— Avant qu'on rentre en Suisse…
— Tu as peur de rentrer ?
— Un peu, dit-elle en frissonnant.
— Pourquoi ?
— Ici tout est facile : on fait l'amour. On se promène. On va magasiner…
— C'est les vacances !
— Justement. Elles finissent dans trois jours… »

Gladys m'embrasse et on se laisse glisser dans les bulles d'eau turquoise. Elle presse ma tête entre ses seins. Chaque femme est une rivière. Elle s'enroule autour de mes jambes. Chaque femme est une hydre marine. Elle me caresse et elle m'entraîne dans ses remous. Je bande à nouveau comme un âne.

Plus tard on se promène tous les deux sur la plage. Des masseuses aux mains grandes comme des palmes nous appellent dans l'ombre. Des couples s'astiquent sous les pins parasols. Un palace flottant baigne au large. Illuminé comme un arbre de Noël. C'est la fête sur le pont. Des gens dansent au son d'un orchestre de jazz. *As Time Goes By.* Un type à la voix de crooner enchaîne les chansons langoureuses. On marche jusqu'à la crique où j'ai abandonné le bateau de Jack. Mais il n'y a plus rien. Plus de bateaux. Plus de pêcheurs. On se couche sur le sable. On se prend par la main. On regarde en silence le ciel noir. On cherche tous les deux à y lire des présages.

11

Le lendemain Gladys est descendue au spa pour une séance d'aromathérapie. J'en profite pour appeler mon ancien père à l'hacienda.

Le répondeur. Une voix de femme sur fond de musique country me dit qu'Estelle et Matt ne sont pas là actuellement. Mais que je peux laisser un message si vraiment c'est urgent. Je ne laisse pas de message.

J'appelle un peu plus tard. Le téléphone sonne longtemps. Je suis sur le point de raccrocher. Quelqu'un décroche enfin l'appareil.

« Allô ? je dis à voix basse.

— Allô ? dit une voix de femme, la même que sur le répondeur. Qui est à l'appareil ?

— C'est moi, je dis. Adam.

— Savez-vous quelle heure il est ? dit la voix dans un bâillement.

— Je vous dérange ?

— Il est exactement trois heures et demie du matin ! À votre avis, que font les gens normaux à trois heures du matin ?

— Ils dorment, je suppose.

— Et d'abord qui êtes-vous ? dit la voix, agressive.

— Adam Hanes.

— Ça m'étonnerait !

— Je suis le fils de Matt.

— Il ne m'a jamais parlé de vous.

— Il est venu me chercher en Afrique il y a six ans...

— Je ne suis pas au courant.

— Et il m'a adopté avec Dolorès...

— Cette garce ?

— C'est ma mère !

— Matt ne veut plus jamais entendre parler d'elle.

— Pourtant, ils m'ont adopté ensemble.

— C'est de l'histoire ancienne.

— Quoi qu'il en soit, j'aimerais parler à Matt.

— Pour quoi faire ?

— C’est personnel.

— Il ne peut pas vous parler pour l’instant.

— Il n’est pas là ? je demande, la voix cassée.

— Oui. Mais il m’a dit de ne le déranger sous aucun prétexte.

— Je vous dis que je suis son FILS ! »

À l’autre bout du fil, la voix hésite un long moment. J’entends une allumette qui craque. La femme aspire une bouffée de fumée, puis elle la souffle dans le cornet de l’appareil. Elle reprend d’une voix pâteuse :

« Qui me prouve que vous êtes bien son fils ?

— J’ai vécu à L.A. pendant quatre ans avec Dol et Matt et tous les enfants qu’ils ont adoptés…

— Admettons.

— Je connais l’hacienda comme ma poche…

— OK.

— Je peux vous dire la couleur de la Buick Roadmaster…

— Que voulez-vous à Matt ?

— Lui parler simplement.

— Où êtes-vous ? dit la voix, évasive.

— Sur l’île de Maputa.

— Tourisme sexuel ?

— Non. Naufrage involontaire.

— Comment ça ? demande la voix, blasée.

— C’est une longue histoire.

— Faites vite. Je veux aller me recoucher.

— Un ami de Dolorès et Matt m’a recueilli et m’a emmené sur son île.

— Quel ami ?

— Jack Malone.

— *Le* Jack Malone ?

— Lui-même.

— Celui qui est mort dans l'incendie de sa maison ?

— Oui.

— Tous les journaux racontent que c'est son fils adoptif qui a mis le feu à la maison...

— C'est faux.

— J'ai vu un reportage sur E ! qui reconstituait toute l'histoire. Le fils de Jack ne supportait plus les conquêtes féminines de son père. Il était jaloux comme une tique. Pour se venger il a foutu le feu à la maison...

— Foutaises !

— Non. " Complexe d'Œdipe ! " a dit un psy interrogé dans le reportage...

— Il ne faut jamais croire la télévision.

— Le fils a simplement voulu tuer le père.

— Pourquoi ?

— Ce père était un exemple écrasant de réussite sociale et il multipliait les conquêtes sexuelles...

— C'est de la merde en branche.

— Le fils n'a tout simplement pas pu supporter ça...

— Je n'ai jamais été jaloux de personne...

— Ce n'est pas ce que disent les journaux. »

Je suis au bord des larmes. La fille au bout du fil aspire une nouvelle bouffée de cigarette. Elle savoure sa victoire.

« Adam ? dit la voix après un moment.

— Ouais, je dis en essuyant mes larmes.

— C'est une plaisanterie ?

— Non ! Je suis à Maputa et j'ai besoin de parler à Matt...

— Qui que vous soyez, je dois raccrocher.

— Je vous en prie...

— Matt est en train de se reposer. Il tourne un film avec Di Caprio et Julia Roberts. C'est un tournage très éprouvant. Très physique. Matt joue le rôle d'un super flic juif et végétarien qui doit se battre contre une armée de coccinelles géantes. Il a besoin de toutes ses forces...

— Moi j'ai besoin de son aide !

— Je ne peux rien faire pour vous.

— Mais passez-moi mon père, nom de Dieu !

— Impossible.

— Juste une minute...

— Qui que vous soyez...

— Non, attendez ! J'aimerais simplement savoir où se trouve Ming...

— Qui est Ming ?

— Ma sœur.

— Jamais entendu parler.

— Dol et Matt l'ont adoptée peu de temps après moi...

— Je ne suis pas au courant.

— Ce n'est pas possible ! Matt l'adorait...

— Qui que vous soyez, ne nous rappelez plus !

— Attendez ! »

La fille raccroche.

12

Gladys est étendue sur une chaise longue. Le corps luisant d'huile solaire. Elle lit son horoscope dans un journal féminin. Vierge ascendant Balance. Elle ne croit pas à ces choses-là. Mais elle ne peut s'empêcher de lire les prévisions astrologiques. Surtout en vacances. Ce moment de l'année où tout est possible. Elle a une fleur d'hibiscus dans les cheveux. Rouge sang. Assortie à son vernis à ongles. Un cocktail de fruits exotiques est posé sur une petite table ronde au pied du parasol. La voix de James Blunt transpire des haut-parleurs. *You're so Beautiful.*

De temps à autre elle lève le nez de son journal et me regarde.

« Est-ce que ce n'est pas le paradis ?

— Ouais, je réponds, l'air morose.

— Quelque chose ne va pas, Adam ?

— Non, rien.

— Dis-moi ce qui te tracasse !

— J'ai essayé d'appeler mon père. Mais impossible de lui parler.

— Pourquoi ?

— Une fille a répondu au téléphone. Mais elle n'a pas voulu me passer Matt.

— Tu rappelleras une autre fois.

— C'est ça, je dis, en sirotant mon jus de mangue et de papaye. Une autre fois... »

Gladys n'écoute pas vraiment. Elle jette un coup d'œil à la plage. L'une des plus grandes et des plus belles du monde. Aux types bronzés qui surfent sur les vagues. Aux touristes avachis dans leur chaise longue. Lunettes de soleil sur le nez. Tenant à bout de bras un livre taché de sel et de crème solaire.

« Regarde-les, Adam !

— Quoi ?

— *Ils lisent tous le même livre.*

— Hein ?

— Tous les Français lisent le dernier Marc Lévy et tous les Anglais le dernier Dan Brown...

— Et alors ? je dis, agressif.

— C'est l'apothéose du libéralisme. Les gens mangent partout la même viande hachée. Ils boivent partout les mêmes sodas. Ils portent partout les mêmes fringues. Ils écoutent partout la même musique. Ils lisent partout les mêmes livres. »

À cet instant explose sur la plage une chanson de Survivor. *Eye of the Tiger.* Des filles en bikini se mettent à danser près du bar. Des surfers les rejoignent. L'air cool. Ils leur offrent des bières. Ils mangent des tonnes de chips au manioc.

Gladys les regarde avec un air mélancolique.

« On rentre demain, Adam…

— Ouais.

— Si on faisait quelque chose de spécial pour notre dernier soir ?

— Comme quoi ?

— On pourrait assister à une cérémonie. On m'a dit qu'il y avait des gens qui dansaient sur des braises…

— Super !

— Ou peut-être une crémation ?

— Une *crémation* ? je dis, l'air incrédule.

— Oui.

— Tu n'as rien de moins… funèbre ?

— Ici les crémations sont des fêtes très joyeuses.

— Où as-tu lu ça ?

— Dans *Cosmo*…

— Pourquoi pas ?

— Il y en a une sur la plage.

— OK, je dis sans conviction. J'ai toujours aimé le feu… »

13

Ce soir, Gladys a mis son blazer Ungaro. Sa jupe trench et ses sandales en daim. Elle a rangé son rouge à lèvres, son mascara et son portable dans sa minaudière assortie aux sandales. Et moi j'ai mis mon costume en lin flambant neuf Lucas Delli et les baskets Versace que Gladys m'a offertes. Elle est suspendue à mon bras. Liberté éblouie. On se balade dans la grande rue de Maputa au milieu des motos pétaradantes. Des vendeuses de coquillages et de batik. De quincaillerie bidon. On croise des types en catogan habillés à l'européenne qui tirent sur leur *kretek* et lorgnent les femmes blanches à la retraite. Des filles astiquées comme des vases en vermeil sucent des glaces au jasmin. Dans une boutique, la voix d'Avril Lavigne fait trembler la sono. *Together.* On suit un groupe d'hommes et de femmes qui se dirigent à pas lents vers la plage. Ils sont en habit de cérémonie. Les femmes portent sur la tête des grands plateaux chargés d'offrandes. Des fruits. Des fleurs. Des galettes de riz. Les hommes fument des cigarettes en rigolant. Ils vont rejoindre l'orchestre de gamelan qui se prépare à jouer.

« Viens ! dit Gladys, intriguée. Allons voir de plus près… »

C'est bizarre. Mais j'accompagne Gladys dans la foule bourdonnante. Autrefois dans mon village on enterrait debout dans un trou creusé par les jeunes gens un volontaire vivant auquel on plantait un clou dans le crâne. Et au-dessus de lui on élevait une terrasse qu'on entourait d'arbres. Sur cette terrasse étaient sacrifiés périodiquement des animaux. Et l'abondance régnait pour toujours au village.

« Ici, me dit Gladys, les familles conservent parfois des mois ou des années le corps du défunt avant de le brûler. Car ils n'ont pas les moyens de payer la cérémonie. Le jour venu, on débarrasse le squelette de toute souillure (le feu ne peut purifier que les os). On confectionne des effigies du mort composées de deux visages. L'un est taillé dans une feuille de palmier. L'autre est dessiné sur un petit morceau de bois de santal. Ces effigies sont déposées au milieu des ossements qu'on emballe dans des draps blancs… »

On entend battre le tambour sur la plage. Des hommes soulèvent le cadavre. Par un escalier de bambou très raide ils le hissent jusqu'en haut d'une tour à plusieurs étages. Puis on se rend en procession jusqu'au cimetière. Des hommes aspergent le chemin avec de l'eau lustrale. Des enfants suivent en chantant et en agitant des tessons de miroir. On traverse un ruisseau. Tout le monde éclabousse son voisin en riant. Les démons qui ont horreur de l'eau s'enfuient dans la forêt. À chaque carrefour, un homme tire un feu d'artifice. On fait décrire trois cercles à la tour bringuebalante. Les gourdes de vin de palme passent de bouche en bouche. Une odeur de sueur et de vin se mêle à l'odeur de l'encens qui brûle autour du corps. On fait encore trois fois le tour du cimetière. On libère des pigeons de leur cage. Ils montreront le chemin du ciel à l'âme du mort. On va chercher le corps du mort. On le dépose dans un sarcophage qui a la forme d'un taureau. Ou d'un lion ailé. Ou d'un éléphant pourvu d'une queue de poisson.

Au milieu du cimetière, surmonté d'un immense baldaquin, il y a un échafaudage en bambou. Un prêtre et sa sœur juchés sur l'échafaudage dirigent la cérémonie.

« Regarde ! dit Gladys, ils vont allumer le bûcher… »

Je commence à trembler. Le ciel est noir et vide. Autour de nous, les hommes poussent des hurlements éraillés.

Quelqu'un asperge encore une fois le corps avec de l'eau sacrée. Le prêtre met le feu au bûcher. Gladys se penche vers moi en frissonnant. Elle cache son visage contre ma poitrine. On dit que l'âme du mort se pose d'abord sur les feuilles d'un waringin. Puis qu'elle émigre vers une fleur de lotus.

C'est l'heure des derniers adieux. Tout le monde s'accroupit. Les mains jointes posées sur le front. L'orchestre se déchaîne sur ses gongs et ses tambours. Les enfants hurlent comme des loups. Et moi je tremble comme un enfant. Une fumée grise monte vers le ciel qui se déchire. Les femmes agitent des branches de palmier ou des feuilles de lontar. Devant nous un homme est pris de convulsions. Il se roule dans la poussière. Je suis tétanisé de peur.

On entend un bruit mat.

C'est le crâne du mort qui explose.

On retire des cendres les ossements calcinés. On les enferme dans une jeune noix de coco. Tout le monde se rend en procession jusqu'à la mer et l'on confie aux vagues ce qui reste du mort. Au milieu des prières et des pleurs.

« Avec un peu de chance, murmure Gladys, les ossements vogueront jusqu'au Gange... »

On s'assied dans le sable. On regarde les vagues déferler doucement. On s'embrasse. Pour un moment on a moins peur.

Avec des cris de joie tous ceux qui ont participé à la cérémonie se jettent à l'eau. Chacun éclabousse son voisin. Chacun se rafraîchit et purifie son corps. La mer est noire comme le ciel. Les enfants crient autour de nous. Un prêtre charge les effigies du mort sur une pirogue à balancier. On brûle sur la plage la haute tour en bambou.

Je prends Gladys par la main. Je l'entraîne vers la mer. Elle balance ses sandales. Sa minaudière. Son blazer Ungaro. On se caresse. On s'embrasse. On entre dans l'eau tiède et peu profonde. Gladys se colle à moi en frémissant. Elle me glisse à l'oreille des choses que je ne comprends pas. On a de l'eau jusqu'à la taille. Puis jusqu'à la poitrine. Elle m'attire vers elle. Elle colle mon visage entre ses seins. Comme elle aime bien le faire. Et tout son corps frissonne.

J'entre en elle doucement.

Gladys ne s'ouvre pas.

Elle parle. Elle saigne. Elle est blessée.

EUROPA

1

J'ai dix-sept ans et des poussières et je ne suis pas seul. Pas encore libre. En tout cas pas moi-même. Et je somnole dans le fauteuil en velours indigo du vol Maputa-Geneva (via Kuala Lumpur et Zurich) en première classe et je regarde Gladys. La tête sur mon épaule. Un magazine *people* sur les genoux. Elle dort profondément. Elle a pris deux Xanax. Je la regarde. Je me demande quel âge elle a. Question tabou. De son visage elle a gommé les ridules et les taches (Botox, huile de figue de Barbarie). Ses seins remodelés sont juvéniles (implants). Son ventre est lisse et plat (plusieurs lipos). Ses jambes épilées au laser ont été sculptées par les *Pilates*. Elle a trouvé l'élixir de jouvence. Son âge alors ? Même si elle y pense nuit et jour, Gladys n'en parle pas. Comme elle ne parle jamais de son mari (Philippe, cinquante-trois ans, trader dans la banque de son père). Le seul type dont elle parle, c'est Abi Grafenstein. Son psy. Ils s'appellent tous les jours. Gladys lui demande des conseils pour que sa vie ne ressemble pas au 11 Septembre ou au Radeau de la Méduse. Mais Grafenstein aime à jouer au Sphinx. Il lui répond par des phrases sibyllines auxquelles Gladys ne comprend rien.

« La vérité chemine obscurément, répète-t-il. Même moi je n'y vois pas toujours clair... »

La tête sur mon épaule, Gladys rêve sa vie en couleur. Dans mon casque passe une chanson de Muse. *Uprising.* J'essaie de dormir un peu. Mais je n'y arrive pas. Je me tourne et me retourne sur mon siège. Je prends un Xanax. Je joue à Secret World. Puis à Dead to Rights. Puis à Dark Princess. Je mets la musique à plein tube pour ne plus entendre le bruit des moteurs. Un type en pirogue s'éloigne du sanctuaire avec une corbeille remplie de diamants. Et ce type c'est mon père transformé en puma. Paramore hurle dans mes écouteurs. *Misguided Ghosts.* Je change de chaîne. Je tombe sur un film qui vient de sortir en Amérique. Une mère qu'on voit de dos dit au revoir à son fils. Elle s'en va au travail. Quand elle revient à la maison, son fils a disparu. Elle fond en larmes. Elle le cherche partout. Elle ameute les plus fins détectives de la ville. Plus tard un garçon de onze ans lui est restitué. Il s'appelle Adam. Il affirme être son fils. Désorientée par la police et les paparazzi, la mère ramène l'enfant à la maison. Mais au fond de son cœur elle sait que ce n'est pas le sien...

Je ne vois pas la fin du film. Mes yeux sont brouillés par les larmes. Cette histoire est la mienne. Cet enfant a mon âge. Et cette mère qui part à sa recherche dans l'Amérique des années 30 c'est simplement ma mère ! Dolorès ! Elle joue le rôle principal et Jacob Horowitz, un des meilleurs amis de Jack, lui donne la réplique dans le rôle du détective en chef de la police. J'hallucine. Je revois Dolorès et Matt dans mon village il y a longtemps. Lui en tenue de broussard et elle sublime dans sa robe en soie mauve. Les tractations avec mon premier père. Puis l'arrivée en Amérique. La vie factice. Les mercredis dans les boutiques de Sunset Boulevard et Dolorès qui me répète sans arrêt :

« Pour exister, tu dois porter des marques, Adam ! Et tu dois *devenir* une marque... »

Tout se brouille dans ma tête comme dans un jeu vidéo. Les images et les voix. Le film et la réalité. J'essaie de réveiller Gladys pour lui raconter mon histoire. Elle poursuit d'autres rêves. Assommée par les sédatifs. Je change à nouveau de canal. Sur MTV il y a un clip de Garbage. *Stupid Girl.* Des types lancent des fléchettes sur une fille qui court à travers la forêt. Ensuite une lolita en socquettes blanches attend la fin des cours pour aller s'éclater avec ses potes sur le terrain de basket de l'école. *Baby Hit Me One More Time.* La voix acidulée de Britney Spears allume tous les quadras et le clip se termine sur une partie fine dans une église...

À Zurich, Gladys sort du cirage. Elle passe des coups de téléphone. À son mari. À Grafenstein. À une copine que je ne connais pas. Ses rêves l'ont requinquée. Madame plaisante au téléphone. Elle est de bonne humeur. Elle se réjouit de revoir ses amis. Elle se tourne vers moi avec un air de soudaine gravité.

« Il faut qu'on se sépare...

— Déjà ?

— C'est provisoire. Il ne faut pas qu'on sorte ensemble...

— Pourquoi ? je dis, l'air blagueur. Tu as honte de moi ?

— Pas du tout.

— Tu as remarqué que j'étais plus bronzé que toi et tu es jalouse ?

— Que tu es bête ! »

Elle sort de son fourre-tout un petit miroir ovale et elle rajuste son rouge à lèvres.

« C'est mon mari…
— Tu m'as dit qu'il ne comptait pas.
— C'est vrai, mais…
— Qu'il était au courant pour nous…
— Oui, mais je ne veux pas lui faire de la peine.
— C'est trop gentil. »

Face au miroir, Gladys se fait une bouche d'enfer. Elle pince ses lèvres. Elle met de la poudre sur ses joues.

« Il y aura aussi Denise, ma meilleure amie. Et peut-être aussi Grafenstein. Qui sait ? Il m'a promis de venir. »

Gladys ferme les yeux, sourit, rafraîchit son visage au brumisateur.

« Alors c'est mieux qu'on sorte chacun de son côté…
— OK.
— Je sortirai en premier et toi tu attendras quelques minutes avant de passer la sortie…
— Et la douane ? je dis, inquiet.
— Pas de problème, Adam. Comme tu n'as rien à déclarer, tu passeras par le portillon vert.
— Et les passeports ?
— On entre et on sort de Genève comme on veut.
— Il n'y a pas de contrôle ?
— Les policiers ne veulent pas d'histoires.
— Et après ?
— Je te donnerai de l'argent…
— Chouette !
— Et l'adresse d'un hôtel où nous pourrons nous retrouver.
— Et moi qu'est-ce que je fais ?
— Tu sors discrètement, tu prends un taxi, tu vas à l'hôtel et tu m'attends.
— Et si tu ne viens pas ?
— Je viendrai, Adam. C'est promis. »

On descend de l'avion. On marche dans le hall de l'aéroport qui brille comme un sou neuf. Gladys me prend la main. Elle la lâche. Elle la prend à nouveau. Il y a des caméras partout. Des écrans de télévision passent les dernières nouvelles en boucle. Sur MTV un gang de latinos couverts de tatouages poursuivent une fille pour la violer. Les haut-parleurs diffusent une chanson d'ABBA. *Money, Money, Money.* On s'approche de la douane. Gladys ralentit le pas. Elle lâche ma main. Elle regarde autour d'elle avec une pointe d'angoisse.

Ouf ! Elle ne connaît personne et personne ne la reconnaît.

On attend nos valises qui cahotent sur le tourniquet en plastique et on les récupère.

Gladys fait une drôle de grimace.

« Nos chemins se séparent ici, Adam. »

Je la regarde d'un air incrédule. Elle est tirée à quatre épingles dans son tailleur Gucci. Son top moulant Guess. Ses escarpins Paul Smith. Repeinte à neuf par le soleil. Elle a mis ses lunettes Dolce & Gabbana. Elle rajuste une dernière fois son rouge à lèvres. Elle m'embrasse furtivement sur la joue. Elle se dirige vers la sortie en tirant derrière elle sa valise Vuitton. J'attends encore un peu. Je compte dans ma tête jusqu'à cent. Puis je me dis que je suis libre. Je ne suis le nègre de personne. Pour une fois je vais décider de ce qui est bien et le faire et je franchis la douane sans m'arrêter.

« Ça y est ! Je suis de l'autre côté. Je suis sur l'autre rive. »

Devant la sortie, un petit attroupement s'est formé autour d'une femme en tailleur rose. Un type avec une casquette de hockey sur la tête. Un autre au crâne dégarni avec un catogan et des gants blancs. Une femme rondelette entre quarante et cinquante ans. Tous riant et s'embrassant comme s'ils ne s'étaient plus revus depuis des lustres.

Quand je passe à côté de Gladys, elle tourne son visage vers le type chauve en livrée blanche.

2

Je débarque à l'Hôtel Haldas. Boulevard des Philosophes. C'est la fin de l'après-midi. Le ciel est transparent. Un type en manches de chemise trône derrière un comptoir vide. Il me jette un regard suspicieux. Il examine le billet que Gladys m'a donné. Il ronchonne. Il m'accompagne dans ma chambre. Je m'allonge sur le lit. Je prends un ou deux Xanax et je ferme les yeux. J'ai la tête comme un tambour. Impossible de dormir. J'attrape la télécommande et je passe en revue les programmes. Ce sont les mêmes qu'à Maputa ou à L.A. Je suis ici chez moi. Sur MTV il y a un clip de Script. *The Man Who Can't Be Moved.* Une fille avec un top moulant, un short en jean et des cuissardes allume des types dans une voiture. Les types la suivent jusque chez elle. Ils la coincent dans l'ascenseur. Ils lui font une tête au carré. Ils redescendent hilares et couverts de sueur. Ils tombent sur le frère de la fille. Il est venu avec ses potes armés de barres de fer. C'est le bain de sang. Je flotte entre deux eaux. J'ai envie de vomir. J'ouvre une cannette de bière. Je prends encore un Xanax et pendant un moment j'arrête de trembler.

Le soir je vais traîner au bord du lac. Les quais grouillent de monde. Il y a des manèges et des marchands de glace. Des caméras de surveillance partout. Comme à l'aéroport. Ici tout est filmé. Enregistré. Des gens s'arrêtent pour prendre une photo de la fontaine qu'on voit sur les cartes postales. Je marche dans l'air du soir et je suis libre et presque enfin moi-même. Il y a des filles en short qui font du roller sur les quais. Des familles se promènent. L'homme est devant. Mains dans les poches. Il regarde la fille en roller. À quelques pas, ses épouses suivent. Dissimulées sous un voile intégral. Un marchand de kebab fredonne *Billie Jean* en découpant son pain de viande.

« Salut, mon frère ! »

Je me retourne et je découvre un type appuyé contre un arbre avec des Ray Ban sur le nez. Il porte une chaîne en or autour du cou. Un T-shirt Guess et des Nike rouges flambant neuves. Il me regarde avec un sourire nonchalant.

« T'cherches kek' chose ? »

Je ne vois rien venir. La nuit tous les hommes sont noirs.

« J'ai tout ce qu'il te faut, mec... »

Il m'entraîne derrière un buisson. Il sort un sachet de poudre. Une boulette brune. Des pilules d'ecsta. Je fais non de la tête. Le type insiste.

« C'est de la pure, mec. Pas de la merde coupée au Rohypnol... »

Je me dégage et je m'éloigne et le type change de tactique.

« Hé, mon frère ! On est du même sang ! »

Il m'attrape par le bras, ôte ses Ray Ban, rigole tout seul.

« T'es qui, mec ?

— Adam, je dis.

— Moi, c'est Ali. Tope là. »

Le type me serre la main, puis il regarde autour de lui. Il a l'air agité. Il remet ses lunettes de soleil.

« Qu'est-ce que tu fais ici ?

— Je suis en vacances, je réponds.

— T'as de la chance, mon frère.

— Et toi, qu'est-ce que tu fais ?

— Moi ? J'aide des potes à trouver ce qu'ils cherchent...

— C'est pas trop dur ?

— Ça va, dit le type en reniflant. C'est pas la mer à boire. Et chaque semaine je vais toucher mes allocs...

— Cool.

— Ça pourrait être pire. Et toi, tu travailles ?

— Pas vraiment.

— Si tu veux, mon frère, j'ai du boulot pour toi...

— Quel boulot ?

— Des petits trucs. Livraison d'herbe. De poudre. Du GHB...

— C'est quoi ?

— Un truc indétectable. Sans goût et sans couleur. Tu verses ça dans une boisson, tu l'offres à une fille et elle tombe raide dans les vapes. Et après, mec, tu lui fais faire ce que tu veux !

— Et ça vient d'où, ton GHB ?

— Fabrication maison, mec. C'est facile : tu trouves la recette sur le Net...

— Ouais, je dis.

— Ça te branche, mon frère ?

— Pas trop.

— Mais d'où tu sors, mec ? »

Le type renifle un truc dans sa main.

« Tu en veux ? C'est de la colombienne. »

On traverse un jardin. On passe devant une grande horloge fleurie. On va s'asseoir plus loin sur la pelouse.

« Tu viens souvent ici ?

— C'est mon QG.

— Et tu vends toute ta came comme ça, à l'air libre ?

— Ouais.
— Et les flics ?
— Ils ne cherchent pas l'embrouille.
— Pourquoi ?
— Trop dangereux.
— Et tu as beaucoup de clients ?
— Des tas. Ici, la came est gratuite...
— Arrête !
— Mais oui, mon frère ! Des mecs de toute l'Europe viennent s'approvisionner ici... »

On est couchés dans l'herbe. On plane comme deux pygargues. Le nez dans les étoiles. Un peu plus loin un type avec des *dreads* gratte une guitare. Il croit qu'il est Bob Marley. *Stand Up for Your Rights.* Vierges ou blasées, des filles aux cheveux sombres sont vautrées devant lui. Les reins pliés. Les pieds nus dans le gazon. Sous le charme de sa voix.

« Et toi tu viens d'où ? je demande après un moment.
— T'es de la police ou quoi ?
— Non.
— Je suis africain. Ça ne se voit pas ?
— OK.
— Comme toi, mon frère.
— Moi j'ai quitté l'Afrique il y a très longtemps...
— Pourquoi ? dit le type.
— J'ai été adopté par un couple d'Américains...
— Cool.
— Des stars du cinéma...
— Merde !
— Hollywood, les fêtes, l'argent facile... La belle vie, quoi !
— Et pourquoi t'es parti ?
— J'ai fait des bêtises...

— Ah bon ! Quelles bêtises ?

— J'ai foutu le feu au garage...

— Je comprends.

— J'ai engrossé ma sœur...

— Doux Jésus ! Et après ?

— Un pote de mes parents m'a emmené avec lui sur son île...

— Un putain de pédophile ?

— Non. Une star de cinéma : Jack Malone.

— Quoi ? *Le* Jack Malone ? Le type des capsules de café ?

— Lui-même.

— Merde ! Et tu t'es tiré encore une fois ?

— Ouais. »

Après Bob Marley, le type aux *dreads* s'essaie au répertoire de Bruce Springsteen. *Born in the USA*. Autour de lui les filles reprennent mollement le refrain. Pendant ce temps, toujours couché dans l'herbe, ses lunettes sur le nez, Ali farfouille dans sa poche.

« Tu veux du crack ?

— Sans façon.

— Tu devrais essayer. C'est un nouveau mélange superplanant...

— Et toi, je dis, comment tu as atterri à Genève ?

— Comme tout le monde, mon frère. J'ai payé un type qui a payé un autre type, qui a payé encore un autre type et je suis arrivé ici...

— Et les frontières ?

— Toutes les frontières sont des passoires.

— Et tu es seul ici ?

— Penses-tu, mon frère ! On s'est réparti le marché. Aux Albanais l'héroïne. Aux Arabes le shit. Aux Africains la coke...

— Ça ne fait pas d'histoires ?

— Non. Tant que chacun s'occupe de son petit business, le monde tourne rond... »

Une voiture de police passe près de nous sans s'arrêter. Ali sort un joint de sa poche. Il l'allume tranquillement. Il me le passe.

« Tu ne refuses pas un cône ?

— OK, je dis. Merci.

— De rien, mon frère. Tu fais partie de ma famille... Et la famille, chez nous, c'est sacré ! »

3

Le lendemain, je marche dans les rues éblouissantes. Depuis le commencement des temps, le monde occidental ne connaît qu'une couleur. BLANC. La seule chose qui me reste dans cette neige aveuglante, ce sel amer, c'est l'ombre accrochée à mes pieds.

Cette tache en forme de feuille de bananier qui glisse en silence sur le sol.

Je suis dans l'autre monde. Des mots partout. Des mots écrits noir sur blanc. Ou clignotant de lueurs vives. Des mots abandonnés par d'autres hommes. Des messages et des signes. Une mousson de mots qui donnent le vertige. Tracés le plus souvent dans une langue unique. La langue du monde global. *Coke the Real Thing, Nespresso : what else ? Why Don't You Try Me ?* Des mots qui tremblent et brillent comme des appels à la détresse. *Regardez-moi ! Écoutez ma prière ! Achetez s'il vous plaît ma camelote !* Des mots comme autant de bouteilles à la mer. *Genève, un monde en soi.*

Sur les affiches, les mots sont des images et des

marques. Ils servent de légendes à des scènes vivantes où reviennent partout de grandes femmes maigres aux jambes transparentes. Des voitures rutilantes prises sous tous les angles. Des visages d'enfants surpris dans des postures singulières. Certains déroulant d'immenses rubans de papier bleu lavande. D'autres au faciès réjoui engloutissant leur poids en corn flakes. D'autres encore perdus parmi des nègres faméliques et vantant les mérites d'un lait vitaminé...

Tout à coup je comprends mon vertige.

J'ai sous les yeux les trois visages de l'homme occidental :

la femme qu'il ne sera jamais ;

la voiture qui incarne la nostalgie de sa virilité ;

et l'enfant qu'il ne sait plus faire.

4

Le troisième jour, n'y tenant plus, j'appelle Gladys depuis une cabine téléphonique.

La sonnerie retentit dans le vide. Ensuite la boîte vocale se met en marche. Je dis seulement « Rappelle-moi ». Alors je m'aperçois que je n'ai pas de téléphone. Aucun numéro où Gladys puisse me joindre. Et je décide de rappeler encore une fois.

Je m'apprête à laisser un message sur le répondeur quand une voix répond.

« Oui ?

— C'est moi.

— Qui *moi* ?

— Adam.

— Ah, Adam ! Je voulais t'appeler... »

Gladys tousse. Elle s'éclaircit la voix. Elle marmonne quelque chose que je ne comprends pas.

« Ça va ? je demande, l'air inquiet.

— Très bien, mon chou ! Je suis rentrée à la maison et j'ai repris ma place dans le monde parfait !

— Et ton mari ?

— Il m'a dit que je lui avais beaucoup manqué.

— On se voit quand ?

— Pas d'impatience, Adam.

— J'ai envie de toi.

— Moi aussi, mon chou.

— Tu te souviens, à Maputa, quand on se caressait dans le jacuzzi ?

— Bien sûr, mon chou. Mais en ce moment je ne peux pas te parler...

— Pourquoi ?

— Je...

— Oui ?

— Je suis chez Grafenstein.

— Ton psy ?

— On parlait justement de toi...

— Ah bon ? Et qu'est-ce que vous disiez ?

— Que tout est compliqué, Adam.

— Tu le payes pour te dire ça ? »

Gladys se met à pleurer. J'entends une voix qui lui parle à l'oreille.

« Quand est-ce qu'on peut se voir ? j'insiste.

— Je ne sais pas.

— Ce soir au Jardin Anglais ?

— Impossible. J'ai un dîner à Cologny.

— Demain alors ?

— Ça ne va pas être possible.

— Pourquoi ?

— Je suis en séminaire toute la journée.
— On mange ensemble à midi ?
— Je déjeune avec des copines…
— Demain soir à l'hôtel ?
— Je ne sais pas si je pourrai me libérer.
— Donne-moi un autre rendez-vous alors !
— Il faut que j'en parle d'abord à Abi.
— Quoi ?
— Pour ces choses-là, c'est Grafenstein qui décide…
— Mais enfin, Gladys, c'est ta vie !
— Je sais bien, mais que veux-tu, Adam, je n'y vois plus très clair… »

Gladys aspire une longue bouffée de cigarette. Elle reprend son souffle. Elle murmure dans l'appareil.

« Je te rappelle, mon chou…
— Mais je n'ai pas le téléphone.
— Je laisserai un message à l'hôtel.
— Promis ? »

À cet instant, mes yeux se remplissent de larmes.

« Je ne peux plus te parler, Adam, je suis en pleine séance et Abi s'impatiente… »

5

Où est mon pays ? Qui sont mes parents ? Quel démon tire les fils de mon destin ?

Assommé par la bière je flotte entre deux eaux. Les yeux fermés. À poil sur mon lit. Je retourne en Afrique. Dans mon village perdu. Mon premier père n'a pas l'air enchanté de me voir. Les Reines aussi font la grimace. Par chance une femme qui n'est pas Dolorès et porte un blazer Ungaro vient me chercher pour m'emmener vers la rivière. Nous sautons dans une pirogue. Les crocodiles rigolent en nous voyant pagayer dans le sens du courant. Je me réveille en entendant le bruit des cataractes...

Pour éloigner ma peur, je prends une douche. Je m'habille en vitesse. Je demande au type maussade de la réception s'il a un message pour moi. Mais rien. Aucun signe de Gladys. Je sors. Je respire une bouffée d'air brûlant. Je marche à l'aventure. Mes pas me conduisent comme l'autre soir vers le Jardin Anglais. Les haut-parleurs diffusent une chanson de Joni Mitchell, *Turn me on the Radio.* Un truc des années 70. Une des chansons préférées de Matt. C'était avant le coup de machette.

Et le visage de Ming flotte à nouveau dans l'air et mes yeux se remplissent de larmes.

« Hey, mec ! Besoin d'un remontant ? »

Je reconnais sa voix même si je ne distingue pas son visage. Ali porte une casquette Von Dutch. Un polo Lacoste bleu. Des Converse dorées. Il me prend par l'épaule comme un frère. Il m'entraîne dans un passage couvert de tags. À chaque bout du tunnel une bande de types montent la garde.

« Des ennuis, mec ?

— Rien de grave.

— Tu peux m'ouvrir ton cœur, dit Ali. On est de la même couleur. Et ici on est tous dans la même merde ! »

J'essuie mes larmes avec ma main. Je respire un grand coup. Je suis un homme parmi les hommes. Ali tape sur l'épaule d'un type en sweat Lamborghini et jean Diesel. Il me fait signe d'approcher. Le type est africain. Comme moi. Il est immense et baraqué. Il me regarde avec méfiance. Il me tend une main molle. Il me sourit à travers ses lunettes de soleil.

« Tu veux bosser pour nous ? il demande.

— Pour quoi faire ?

— Des babioles.

— Comme quoi ?

— Livrer des trucs. Faire la manche ici ou là…

— Ouais, je dis. C'est bien payé ?

— Bien sûr, dit l'autre avec un air mauvais. En plus, on te protégera.

— Contre qui ?

— La ville est pleine de dingues, mon frère. La journée, les loups restent dans leur trou. On ne risque pas grand-chose. Mais la nuit, c'est la jungle !

— La police ?

— Elle nous laisse tranquilles…

— Qui alors ?

— Les Albanais qui contrôlent l'héro. Les Marocains qui vendent le kif… Et maintenant les Géorgiens jouent aux caïds… »

Il renifle un peu de poudre sur le dos de sa main et poursuit :

« Je te dis, mon frère, la Suisse n'est plus ce qu'elle était !

— C'était comment avant ?

— Le Paradis, mec ! On contrôlait la marchandise. On avait nos dealers dans toute la ville. On était vraiment les rois du monde !

— Et maintenant ?

— Il faut tout partager, mon frère ! La dope, les salons de massage. Les filles des Pâquis…

— Les filles des Pâquis ?

— Ouais, mec. Avant, on avait nos gagneuses. Elles travaillaient pour nous. On se payait des couilles en or… Mais elles se sont mis dans la tête de devenir indépendantes !

— N'importe quoi !

— Alors ça nous oblige à travailler... »

À ce moment, il y a un grand raffut à l'entrée du tunnel. Des types se mettent à courir dans tous les sens. Ali détale comme un cougar et moi je cours derrière lui sans savoir pourquoi. On débouche à l'air libre. On traverse le Jardin. Un type en jean nous poursuit avec un gros berger allemand en hurlant quelque chose. Ali se retourne vers moi. Il perd ses lunettes Hugo Boss. Il lâche un juron. Je me baisse pour les ramasser. Quand je me remets à courir, c'est trop tard. Ali a disparu et le molosse est sur moi. Il m'attrape par la jambe. Je tombe sur le gazon. Je me relève. Un type me plaque au sol. Il s'écroule sur moi. Il m'attache les mains dans le dos avec une paire de menottes. Je fais le mort. Le type marmonne un truc. Il me relève brutalement. Il me pousse dans un fourgon qui attend près de l'horloge fleurie.

Une heure après, je suis assis dans une pièce qui sent l'urine et la transpiration avec un spot d'enfer dans mes yeux.

« Nom. Prénom. Date de naissance ? »

Je réfléchis un moment.

« Clerc Aimé. 18 décembre 1994.

— Nationalité ?

— Suisse.

— Des clous ! dit le type. Où sont tes papiers ? »

Le type prend le passeport dans ma poche revolver. Il feuillette les pages. Il secoue la tête.

« Il est bidon, ce passeport !

— Mais non, je dis avec un air convaincu.

— Et tu viens d'où comme ça ?

— Je suis d'ici.

— Arrête tes salades ! » dit l'autre type derrière l'ordinateur.

J'essaie de prendre une voix vibrante :

« Je vous jure que c'est vrai !

— Tu crèches où ?

— Hôtel Haldas.

— Et pourquoi tu habites à l'hôtel ?

— C'est provisoire.

— Qu'est-ce que tu faisais au Jardin Anglais ?

— Rien de spécial.

— Mais encore ?

— J'avais rendez-vous avec des potes.

— Quels potes ?

— Je ne sais pas leurs noms.

— Bien sûr, dit le gars en ricanant. Tu ne connais pas le nom de tes amis... »

La lumière est si forte que mes yeux pleurent tout seuls.

« Je répète ma question : *qu'est-ce que tu faisais là* ?

— Rien de spécial, je vous dis. Je discutais avec un pote...

— Ali le dealer, dit le type.

— Je ne sais pas.

— Arrête de nous prendre pour des cons ! Il est connu comme le loup blanc... »

Dans le commissariat tout le monde rit comme si le type avait fait un bon mot.

« Pourquoi vous vous foutez de ma gueule ? je demande, étonné.

— *Ali le loup blanc* ! répète un type. Ali l'Africain est un loup blanc...

— C'est ça qui vous fait rire ?

— Ouais. Mais c'est nous qu'on pose les questions, reprend le type derrière l'ordinateur. Comment tu gagnes ta vie ?

— On m'a donné de l'argent.

— Qui ça ?
— Une dame.
— Son nom ?
— J'ai pas le droit de le dire.
— Pourquoi ?
— Elle est mariée.
— On connaît la chanson. Tu vas nous dire son nom et son adresse...
— Je ne peux pas.
— On veut savoir ce que tu faisais là avec Ali et sa bande...
— Je vous l'ai dit. Je me baladais. J'allais voir le Jet d'Eau. Je discutais avec des potes...
— Qu'est-ce que tu deales ? Du crack, du GHB, de la coke ? De l'ecstasy ?
— Je ne fais pas de deal.
— On n'a rien trouvé sur lui, dit un type en civil au gars caché derrière l'ordinateur. Mais il a pu planquer la marchandise quelque part... »

Les types chuchotent dans un coin de la pièce. Ils ne sont pas d'accord. J'entends les mots *dealer. Faux passeport. Trafiquant de merde. Canaille.* J'essuie mes yeux avec mes mains. Enfin un type se tourne vers moi. Il m'enlève les menottes. Il a l'air contrarié. Je frotte mes poignets douloureux. Le type me regarde avec des yeux menaçants.

« Tu peux t'en aller, dit-il. Mais on se retrouvera. »

6

Je marche dans la rue au milieu de nulle part. Le soleil est couché. L'air est devenu frais. Je marche à l'aventure jusqu'à ce qu'il se mette à pleuvoir. J'entre dans une cabine de téléphone aux vitres défoncées. Je compose le numéro de Gladys. Mon cœur explose dans ma poitrine.

La sonnerie retentit dans le vide, puis une voix ânonne, ce n'est pas celle de Gladys :

« Ne quittez pas. Vous allez être redirigé vers un autre numéro. »

Le téléphone sonne dix fois. Je vais raccrocher quand une voix presque inaudible répond enfin.

« Qui est à l'appareil ?

— J'aimerais parler à Gladys…

— Je vais voir si elle est là. C'est de la part de qui ?

— C'est personnel. »

Au bout du fil, j'entends des voix qui rient et qui pépient. En arrière-fond un vieux tube de Pink Floyd. *Money.* Avec le bruit des tiroirs-caisses qui se referment. Après un long moment quelqu'un prend l'appareil.

« Adam ?

— Yes.

— Je t'ai dit de ne pas m'appeler !

— C'est important.

— Pourquoi ?

— Je suis dans la merde, Gladys.

— Langage, Adam !

— Je me suis fait arrêter par les flics…

— Non ! Pourquoi ?

— Pour rien, je te jure ! Je discutais tranquillement avec un pote. Ils m'ont sauté dessus et ils m'ont menotté et ils m'ont embarqué au commissariat… Ils m'ont posé un tas de questions… Ils ont voulu savoir où j'habitais… Qui m'a donné de l'argent…

— Tu leur as parlé de moi ? dit Gladys, l'air inquiet.

— Non.

— Tu as bien fait, mon chou.

— Pourquoi ?

— C'est notre histoire, Adam. Notre secret. Personne ne doit savoir.

— OK, Glad. Mais maintenant ils ne vont plus me lâcher... »

En arrière-fond, la musique est de plus en plus forte. Après Pink Floyd, c'est une chanson des Beatles. *Taxman.* La basse entêtante de Paul McCartney. Et de nouveau le bruit des tiroirs-caisses. À cause du bruit Gladys est obligée de crier.

« Qu'est-ce qui se passe ? je demande.

— C'est mon anniversaire ! dit Gladys.

— Ah, je dis, morose. Je ne savais pas.

— Philippe m'a préparé une surprise. Il a invité beaucoup de monde à la maison. Ses collègues de la BCG... Des avocats, des journalistes, des hommes politiques... Il y a même mes cousins d'Italie. Et bien sûr toutes mes copines...

— Happy Birthday, Glad !

— Merci. Il y a même Grafenstein !

— Qu'est-ce qu'il fait là ?

— Il prend des notes. C'est un professionnel.

— Et moi, je dis, qu'est-ce que je fais ?

— Je ne sais pas.

— Il faut que je te voie...

— Ça ne va pas être possible...

— Comment ça ?

— Pas pour le moment, mon chou.

— Tu ne peux pas me laisser tomber comme ça... »

Derrière Gladys des gens se sont mis à chanter à tue-tête. *Happy Birthday to You.* La sono fait trembler l'appareil. On entend des pétards exploser.

« Il faut que je te laisse, Adam.

— Dis-moi quand on peut se voir... »

Maintenant, les gens hurlent Gladys. *Gladys. GLADYS.*

« Qu'est-ce qui se passe ?

— Je t'expliquerai.

— Je veux savoir maintenant.

— C'est compliqué.

— Pourquoi ?

— Je ne peux pas te dire ça au téléphone... »

Mon cœur se met à battre si fort qu'il me fait mal.

« Tu regrettes ? je demande.

— Non, Adam. C'était très bien...

— Tu as les remords classiques ?

— Écoute, je dois y aller à présent...

— Tu ne m'aimes plus ?

— Il ne s'agit pas de ça.

— De quoi s'agit-il alors ? »

J'ai les yeux pleins de larmes et je commence à sangloter.

« Ne pleure pas, Adam, s'il te plaît ! Ou tu vas me faire pleurer...

— Je veux savoir ce qui se passe...

— Les choses ne sont pas comme tu les imagines...

— Quelles choses ?

— Les choses entre nous.

— Qu'est-ce que tu veux dire ? »

La voix de Gladys est recouverte par la musique. Randy Newman chante *It's Money that I Love.* Un grand classique des fêtes à l'hacienda. Je m'éclaircis la voix. J'ai le nez complètement bouché. J'essaie de marmonner un truc.

« Pourquoi... ? »

Gladys soupire et je l'entends murmurer quelque chose à quelqu'un qui est à côté d'elle.

« Adam, dit-elle enfin.

— Oui, Gladys ?
— Il faut que je te dise…
— Quoi ? »
Long silence à nouveau.
Autour d'elle les conversations reprennent. Couvertes par la musique. Il y a des rires et des pétards. Sinead O'Connor chante *Nothing Compares 2 U.* Une voix d'homme appelle à nouveau Gladys. Elle respire bruyamment.
« Je suis enceinte, Adam. »
Ma tête contre la vitre. Tout devient flou. Je suis dans une cage en verre au milieu de la nuit et je n'arrive plus à respirer.
Je finis par dire quelque chose.
« Tu es sûre ?
— Oui. »
Les mots de Gladys tournent en boucle dans ma tête mêlés à la voix de Sinead O'Connor.
Nouveau silence.
« Et… ?
— Oui, Adam. Pas de doute…
— Tu es sûre ?
— Il est de toi.
— Comment sais-tu qu'il est de moi ? »
Elle soupire profondément.
« Tu es la seule personne avec qui j'aie couché depuis des mois…
— Et ton mari ?
— Il y a longtemps que nous n'avons plus ce type de relations.
— Et Grafenstein ?
— Je ne couche pas avec mon psy ! dit-elle d'une voix outrée. Comment peux-tu croire… »

Et j'essaie d'arrêter le temps.

Il suffit d'effacer la bande. De revenir en arrière à toute vitesse.

« Et...

— Oui, Adam ?

— Tu vas le garder ?

— Bien sûr...

— Pourquoi ?

— J'en ai parlé à Grafenstein. Il est d'accord. Il dit que c'est un signe du destin...

— Hein ?

— Cela fait des années que j'essaie d'avoir un enfant... »

Nouveau silence. Gladys poursuit :

« Tu es ma dernière chance, Adam. Et je ne vais pas la laisser passer...

— Et moi, alors ? Je ne compte pas ?

— Oui, mais...

— Mais quoi, Gladys ?

— Je dois y aller, Adam. Tout le monde me réclame...

— Et... ton mari ?

— Il pense que c'est un bon placement.

— Quoi ?

— Il a toujours rêvé d'avoir quelqu'un pour lui succéder à la banque. »

Je commence à suffoquer.

« Bon, dit-elle. Il faut vraiment que j'y aille, mon chou.

— On se revoit quand ?

— Ça ne va pas être possible.

— Mais tu m'as promis...

— Il faut que je te quitte, Adam...

— Je te rappelle plus tard.

— Non, s'il te plaît. N'appelle plus. »

7

Comme autrefois dans mon village. Comme à L.A. ou comme à Sainte-Alice. Je vais m'asseoir au bord du fleuve. La voix d'Otis Redding résonne dans ma tête. *Sitting on the Dock of the Bay.* On est toujours le nègre de quelqu'un. Ici ou ailleurs. Le nègre aimé et rejeté. Le parasite. L'intrus. *I have nothing to live for.* Je flotte entre deux eaux. *Looks like nothing's gonna come my way.* Un fleuve coule toujours vers sa fin. Il ne se pose pas de questions. Il roule ses algues et ses cailloux. Il entraîne tout sur son passage. *Sitting on the dock of the bay.* Les yeux de Gladys brillent dans le noir. Ils ont la même couleur que ceux de Ming. *Wasting time.* Bleu outremer.

Quand je reviens à moi, c'est le matin. Un brouillard jaune flotte sur le fleuve. Je retourne mes poches. Une poignée de ferraille. Un ou deux billets de 20 francs. De quoi survivre un jour ou deux. Je ne connais personne en ville. À part Gladys qui ne veut plus me voir. Et Ali le dealer. Qui veut à tout prix me fourguer sa came.

« Hey, mec ! Ils t'ont relâché ?

— Ouais, je dis. Grâce à mon passeport.

— T'es verni, mon frère. Ceux qui n'ont pas de passeport, ils les renvoient chez eux... »

Ali me tape dans la main. Il porte un sweat CK avec le capuchon rabattu sur la tête. Il a l'air tout heureux de me revoir.

« Je peux faire quelque chose pour toi, mon frère ?

— Je cherche du travail...

— T'as besoin de thune ?

— Ouais.

— Et ta gonzesse ?
— Évaporée dans la nature.
— OK, Adam, je vais voir ce que je peux faire. »
Plus tard, j'escorte Ali dans la Vieille Ville. On doit livrer des boulettes à un trader en manque. Tout se passe bien. Le type goûte la marchandise. Il hoche la tête. Il allonge les billets sans rien dire. Ensuite on se balade dans les Rues Basses. Toutes les boutiques ont tiré un rideau de fer sur leur vitrine. Il n'y a que des marques. Armani. Guess. Lancôme. Douglas. Ausoni. Dolce & Gabbana. Ungaro. Gucci.
« T'as vu comme c'est facile, me dit Ali en tirant sur son joint, y a aucun risque… »
On continue les livraisons. Crack. Cristal. GHT. Feuilles de coca. Poudre de champignons. Mescaline. Ali est une vraie pharmacie ambulante. Ses clients viennent de toute la ville. Il les connaît. Il connaît leur désir. Les transactions se passent bien. Si tu as de l'argent, je te donne ce que tu veux. On marche dans l'air frais de la nuit. Ali rigole. Il a des liasses de billets dans les poches. On est les rois du monde.
C'est au matin que ça se gâte. On a travaillé comme des nègres. On a les couilles en or. Pour fêter ça on traverse le lac et on va boire un verre dans une boîte des Pâquis. Une enseigne bleu et rouge au-dessus de l'entrée. Palais Mascotte. Des filles en minijupe se tiennent de chaque côté de la porte. Quand on passe, elles reconnaissent Ali. Elles l'appellent. Elles lui envoient des baisers de la main. Comme un pigeon Ali s'approche. Il me présente à ses copines. Elles gloussent de rire. On entre dans la boîte. Il y a des gens assis aux tables. Au bar. Sur les marches d'escalier. Un accordéoniste accompagné par un bassiste et un batteur joue sur l'estrade. Un ou deux couples dansent. Ali propose une tournée générale. Tout le monde

applaudit. Les filles s'accrochent à nous avec des yeux de biches. On siffle une bouteille de champ. Puis une bouteille de damassine. Puis une autre de bourbon. On tient à peine sur nos quilles. Une fille nous propose de monter dans sa chambre. Ali la suit en rigolant. Et moi je file le train à une gazelle en top mauve à paillettes. Short de cuir noir. Escarpins compensés.

Dans la chambre, elle sort un truc en verre de son sac.

« Essayez ça ! On va tous s'éclater ! »

Une petite fiole circule de bouche en bouche. C'est rose et transparent. Ça a le goût du chewing-gum.

On saute tous à poil sur le lit et on commence la bamboula. Ça ne dure pas longtemps. Couchés sur le velours on caresse les filles qui nous astiquent en douce. Puis c'est le rideau noir. Ali et moi on plonge dans le cirage. On entend juste une sirène de police qui s'éloigne dans la rue.

Quand on se réveille les filles ont disparu et nos poches sont vides.

8

Pendant trois jours, je suis Ali dans la ville comme son ombre. On livre du crack et des boulettes. De l'acide et du cristal. On joue aux bons samaritains. Les clients ne font jamais d'histoires. Ils sont traders ou avocats. Bourrés aux as. Stressés comme des mangoustes. Certains nous appellent plusieurs fois dans la journée. Ils viennent de France ou d'Italie. Ici la drogue ne coûte rien. C'est le paradis des dealers. Ils ont besoin de poudre pour oublier et de Xanax pour s'étourdir et de petites pilules bleues pour relancer la machine épuisée. Ils vivent à cent à l'heure. Le nez constamment sur la ligne. Ils ont des femmes et des maîtresses. Mais pas d'enfants. La vie est bien trop courte. Pas de passé et pas d'avenir. Juste un présent fantomatique qu'ils vivent comme s'il était réel.

Nous on se contente de leur fourguer la came sans trop se poser de questions.

« Si le crocodile achète un pantalon, disait mon premier père, c'est qu'il a trouvé où mettre sa queue. »

Comme nous l'homme blanc passe son temps à vendre et à acheter. Tout et n'importe quoi. Des *stock options*. Des résidences secondaires à Gstaad et des cargos bourrés de riz. Des montres et du pétrole. Des produits *toxiques*. Le matin il bâtit des fortunes. Qu'il perd le soir en un claquement de doigts. L'homme blanc désire la fin. Dans tout ce qu'il entreprend il recherche la petite explosion du plaisir. Apothéose et apaisement. Quand il va au cinéma ou qu'il lit des romans ou dévore les journaux, c'est toujours pour connaître la fin de l'histoire. C'est pour ça que l'homme blanc a inventé le cinéma et le roman et la télévision et les journaux. Il veut donner une fin aux histoires qu'il se raconte.

L'après-midi, on fait une pause. On va s'asseoir au bord du lac. On regarde le Jet d'Eau. Quel panache ! Ça me rappelle le dernier jour dans mon village. L'explosion du volcan. L'aiguille de lave d'un brun rougeâtre érigée vers le ciel. À mesure qu'elle monte, de gros blocs de pierre se détachent de son sommet et vont s'écraser dans le cratère. Mais la croissance est si rapide que l'aiguillon continue tout de même de grandir.

C'était un bon présage.

Ali et moi on fume de l'herbe. On plane. On boit des bières en alpaguant les filles qui défilent devant nous. La plupart haussent les épaules. Mais certaines se retournent.

Elles nous lancent des œillades. Elles nous font des sourires. On est dans une ville cosmopolite. Ouais. Mixage total. *United Colours of Benetton*. Elles ont soif d'exotisme. Alors on offre à boire aux demoiselles. On va manger une glace au bord de l'eau. On se tripote et on les baratine juste ce qu'il faut. On leur roule des pelles. Miam-miam. Ensuite si tout va bien on va tirer un coup dans les buissons.

« Ne te lasse pas de crier ta joie d'être en vie, susurre Ali à mon oreille, et tu n'entendras plus d'autres cris. »

Le soir, on travaille comme des nègres. On livre à Cologny et à Champel. Ali porte un polo Camps. Des Sebago Docksides. Des lunettes de soleil Tom Ford. Et moi j'ai mis le complet blanc Ferré que Gladys m'a offert à Maputa. Mes nouvelles Converse rouges. Partout en ville c'est la jungle. On lâche les hyènes et les jaguars. Chacun recherche quelque chose. Mais il ne sait pas toujours quoi. On doit se battre pour son bout de trottoir. Les Albanais ne sont pas loin. Les Marocains non plus. On se surveille du coin de l'œil. Les lames brillent dans le noir.

« Ne tourne jamais le dos à un gris, me conseille Ali, l'air grave. Sinon t'es mort… »

Les flics nous suivent à travers la ville. Ils nous laissent faire notre business un bon moment. Puis tout à coup ils nous tombent dessus. Dans les rues c'est la débandade. Ali part dans un sens. Moi dans l'autre. Les flics nous poursuivent en beuglant. On joue aux gendarmes et aux voleurs. Ali arrive à se tirer. Il connaît la ville comme sa poche. Mais moi je suis bientôt cerné par trois mecs en civil. Jean. Crâne rasé. Tatouages sur l'épaule. On dirait des marlous. Ils me ceinturent. Ils me plaquent sur le goudron souillé. Ils me passent les menottes. Ils me jettent dans le panier à salade.

Au poste, je tombe toujours sur le même type. L'appointé Bâcle. Un gars naïf et baraqué qui ricane quand il me voit venir.

« Tiens ! Aimé... C'est toujours comme ça que tu t'appelles ?

— Ouais, je dis.

— Qu'est-ce que tu faisais aux Grottes ?

— Rien. Je traînais avec des potes.

— Avec Ali le dealer, on dirait ?

— C'est possible.

— Et les affaires sont bonnes ?

— Ça va. On ne peut pas se plaindre... »

Le type me regarde d'un air mauvais.

« Vide tes poches, Aimé ! »

On m'enlève les pinces. Je frotte mes poignets douloureux. J'étale la came et les billets sur le bureau de Bâcle qui écarquille les yeux.

« Eh bien, tu gagnes plus que moi !

— C'est la vie, je dis.

— Ne te fous pas de ma gueule, Aimé ! »

Il ramasse les billets. Il en fait deux liasses régulières. Il les attache avec un élastique. Il met les sachets de poudre dans une enveloppe en carton.

« Bon, ça ira pour cette fois ! Tu sais bien qu'on ne peut pas te garder... »

Il me regarde en fronçant les sourcils.

« Tu vas jouer encore longtemps à ce jeu débile ?

— Quel jeu débile ?

— Aux gendarmes et aux voleurs. Ça n'est plus de ton âge, Aimé. Tu pourrais faire un boulot honnête... Comme moi, par exemple.

— Ouais.

— Donner un sens à ta vie...

— La vie n'a pas de sens.
— Elle a le sens qu'on lui donne, mec. »

9

Aujourd'hui c'est dimanche. Le jour du sport et des Seigneurs.

On se retrouve sur Plainpalais. Les Kosovars et nous. Les Africains. On joue au foot. On compte les pas. On trace les buts avec deux tas d'habits volés. On joue avec un vrai ballon de cuir. Noir et blanc. Comme nous.

C'est le match de l'année. Héroïne contre Coke.

Et malheur aux vaincus !

Sous le soleil Ali et moi on ne connaît pas la fatigue. On joue à tous les postes. Tantôt gardien de but. Tantôt défenseur ou attaquant de pointe. On se bat comme des lions. La joie est la même partout. Quand on arrête un penalty. Quand on fait une passe décisive ou quand on marque un but. On ne fait pas souvent trembler les filets. Il n'y a pas de filets. Mais on s'amuse comme des gosses. On se bat jusqu'au bout pour gagner. Dans les moments difficiles, on pense à Roger Milla. À Mahmoud El Khatib. À Samuel Eto'o. À Georges Weah. À Rabeh Madjer. À Austin Okocha. Nos idoles. Tous des génies du ballon rond. Tous Africains. Ça nous aide à tenir le coup.

À la mi-temps, on boit des bières et on se fait une ligne ou deux. Les Kosovars dans leur coin sniffent leur came. La slivovic circule de bouche en bouche. Les uns comme les autres on plane un max au moment d'entamer la seconde période. On est décidés à mouiller son maillot. À se battre jusqu'à la mort. Le foot n'est pas un jeu de gonzesses. Les crachats pleuvent comme les coups de boule et les insultes. Entre dealers, on se supporte. Mais on ne s'aime pas beaucoup. C'est à celui des deux qui abattra l'autre en premier. Et à ce jeu-là, nous, les Blacks, on est les rois du monde.

Depuis la touche, les filles nous encouragent. Certaines en boubou de couleur. D'autres en robe d'été ou en survêtement de nylon Adidas. D'autres encore ont les épaules garnies de chapelets de *soumaré*. Le dimanche toute l'Afrique se donne rendez-vous sur la Plaine. Les filles hurlent plus que nous. Elles se trémoussent sur la ligne de touche. Et nous, quand on sait qu'elles regardent, on joue aux singes-araignées. On jongle avec le ballon noir et blanc. On feinte. On dribble. On fait la danse du scalp devant les buts adverses.

Le soir, on est noir de sueur et de poussière. On fume un cône. On va se baigner dans le lac. On plane. On est bien. On a battu les Albanais encore une fois. Ils sont partis la queue entre les jambes. On sait qu'ils veulent venger l'affront au couteau. Cette nuit ou demain. C'est la loi de la vie. Mais on s'en fout. On boit des bières et on rigole. Les filles en bikini plongent dans l'eau. Elles viennent nous narguer. C'est la nuit du bambou. Tout est possible. Tout est permis.

10

Toutes les nuits je revois le visage de Dolorès et de Matt. Ils sont debout dans la cuisine. Dressés l'un contre l'autre. Deux pitbulls. Ils s'engueulent à tue-tête. À un moment, Dol ouvre un grand tiroir et braque un pistolet sur Matt qui lève les bras en l'air. Elle va presser sur la gâchette. C'est le moment qu'elle a choisi. Ming apparaît dans l'encadrement de la porte. Il suffit d'un regard de ses yeux outremer. Dol repose son arme. Elle fond en sanglots. Elle disparaît dans le salon. Ming tourne la tête.

Quand Ming prononce mon nom, c'est comme si quelqu'un passait sa main entre mes jambes.

Dans les rues de la ville, son visage flotte devant mes yeux. C'est un présage. Encore un. J'entre dans la première cabine. Je consulte l'annuaire. *Écoles privées.* À Genève il y en a des dizaines. On dirait que personne ne fréquente plus l'école publique. Trop risqué. Trop démocratique. Je relève tous les numéros. Je les appelle l'un après l'autre. À chaque fois je demande à parler à Miss Hanes. Je suis son frère. Venu spécialement d'Amérique pour la voir. Question de vie ou de mort. Quand on ne me raccroche pas au nez, on me prie d'attendre quelques minutes. Le temps de consulter l'ordinateur. On me dit que Miss Hanes ne figure pas sur la liste des élèves. J'essaie l'adresse suivante. Sans succès. Puis une autre encore.

« Quel nom dites-vous ?

— Ming Hanes.

— Attendez, cela me dit quelque chose…

— Elle est en Suisse depuis trois ans…

— La fille de Dolorès, la star de cinéma ?

— Oui ! je dis, le cœur battant.

— J'ai entendu parler de cette histoire. Elle vient de divorcer de son mari…

— Je sais, mais…

— Comment s'appelle-t-il déjà ?

— Matt.

— Ah ouais ! Le beau mec aux yeux bleus qui viole les tombes des enfants dans *Halloween 13*…

— C'est Ming…

— Un divorce terrible ! continue l'autre. Quelles horreurs ils ont dites l'un sur l'autre…

— Ming que je veux voir…

— On raconte qu'ils se sont déchirés comme des chacals. Pour la maison. Pour la collection de voitures. Pour la garde des enfants…

— Oui, je dis. Mais Ming n'y est pour rien…

— Qui est Ming ? demande la voix.

— Ma sœur. Est-ce qu'elle est inscrite dans votre école ?

— Son nom ne me dit rien.

— Mais vous venez de me dire…

— Vous faites erreur, Monsieur. Je vous prie de ne plus nous appeler. »

Après cent coups de téléphone, je suis au fond du trou. C'est le soir. Je suis seul dans la ville. Ali fait ses emplettes. On a rencard dans une heure aux Pâquis. En attendant je fume un cône pour relancer la machine. Éloigner les gros nuages noirs qui flottent dans ma tête. Quelqu'un chante une chanson de Twisted Sister. *We're not gonna take it.* Matt l'écoutait beaucoup à l'hacienda. Mes yeux se remplissent à nouveau de larmes.

We're right
We're free
We'll fight
You'll see.

Sur le pont des Bergues, dans la nuit chaude et parfumée, un papier gras se colle à mes Converse.

Je me baisse pour l'enlever. Il tournoie dans les airs et dix mètres plus loin comme un vieux sparadrap il vient à nouveau se coller à mes pompes.

Cette fois je le ramasse et je le lis.

Grand médium, voyant, marabout diplômé
MR BABA
Spécialiste des travaux occultes
recherche de personnes disparues
retour d'affection, désenvoûtement
problèmes d'alcool ou de maladie
protection contre les dangers ou les étrangers
CONTACTEZ-MOI : 022 375 47 99
Paiement après résultat

11

Au bout du fil, une voix grêle et lointaine.

« Mister Baba ? je dis.

— Lui-même. Que puis-je pour vous ?

— Je m'appelle Adam. Adam Hanes. Et je cherche…

— Nous en sommes tous là…

— Ma sœur Ming.

— Comment l'avez-vous perdue ?

— C'est une longue histoire… »

En proie à l'émotion, je tousse. Je m'éclaircis la gorge. Je me lance. Dans un souffle je raconte la vie factice à l'hacienda. Les fêtes et la défonce. La main coupée. L'incendie des garages. Ming envoyée en Suisse dans une école privée et moi obligé de partir…

« Vos parents, dit le marabout, soudain intéressé, sont Dolorès et Matt Hanes ?

— Oui.

— Les stars de cinéma ?

— Ouais.

— J'ai lu dans le ciel que leur destin était plombé de nuages noirs...

— Je sais. Tous les journaux en ont parlé.

— Et alors ?

— Alors quoi ?

— Vous avez de l'argent ?

— Ouais, je dis.

— Alors je peux la retrouver. Mais je ne donne pas de conseils par téléphone.

— Pourquoi ?

— Il y a le mauvais œil. Beaucoup de friture sur la ligne. Il faut venir me trouver avec une photo de la personne disparue. »

Au-dessus d'un sex-shop, Mr Baba occupe une sorte de grotte aux murs tapissés de peaux de bêtes. Une dizaine de bougies éclairent une chambre sans fenêtre où brûlent des bâtonnets d'encens. Mr Baba est assis en tailleur. À même le sol. Il a des bras noueux. Un collier de barbe blanche. Sans moustache. Des yeux à fentes étroites. Un bonnet pointu. L'air d'un gnome très rusé et très fort. Il contemple un grand plat de grès rempli d'eau noire où nagent une grenouille et une salamandre. Devant lui sur une natte d'osier des pattes de poules et des herbes magiques. Un papyrus enroulé autour d'un bâton.

Sans lever les yeux de son plat, Mr Baba me fait signe d'approcher.

« Assieds-toi, Adam. »

Il ferme les yeux, prend mes mains dans les siennes, psalmodie quelque chose.

« D'où viens-tu, mon frère ?

— Du même pays que toi.

— Pourquoi es-tu parti ?

— Mon père m'a vendu à un couple d'acteurs américains…

— Vendu ?

— Enfin, non. Échangé contre un écran plasma.

— Tu as été heureux en Amérique ?

— Je suis heureux partout, je dis. C'est mon problème.

— Ce n'est pas un problème. »

Le marabout hoche la tête, balance un crachat noir dans la bassine en grès.

« Ce n'est pas bon, marmonne-t-il. Un peu partout, les conflits s'apaisent. Faute de combattants. Les rages millénaires s'étiolent. Tout le monde fait semblant d'aller bien. Mais il faut toujours être mécontent, Adam ! Pas seulement de quelque chose. De tout. Les gens satisfaits sont des gens éteints. »

Il se gratte le crâne.

« Si tu es venu me voir, c'est qu'il te manque quelque chose…

— Oui. Je veux retrouver ma sœur Ming. Mes parents l'ont envoyée dans un pensionnat au bord d'un lac. Mais j'ai perdu sa trace…

— As-tu une photo d'elle ?

— Oui, je dis en sortant un vieux polaroïd de ma poche. Elle ne me quitte jamais. »

Le sorcier examine la photo. Il torture son chapelet en murmurant des formules magiques. Il frotte l'image froissée avec une patte de poulet. Après plusieurs incantations, il saisit le papyrus enroulé autour d'un bâton. Il le déplie. Il trempe un doigt dans la bassine en grès. Il trace une suite de dessins mystérieux. Il crache dessus plusieurs fois. Avec des cris de rage. Il plonge le papyrus dans la bassine. Il nettoie grossièrement la chose avec sa manche.

Il l'inspecte d'un œil mauvais. Il passe le papyrus au-dessus d'une bougie.

Miracle !

Le nom de Ming apparaît en transparence sur le papyrus déplié…

« Tu as raison, Adam, ta sœur est bien ici… »

Mon cœur bondit dans ma poitrine.

« Où est-elle ? je demande.

— J'ai vu le lac. J'ai vu l'école. J'ai aperçu les montagnes blanches autour de l'école…

— Elle est bien en Suisse ?

— Assurément, mon fils.

— Mais où alors ?

— C'est encore trop tôt pour le dire.

— Si je veux la retrouver, il faut que je sache où elle est…

— Bien sûr, mon fils. Mais il faudra revenir. Le monde ne s'est pas fait en un jour, comme tu le sais… »

Mr Baba regarde sa montre. Il grogne. Il se gratte le crâne.

« J'ai d'autres rendez-vous, dit-il. Des femmes jalouses, stériles. Désespérées. C'est mon dada. Je m'occuperai de Ming plus tard. »

12

Une nouvelle vie commence pour moi. Abandonnant mon frère Ali à sa vie louche, je deviens l'assistant du professeur Baba. Marabout patenté. Spécialiste en travaux occultes. Désenvoûtement. Vengeances implacables. Retour de fortune et d'affection. Je travaille tous les jours dans sa grotte fétide. Je reste assis dans l'ombre comme un

Bouddha. Je ne dis rien. De temps à autre je verse de l'eau croupie dans la bassine. Je donne un gri-gri au sorcier. Je rallume les bougies qui viennent de s'éteindre.

Surtout j'écoute. Je fais le mort.

Au fil des heures et des dolentes (Mr Baba ne reçoit que les femmes) on explore l'insondable détresse des femmes fortunées. Ces femmes qui n'ont plus rien à désirer ou souffrent de contenir une ardeur qu'elles jugent sans emploi.

Suzanne. Trente-huit ans. Chasseuse de têtes. Aux nuits d'insomnies succèdent des réveils cotonneux. Après s'être cent fois retournée dans son lit, elle fait l'effort de se lever. Le mal est fait. Tremblante, exaspérée, les nerfs à fleur de peau, elle commence toutes ses journées sous tension. Et il suffit d'un rien pour que tout déraille à nouveau. Une lentille de contact qui tombe par terre. Qu'elle ne retrouve pas. Un reflet malheureux dans le miroir de la salle de bains. C'est l'ouragan et les cris...

« Qu'en pense votre mari ? demande Mr Baba.

— Il est parti avec sa secrétaire.

— Je comprends.

— Il ne supportait plus mes crises.

— Vous aimeriez qu'il revienne ?

— Oui. Lui ou un autre...

— Plutôt lui ou plutôt un autre ?

— Ça m'est égal.

— C'est votre vie, Madame.

— Alors un autre. Si c'est possible.

— Tout est possible, Madame. Il suffit d'y mettre le prix.

— Pas de problème.

— Parfait. Avez-vous une photo de cet homme ? »

La femme fouille dans son sac Gucci. Elle en sort un

magazine. Elle l'ouvre au milieu. Elle montre avec son doigt un type sur une photo.

« Matt Hanes ? dit Mr Baba, interloqué.

— Oui, dit la femme. J'aimerais quelqu'un comme ça…

— Ça va être difficile.

— Pourquoi ?

— C'est au-dessus de vos moyens. »

La femme éclate en larmes. Mr Baba me fait signe de lui tendre un kleenex. Elle se mouche bruyamment.

« Qu'est-ce que je dois faire ? demande-t-elle en reniflant.

— Le malheur est le nerf de la vie, dit mystérieusement le marabout.

— Je ne comprends pas.

— Pour soigner l'âme, il faut soigner le corps.

— Ça veut dire quoi ?

— Prenez un amant. Ou plusieurs.

— Est-ce bien prudent ?

— Courage, Madame !

— Vous n'avez pas un autre conseil ?

— Dans mon pays, quand elles veulent combattre la mélancolie, les femmes s'introduisent un piment dans l'anus.

— Vous voulez que je fasse la même chose ?

— C'est une image.

— Ah bon !

— Ça veut dire que seul l'amour guérit les maux de l'âme.

— C'est bien beau. Mais quand on n'a pas d'homme sous la main…

— Certains ne demandent que ça. Mon assistant par exemple. Adam. Il connaît l'art du bonheur sur la natte… »

13

Vierges ou blasées. Innocentes ou déjà visitées par le désir. Les femmes qui viennent trouver Mr Baba tombent toutes sous le charme de sa voix. Certaines viennent plusieurs fois. Car leur cas est sérieux. Parfois même désespéré. Mr Baba sait leur parler. Il les tient en haleine. Il leur fait les plus brillantes promesses. Au passage, il en profite pour glaner un maximum de sous. Il faut penser à ses vieux jours. Quand il ne trouve pas de solution, quand ses discours de vieux griot n'ont pas d'effet, il m'envoie les dolentes. Il sort discrètement de sa caverne. Il va fumer un cône dans la rue de Berne. Il va tailler une bavette avec les marchandes d'amour africaines.

Tandis que moi, l'apprenti marabout, je termine le boulot.

« Sais-tu, Adam, que Genève est la ville du monde qui compte le plus de banquiers ?

— Je le devine…

— Mais également de psys ?

— Non ! je dis, incrédule. Et pourquoi ?

— Pour les banquiers, c'est facile. Genève est la ville du secret. Tout y est camouflé. L'argent. Le sexe. Les émotions. Les Genevois sont des champions du monde ! Mais ces secrets sont trop lourds à porter. La tête éclate. La souffrance et la culpabilité rongent les corps. La dépression fait son nid… »

Mr Baba avale une gorgée de *dolo*. Il me passe la bouteille.

« Regarde, Adam, tous ces Blancs malheureux ! Ils se tuent au travail. Ils accumulent les gadgets inutiles. Ils ne font plus d'enfants. Ils se contentent d'aller tirer à coup perdu ! »

Il s'essuie la bouche avec sa main.

« Avant, on baisait moins. C'est sûr ! Mais quelles moissons ! Puis quelque chose s'est cassé. Chacun a pris ses précautions. Pilules et stérilets. Capotes imperméables. L'enfant est devenu indésirable. On l'a remplacé par la quête du plaisir. Jouir à tout prix. Le plus souvent possible. Par n'importe quel moyen. C'est le nouveau *credo*. Pourtant, à la longue, cette quête est devenue extrêmement fastidieuse. Aujourd'hui le sexe manque de sel. Chacun s'éreinte à s'envoyer en l'air. Mais le cœur n'y est plus. Les empoignades manquent de ferveur...

— Pourquoi, professeur ?

— Parce que l'homme blanc contrôle tout. Et surtout parce qu'il n'a plus rien à *désirer*.

— C'est grave, professeur ?

— Tout a une fin, Adam. Sauf la banane qui en a deux. Mais passe-moi la bouteille de *dolo*. J'ai la gorge sèche... »

Le professeur boit une rasade de bière. Il se gargarise bruyamment. Il se tourne vers moi.

« Aujourd'hui, mon fils, on glisse vers des plaisirs plus sages. On découvre l'art des bonzaïs. Le bouddhisme ou la gastronomie. On passe du lit à la table. La faim remplace le désir. L'obsession n'est plus de s'éclater. Mais simplement de se remplir. Dans les soirées mondaines on échange des recettes. Des adresses de bons restaurants. On compare pendant des heures les mérites du Châteauneuf et du Bordeaux. À quoi bon s'acharner à jouir ? Les plaisirs de l'amour sont dérisoires. Répétitifs. Si dangereux aussi. Avec l'apparition de nouvelles maladies...

— Mais toutes ces femmes qui viennent vous trouver...

— Tu débarques en plein champ de bataille, Adam !

Une guerre entre les hommes impuissants et les femmes frigides. L'Occident est en ruine...

— Mais vous soignez les gens, professeur !

— J'ai renoncé très vite à guérir les hommes. C'est une tâche trop vaste. Et je n'ai pas la force de tout reprendre à zéro. En revanche, les femmes... Une fois de plus, elles se sont laissé embarquer dans une histoire impossible !

— Pourquoi ?

— D'abord des enfants sans plaisir. Pendant des siècles, elles ont dû s'allonger chaque fois que leur époux et maître l'ordonnait. Fermer les yeux. Attendre que ça se passe. Sans éprouver aucun plaisir. Ensuite elles ont baisé comme des furies. Elles se sont retrouvées aussi seules. Aussi vides qu'avant... Et maintenant, regarde-les, elles se jettent sur les tablettes de chocolat. Ou les tartines au beurre de cacahuètes... Elles ont troqué les délices du frottement contre les plaisirs de bouche. Ce sont des oies gavées, Adam ! »

14

Les affaires sont florissantes. On ne peut pas se plaindre. La salle d'attente du Professeur ressemble au lazaret de mon village. Elle ne désemplit pas. Rien que des femmes blanches. Élégantes. Névrosées. Malheureuses. Souvent belles et très riches. On n'est pas trop de deux pour soulager les maux de l'âme et du corps.

Mr Baba s'occupe de l'âme. C'est son dada. Il connaît tous les trucs des sorciers. Les pattes de poulet comme les herbes magiques. Le bois bandé. Comme les racines de mandragore. Il écoute la dolente. Il a toujours sa bouteille de *dolo* à portée de la main. Ça peut durer longtemps. Elle a le cœur si lourd. Tant de douleur à porter. Presque toujours la même rengaine. Un mari généreux. Une ou deux résidences secondaires. Tout ce qu'une femme peut désirer. Tailleur Gucci. Montre Breitling. Collier Pacific Grove de Van Cleef & Arpels. Escarpins Dior.

Une femme à cent mille balles. Qui étouffe sous le luxe.

Mais pas d'enfant.

Rien.

Un miroir vide.

« Je vois, dit Mr Baba, je *vois*...

— Je ne veux pas rater le coche, dit la femme. Vous comprenez, j'ai quarante ans, c'est la dernière qui sonne...

— L'oiseau qui chante ne sait pas faire son nid.

— Pardon ?

— C'est un proverbe de mon pays.

— Et qu'est-ce que ça veut dire ?

— Ça veut dire que sur terre on ne peut pas tout avoir : le *gombo* et l'argent du *gombo*.

— Je ne comprends rien à ce que vous dites.

— Ce n'est pas grave.

— Je suis venue pour que vous m'aidiez...

— Combien avez-vous sur vous ?

— Un peu de cash.

— C'est tout ?

— Ma carte American Express.

— Pas de problème. Nous acceptons les cartes de crédit. »

Alors commence la deuxième phase de notre thérapie.

Après avoir écouté sa dolente, Mr Baba prend la parole à son tour. En vieux griot rusé, il la sermonne habilement. Il la flatte de mille façons. Il la couvre d'imprécations mystérieuses (« *Ce n'est pas à une oreille percée qu'on met des anneaux d'or* »). Il lui fait boire un peu d'eau glauque.

En évitant que la petite salamandre ne saute dans son verre. La femme fait la grimace. Il l'encourage. Il lui promet une guérison rapide. Il l'agonit de formules inquiétantes (« *Le mensonge donne des fleurs, mais ne porte pas de fruits* »).

Ensuite c'est moi qui entre en scène.

Mr Baba m'a installé un petit cabinet. Juste à côté de sa grotte aux miracles. Avec un lit moelleux couvert d'une antique peau de zèbre. Des bâtonnets d'encens de son village et des bougies votives qui brûlent dans des petits gobelets rouge et or. Un lecteur de CD passe de la musique. *Shower the People you Love with Love* de ce bon vieux James Taylor. Un pote de Matt. Grand amateur de coke. Devenu fermier en Caroline du Nord. Ou *Hazy Shade of Winter* des Bangles. Ou *Shake Your Ass* de Mystikal.

Soûlée par les imprécations du maître, la femme se laisse faire comme une fleur qui s'ouvre.

Elle enlève ses habits. Elle s'allonge sur le ventre. Elle ferme les yeux. Dans la pénombre J.T. fredonne une chanson de Marvin Gaye. *How Sweet It Is To Be Loved by You.* Transe. Rhapsodie de caresses. Rythme du tambour originel. Sous mes mains, la femme vibre et frissonne comme les branches d'un arbre. L'arbre de la connaissance. Jamais je ne me lasse de ses fruits. Je masse et je pétris les chairs fatiguées d'être blanches. Et riches. Et malheureuses. Et si seules. Ces belles femmes admirablement râblées. Honteuses de leur vie animale. Avec leurs joues si roses. Leur postérieur majestueux. Leurs seins pâles et saillants. Leurs jambes sculptées par des heures de *Pilates.* L'une gémit sous mes caresses. Comme si nous nous connaissions depuis toujours. Une autre s'endort un sourire sur les lèvres. Oublieuse du monde et d'elle-même. Car le mépris de soi conduit à la mélancolie. Et Dieu sait que les femmes blanches se méprisent. Une autre se trémousse. Elle demande le coup de grâce. Avec l'impatience d'un cheval entravé. Ce n'est pas tout de suite. Il faut laver le corps. Le frotter d'huile et le poncer. Comme on prépare un parchemin.

J'écris ma vie sur le corps des femmes blanches. Et chaque jour j'invente de nouveaux signes. Un alphabet secret. Une grammaire de couleur.

La langue de l'amour nègre.

Après les palabres et la danse des caresses, c'est le coup du bambou.

Mr Baba prépare le terrain et moi j'enfile les perles blanches.

L'amour ?

Une harmonie entre les corps. Comme un coup de baguette magique. Sous mes caresses je sens le corps qui se dilate et qui m'appelle. Vertige unique. Ça ressemble à ce que j'éprouve quand j'écris sur le vent ou le bruit de la mer. Ce n'est plus moi qui tiens la plume. Le plaisir monte comme une vague. Des phrases silencieuses se forment dans ma tête. Des lambeaux de poèmes qui souvent disparaissent en même temps que la femme se rhabille et s'en va.

Parfois c'est une suite d'images. Vision à l'état pur. Hallucination silencieuse.

Une prière.

15

Une nuit, dans mon sommeil, c'est ma sœur Ming qui vient me visiter.

Elle est plus sexy que jamais. Twin-set Miu Miu aux

tons acidulés. Jupe de cuir Armani. Escarpins compensés Marc Jacobs. Montre et lunettes Police. Cheveux longs d'un noir presque bleu. Boucles d'oreilles en diamant. Minaudière Dolce & Gabbana.

« Pourquoi m'as-tu abandonnée ? » murmure-t-elle d'une voix douce.

La nuit ma sœur m'appelle dans le jardin. C'est la pleine lune. Des merles volent dans les arbres. La chambre de mes parents est éclairée. Ming me prend la main. Elle m'entraîne sur la plage. Mais ce n'est pas la mer. Le Pacifique aux vagues prodigieuses. Des lumières brillent sur l'autre rive. Comme de l'autre côté du jardin. De l'autre côté de mon rêve. Derrière on aperçoit une chaîne de montagnes dont le sommet est recouvert de neige.

Elle dépose ses habits sur le sable. Son corps est souple et pâle et magnifique et elle saute dans l'eau noire en riant.

« Attrape-moi, si tu peux ! »

Moi sur la plage je n'y tiens plus. Mon sang ne fait qu'un tour. J'enlève mes habits et je plonge dans le lac.

Les fenêtres de la grande maison s'éteignent les unes après les autres. On entend en sourdine une chanson des Red Hot Chili Peppers. *Californication.* Un des airs préférés de Ming. *It's the edge of the world. And all of western civilization.*

Je nage en silence vers le large. L'autre rive se rapproche avec ses maisons de pêcheurs qui brillent comme des poussières d'étoiles. Ming nage devant moi. Elle a beaucoup d'avance. Elle fend l'eau comme une sirène. De temps à autre elle se retourne. Elle m'appelle de sa voix moqueuse :

« Adam ! Viens me rejoindre… »

J'accélère les battements de mes bras. Je suis à bout de

souffle. Mes jambes me font mal. Mon cœur chavire dans ma poitrine. Mais à chaque brasse Ming se rapproche. Elle continue de me narguer et de rire à tue-tête.

« Viens ! »

Enfin je la serre dans mes bras et elle enroule ses jambes autour de mon corps et elle m'embrasse et elle se colle à moi et nous faisons l'amour comme des requins dans les remous et le silence. Et quand j'appelle son nom, quand je veux l'embrasser à nouveau, il n'y a plus personne, Ming a disparu dans l'eau noire…

16

Traqués par la police, Mr Baba et moi on ne tient pas en place. Il nous faut changer souvent de gourbi si on veut accomplir notre mission. Sauver l'Occident en fécondant ses femmes moroses et délaissées.

On prend le train jusqu'à Lausanne. On monte en bus jusqu'au centre. On mange un falafel à toute vitesse. On reçoit les dolentes dans une école en réfection. Mr Baba fait son micmac et moi je fais mon cirque avec mes passes magnétiques. Quand la dolente est prête pour le coup du bambou, je sors ma baguette magique. Le tour est joué. C'est deux cents francs de plus dans l'escarcelle. On prend une autre malheureuse. Puis une autre encore. Jusqu'à la nuit tombée. Puis on ferme boutique. On va déguster des filets de perches au port d'Ouchy. J'écris une carte à Matt que je n'envoie pas. Une autre à Ming que je garde dans ma poche. Je n'ai pas son adresse. On fume un cône ou deux au bord du lac. Un type en salopette joue du saxophone. Devant lui sa copine esquisse une sorte de danse du ventre. *It's Raining again.* Un truc de Supertramp. Deux flics arrêtent le type et lui demandent ses papiers.

Ni une ni deux, on saute dans le métro et on file vers d'autres cieux.

On passe une semaine à Sion. On fume beaucoup de shit en faisant les vitrines des magasins. Calvin Klein. Guess. Gianfranco Ferré. Yves Saint-Laurent. On n'est jamais dépaysés. C'est partout le même monde. Bling-bling et dépression. On tient boutique dans une église désaffectée. Ici, allez savoir pourquoi, il y a beaucoup plus de dolentes qu'ailleurs. On redonne de l'espoir à des familles stériles. Décimées par l'alcool ou la politique. Les Darbellay. Les Nantermod. Les Germanier. Les Freysinger. Les Constantin. Les Couchepin. On injecte du sang neuf dans des races en fin de règne. On ne compte pas le sperme. Ni la sueur. En quelques jours on requinque le moral de centaines de dolentes. Des croyantes convaincues. Des écolos anorexiques. Des poétesses en mal d'inspiration. Des entrepreneurs déprimés. On repeuple des villages. On redonne vie à des hameaux. On féconde des vallées entières. On se défonce à l'herbe et au *dolo*. On poursuit la mission que le Grand Manitou nous a confiée.

Après on file à Neuchâtel. On passe la nuit chez une fille épatante. Défroquée de la politique. À fumer du shit et à boire de l'Œil-de-Perdrix. Le lendemain et tous les jours suivants on ne tient plus debout. On trime comme des nègres. On consulte le matin et l'après-midi et souvent la soirée. On donne aux femmes un peu d'espoir. Et beaucoup de plaisir. Elles n'en demandent pas plus. Les femmes ont tellement besoin de parler. Alors on les écoute. On les caresse. On leur apprend l'art du bonheur sur la natte.

On passe la douane avec nos sacs pleins de gris-gris. De bois bandé. De racines de mandragore. Personne ne fait attention à nous. Il n'y a plus de frontières. Aujourd'hui la terre est ouverte à tout le monde.

À Besançon, on visite le Musée du Temps. Mr Baba me sert une de ces phrases dont il a le secret.

« N'oublie jamais, Adam ! Si les hommes ont inventé la montre, c'est Dieu qui a inventé le temps ! »

On se promène au centre-ville. On croise des filles en top CK. Leurs jeans sont si serrés qu'on voit leur moule. Mr Baba les baratine et comme souvent elles nous invitent chez elles. On se pinte au vin jaune. On siffle du saucisson sec. Des petites tommes qui ont beaucoup vécu. Les filles sont chaudes. De plus en plus givrées. Elles sont d'accord de profiter de nos services. Mais à l'œil. On est bons princes. On leur fait gratuitement notre numéro.

Après la Franche-Comté, on féconde la Beauce. Les Vosges. Le Puy-de-Dôme. La Savoie. L'Ardèche. Le Cantal. La France profonde, comme ils disent. On décide d'aller chercher le soleil vers le Sud. On reste quelques jours à Toulon. Montpellier. Marseille. Mais ils n'ont pas besoin de nous là-bas. Il y a des marmots dans les rues. C'est coloré. Plein d'odeurs de cumin et de girofle. De rires et de musique. Une cousine de Mr Baba nous accueille chez elle. On fume des cônes. On mange des cornes de gazelles. On est heureux comme des pachas. On retrouve des filles du village. La plupart font du deal. Ou sont sur le trottoir. Protégées par des macs. On leur donne de l'oseille pour partir. Mais ça fait du grabuge. Les macs jouent les gros bras. Ils nous menacent avec des lames. On détale comme des rats.

On passe à nouveau la frontière. On trouve une bagnole pour la côte et on se fait une semaine de balnéaire. On va jouer au Casino. On perd tout ce qu'on a. La poisse. Il faut tout reprendre à zéro. On reste un mois en Ligurie. Puis le Piémont et la Toscane. L'Émilie-Romagne. La Lombardie et le Frioul. Trieste enfin.

Après des années de libéralisme, le pays est au bord du gouffre. L'ambiance est maussade. Plus personne ne fait d'enfants. Peur de l'avenir. Peur de perdre de l'argent. Peur d'attraper des maladies inconnues. Pourtant ici les femmes sont les plus belles du monde. Les plus secrètes et les plus sensuelles. Une vraie bénédiction.

Mr Baba et moi on met les bouchées doubles et en six mois on relance la machine.

Dans chaque ville où on passe, chaque village, chaque vallée perdue, je cherche à retrouver la trace de Ming. Un pensionnat au bord d'un lac. Ici. Ailleurs. Résultats nuls. Mais j'ai confiance en mon étoile. La terre n'est pas si vaste quand deux personnes s'aiment d'amour.

On prend le car pour l'Autriche. On s'extasie sur les montagnes. Les barrages construits comme des forteresses. Les gâteaux au pavot et les hospices de vieillesse plus nombreux que les crèches. Une fille bien foutue et vaguement diplômée en analyse systémique veut nous présenter son gourou. Mr Baba s'y colle. Moi j'entreprends la demoiselle pour lui apprendre les rudiments de l'amour nègre.

« En amour, dit mon maître, tu dois aimer sans lendemain. Sans regret et sans espoir. Mais à chaque fois tu dois donner le meilleur de toi-même.

— C'est la politique de la femme brûlée, je dis.

— Exactement, Adam. »

Dans ce pays, il y a beaucoup de montagnes et encore plus de lacs. Les pensionnats sont pleins à craquer. Des limousines avec chauffeur attendent les écolières devant les grilles. Celles qui restent à l'école pour le week-end ne sont pas très nombreuses. Ni forcément malheureuses. Je demande à l'huissier s'il connaît une Eurasienne. Au doux prénom de Ming. Il hoche la tête avec indifférence. Du menton il me fait signe de déguerpir.

On se retrouve tous les deux à Salzbourg. Mr Baba m'emmène à l'opéra. Il veut me faire découvrir la musique de Mozart. Pour me vider la tête de tout le rap qui pollue mes neurones. Les gamins mangent des glaces. Tous les cinés passent le même film en 3D. La grande rue de la ville est envahie par les boutiques de mode. Guess. Dior. Fred Perry. Veneziana. On rencontre des filles cool. Elles nous emmènent dans un château à la campagne. Vieille noblesse décrépite. Des résidences secondaires un peu partout. Mais pas d'enfants. Un arbre mort. On dort à quatre dans un grand lit. La sono joue un disque des Smiths à plein tube. On fait ce qu'on a à faire. Et plutôt deux fois qu'une. Au matin les filles sont éreintées. Elles ronflent comme des buffles. On en profite pour se tirer en douce avec quelques bijoux.

On arrive à Innsbruck. On traîne avec des filles rencontrées dans le train. On passe trois jours avec elles dans une auberge de jeunesse. On va frapper aux portes de tous les pensionnats. On demande des nouvelles de Ming. Comme on ne baragouine pas la langue, les filles nous aident à nous faire comprendre. Mais aucun résultat. On va noyer notre détresse dans les bars. On rencontre d'autres filles. Elles ont une envie frénétique de parler. On les écoute. On hoche la tête. On les emmène dans notre dortoir. On leur fait le coup du bambou. Elles crient tellement fort que la patronne de l'auberge nous fout tous à la porte.

17

Le lendemain, on reprend notre bâton de pèlerin. On loue une moto. On roule pendant une heure. On est les rois du macadam. Mais il commence à faire soif. On va se rincer le gosier. Quand on revient la BMW a disparu. On s'est fait couillonner comme des rats. On marche sur la route. Le pouce levé. En attendant une âme charitable. Il se met à pleuvoir. La série noire continue.

Une voiture passe. Une deuxième. Puis une troisième. Enfin une femme s'arrête. Elle a pitié de nous. On recommence notre baratin. Ça la fait bien rigoler. On part avec elle pour la Suisse. Moi ça m'arrange vu la couleur de mon passeport. On passe une semaine avec Eva. Une femme sexy et épatante. Elle conduit son bolide avec des gants de cuir. Elle ne respecte ni les stops ni les feux rouges. Le soir on dort dans une grande prairie. On se poursuit à poil en criant comme des Sioux. On baise le nez dans les étoiles. Eva, c'est une fontaine d'amour. Elle donne toujours plus qu'elle ne prend. On s'endort sous un arbre. Enlacés comme des requins. On se réveille avec le soleil qui pointe derrière les montagnes. On est les rois du monde. De son fourre-tout Vuitton, Eva sort du pain. Du chocolat. Une thermos de café. On déjeune sur l'alpage On se croirait dans un film. Elle téléphone à son mari. Pour lui dire qu'elle aura du retard. Le ton monte. La douce Eva s'énerve. Elle se tourne vers moi. Elle a les yeux brillants de larmes. Elle passe la main sur mon pantalon. Elle colle sa bouche sur la mienne.

Tout à coup je ne sais plus où je suis.

Chez moi ?

Ailleurs. Ici.

Nulle part.

On croque une pomme en regardant le ciel mauve et bleu.

On traverse à nouveau la frontière. Eva d'un seul sourire elle met les douaniers dans sa poche. Mr Baba somnole sur la banquette de cuir. On roule toute la journée. On se perd plusieurs fois. Eva enclenche son GPS. Mais elle ne supporte pas la voix qui indique le chemin. Elle boucle l'appareil. On s'arrête au bord d'un lac. Je ne sais plus lequel. C'est le centième au moins depuis deux mois. On se déshabille à nouveau. C'est comme ça qu'on est le mieux. On mange du yoghourt avec du pain noir. On plonge dans l'eau glacée. On rigole en se giclant et en se poursuivant. Mr Baba nous regarde depuis la rive. Il n'aime pas se baigner. Il regarde le ciel avec des yeux inquiets. Il marmonne des formules dans sa barbe.

Le soir, on s'arrête à Davos. On mange au restaurant. Bougies. Champagne et forêt-noire. Les gens nous regardent bizarrement. On reprend la voiture jusqu'à Saint-Moritz. On va jouer au Casino. Eva et moi on s'assied à la table du craps. Mr Baba reste dans la voiture. Il marmonne des incantations. Il frotte sa vieille patte de poulet. La chance est avec nous. On gagne une fortune. On la perd aussitôt. On regagne le double. Pour fêter ça on prend une suite à l'hôtel Astoria. Face au lac qui scintille. On se noie dans le champagne. On rigole. On fait la danse du bambou toute la nuit.

On passe en Italie. On repasse en Suisse. On prend en stop un type en jean qui a volé une voiture et fait de la prison. On disserte doctement sur l'état du monde. Les femmes mélancoliques. Le malheur de l'homme blanc. Le type nous apprend à chanter *What a Wonderful World* en serbo-croate. On boit des bières. On fume des cônes. On laisse le type à la frontière. On repasse en Italie. On prend la route en lacets des Centovalli. Je suis malade. Eva arrête la voiture. Je vais vomir dans les buissons. On arrive à Domodossola. Le trou du cul du monde. On passe un col. On s'arrête au sommet pour manger une fondue. Admirer les montagnes. J'écris une carte à Matt. Mais je ne l'envoie pas. En regardant le petit lac je pense à Ming qui m'attend quelque part. Il n'y a pas de temps à perdre. On saute dans la voiture. On dévale la route qui mène à la vallée.

Il commence à pleuvoir. Eva roule au ralenti. On franchit le col du Pillon. On traverse Saanen. On passe la nuit au Grand Hotel Park de Gstaad. On siffle des cocktails au bord de la piscine. Ça me rappelle la vie à l'hacienda. Au bord de l'eau des femmes à l'air maussade attendent quelque chose ou quelqu'un.

Le lendemain, je vais poursuivre mon enquête dans les écoles privées qui fleurissent au bord du lac. Tout le monde connaît les malheurs de la famille Hanes. Le mariage. Le divorce. La guerre ouverte entre Matt et Dol. On regarde des photos. On pose des questions. On graisse la patte des concierges espagnols. Mais personne n'a entendu parler de Ming.

On longe le lac de Montsalvens. On pique-nique au bord de la route. On traverse Charmey. Eva passe un CD de Queen sur le lecteur de la voiture. *Show Must Go On.* On reprend à tue-tête le refrain. On traverse des forêts magnifiques. Des étangs bordés de mousse et de fougère. Mr Baba a un malaise. On plante les freins. Il va vomir au pied d'un arbre. Eva s'impatiente au volant. Il faut qu'elle soit chez elle ce soir.

On traverse encore un ou deux bleds abandonnés. Eva roule à toute pompe. La voiture fait des bruits bizarres.

Elle est prise de hoquets. De la fumée s'échappe des conduits d'aération. On tombe en panne près d'un lac. Eva sort de la voiture. Elle soulève le capot. Une vapeur noire lui brûle le visage. De rage, elle donne des coups de pied dans les pneus. On marche jusqu'au village. On entre dans un café. Elle téléphone à son mari. Nous on écluse des bières au comptoir. Je demande à la serveuse s'il y a un pensionnat. Ou une école privée dans la région. Elle me répond avec un grand sourire qu'il y a une école renommée. Internationale même. Pour les enfants de bonne famille.

« Où est cette école ? je demande.

— Ce n'est pas compliqué, répond la fille. Elle est au bord du lac, à cent mètres d'ici. »

L'espoir gonfle mon cœur.

Je plante mes camarades. Je cours vers un grand bâtiment en bois. C'est le soir. Les grilles sont fermées. J'appuie sur la sonnette. Personne ne répond. J'appuie encore jusqu'à ce qu'un type en camisole sorte du bâtiment. Il a l'air las et contrarié.

« Je cherche quelqu'un…

— Pourquoi ? dit-il en bougonnant.

— Ma sœur, je dis.

— Revenez demain, dit le type en bâillant. L'école est fermée. »

J'insiste. Je lui raconte mon odyssée. Je lui dis qu'il faut absolument que je retrouve Ming.

Le type m'écoute en marmonnant.

« Ming comment ?

— Hanes, je dis. Ming Hanes.

— Ah ! la fille des stars de cinéma…

— Oui, je dis, le cœur battant.

— J'ai lu leur histoire dans les journaux. C'est pathétique, ces stars qui se déchirent pour une poignée de dollars...

— Ça arrive tous les jours à Hollywood...

— C'est pathétique quand même, répète le type qui n'en démord pas.

— Elle est ici ?

— Je ne sais pas, dit le type d'un air vague.

— Comment ça ?

— Je n'ai pas le droit de donner des informations à des inconnus.

— Mais je suis son frère.

— Qui me le prouve ? dit le type en ricanant. On ne peut pas dire que vous lui ressemblez... »

Je sors mon beau passeport rouge à croix blanche de ma poche et je le tends au type. Il me regarde avec méfiance.

« Vous êtes suisse, vous ?

— Ça ne se voit pas ?

— Depuis quand ?

— J'ai été adopté. C'est une histoire compliquée...

— Vous vous appelez vraiment Aimé Clerc ?

— Ouais.

— Ça n'est pas très américain.

— Mon vrai nom est Adam Hanes.

— Ah bon ? dit le type de plus en plus méfiant.

— Je suis né en Afrique. C'est là que Dolorès et Matt sont venus me chercher. Pour m'adopter. Tous les journaux en ont fait leurs choux gras...

— Me souviens, dit le type.

— Ming a été adoptée peu de temps après. C'est comme ça qu'elle est devenue ma sœur...

— Ouais.

— Alors Ming est ici ? je dis.

— Je ne peux pas vous répondre. »

Je sors un billet de cent balles et je le donne au type qui l'empoche aussitôt.

« Elle est vraiment ici ? j'insiste.

— Ça se pourrait.

— Il faut que je lui parle.

— Pas aujourd'hui, dit-il. C'est trop tard. Mais revenez demain.

— OK, je dis. À quelle heure ?

— Demain, c'est dimanche, dit le type d'une voix terne. La journée des parents. En deux ans, votre sœur n'a pas reçu la moindre visite. Elle risque d'être surprise. Mais elle sera contente de voir quelqu'un... »

18

C'est le dernier soir. On a loué une chambre avec vue sur le lac. On mange des atriaux et des pommes allumettes sur le balcon. Avec une bonne bouteille de Cornalin. On fume des cônes en regardant la lune se noyer dans l'eau noire. On est moroses et silencieux. Mr Baba brûle de l'encens. Il se gratte souvent le crâne. Ce n'est jamais bon signe. Eva regarde le ciel en retenant ses larmes. Et moi je pense à Ming qui m'attend dans le grand réfectoire. Ming aux yeux outremer. Mon âme sœur. La dernière fois que je l'ai vue c'était il y a deux ans. Dans le salon de l'hacienda. La scène du tribunal. Une autre vie. Ming a baissé les yeux. Elle sait si bien le faire. Dol a haussé le ton et Matt a disparu comme d'habitude. La voix de Dol a résonné dans toute la maison. *Vas-tu enfin me dire qui t'a fait ça ?* Les yeux baissés. Sans entrouvrir les lèvres. Ming a fait un petit mouvement de tête dans ma direction...

Dans les yeux d'Eva, l'impatience d'un cheval entravé.

Elle propose une dernière bamboula. On remet l'ouvrage sur le métier. L'art du bonheur sur la natte. La danse. La transe du tambour de la brousse. Eva est une fontaine d'amour. Avec une missionnaire pareille les églises seraient pleines à craquer.

Là où on s'aime il ne fait jamais nuit.

Après l'amour on croque une pomme. Golden ou Grafenstein. Ça rafraîchit. C'est plein de vitamines. On va s'asseoir sur le balcon. Bien calés dans nos chaises longues. On regarde les montagnes couvertes de neige. On fume un cône. Chacun refait le monde comme il l'entend.

Eva commence :

« Nous sommes des huîtres. Des hérissons. Des coquilles d'œufs. Le seul moment où nous nous entrouvrons (où notre corps se brise), c'est quand nous jouissons. Mais cette ouverture ne dure pas. Comme le plaisir ou la douleur. C'est un éclair. Bien vite nous retrouvons notre coquille. »

Mr Baba de renchérir :

« La femme s'ouvre à l'homme qui la pénètre. Puis elle l'expulse. Comme neuf mois plus tard elle expulsera le fruit de sa semence. Rien ne reste très longtemps dans sa caverne. »

Moi je rajoute mon grain de sel :

« L'amour est la danse du soleil des Mandans. C'est une mise à mort. Puis une nouvelle naissance. Grâce à l'amour le Manitou nous donne une seconde chance. »

Eva murmure d'une voix rêveuse :

« Comme les dieux et les requins, j'ai toujours été attirée par tout ce qui saigne. »

Mr Baba, dans sa barbe :

« Quand un homme pénètre une femme, le temps se dilate. Le plaisir s'étend. Tous les sens s'ouvrent à cette expérience. Soudain les corps prennent réellement place dans l'espace. Le jeu. Le rire. La respiration. Le frémissement des membres. Tout va vers l'ouverture. »

Et moi, saisi d'un souffle poétique :

« Depuis combien de temps n'avons-nous pas flairé le monde ? Depuis combien de temps n'avons-nous pas deviné l'angoisse ou la joie d'un être à son odeur ? Depuis combien de temps notre regard ne s'est-il pas perdu sur les ailes merveilleuses d'un papillon ? Sur les nuages ? Sur les étoiles ? Sur l'écorce d'un arbre ? Dans le regard d'un autre être humain ? »

Eva apporte le dernier mot :

« Quittons notre prison. Devenons nos propres enfants ! »

Le ciel noir se déchire. La pluie fait des claquettes sur le miroir du lac. Dans le grand bâtiment, toutes les fenêtres sont éteintes.

On reste là. Au bord des larmes et silencieux. On attend le jour qui se lève.

Le dernier jour et le premier.

Au bout de la patience, il y a le ciel.

19

J'ouvre les yeux et je les vois entrer, l'un après l'autre, par la porte cochère...

À voix basse ils murmurent mon nom. Ils connaissent mon adresse. Ils rentrent en file indienne dans ma tanière. Ils me jettent des regards incrédules. Ils touchent le bois bandé sur la table de nuit. Ils respirent la poudre de mandragore dans les gobelets en plastique dépoli et ils font la grimace. Ils se grattent le crâne. Comme mon père autrefois. Ils écarquillent leurs petits yeux sournois. Ils avancent vers le lit où je fais semblant de dormir. Certains ne disent pas un mot. D'autres ânonnent un sabir que je ne comprends pas. Ils fouillent dans mon fourbi à la recherche d'une photo. D'une image qui leur dira d'où ils viennent. Qui ils sont. Pour quelle raison étrange ils sont venus au monde.

J'ai tellement peur que je n'ose pas bouger. Je fais le mort. Les yeux ouverts. Enroulé dans ma peau de zèbre.

Quand je ferme les yeux, au lieu de disparaître, ils sont encore plus nombreux à entrer dans ma chambre.

C'est la maison des courants d'air.

Petites filles habillées en princesses. Robes en taffetas rose et or. Diadème dans les cheveux gaufrés. Escarpins compensés en python. Garçons en culottes courtes ou baggys raw blue déformés. Casquette Reebok à l'envers sur la tête. Converse rouges flambant neuves.

Ce sont tous des bâtards. Des enfants adoptés comme moi. Perdus. Retrouvés. Semés dans la nature comme de la *tumbleweed*. Ces branches sèches que le vent fait tourner et qui dispersent leurs graines aux quatre coins de la Vallée.

Comme de la mauvaise herbe.

C'est le secret du monde.

Ils vont nourrir une haine éternelle contre moi.

Leur père.

Un grand gaillard aiguise une lame brillante pour m'égorger. Comme à la roulette russe deux garnements font tourner le barillet de leur revolver. Un caïd de douze ans, l'air renfrogné, une machette à la main, s'approche du lit. Il a les yeux de Gladys. Tellement bleus qu'on dirait qu'il porte des lentilles de contact. Une fillette au regard outremer tresse le fil d'or qu'elle va enrouler autour de mon cou pour m'étrangler. Elle a le sourire mystérieux de Ming quand elle m'a dénoncé dans le salon de l'hacienda. Une autre fille aux yeux pervenche prépare le poison doucereux qu'elle va verser dans mon bol de *dolo*.

Que les gosses sont ingrats !

Ils ne savent pas leur chance.

« Non ! je hurle alors en me dressant dans mon lit. Je ne vous ai pas abandonnés… »

Les enfants éclatent de rire.

TABLE

Cet ouvrage a été imprimé en France par

CPI
BUSSIÈRE

à Saint-Amand-Montrond (Cher)
en novembre 2010

N° d'édition : 665 – N° d'impression : 103303/4
Dépôt légal : septembre 2010